飯桶小醫女

1

蘇芫 著

風文創 278

目錄

序

從很小的時候開始，我就對各種故事很感興趣，總覺得每一個故事背後，都有一個靈魂，有著能讓人歡、讓人悲的神奇力量。

中學的時候，喜歡在繁忙的學業之餘，寫些只給自己看的矯情文字。

等到了大學，慢慢有了空閒的時間，便開始想嘗試寫作，希望自己也能編織出讓人有所感觸的故事。

只是後來因為現實的原因，開始了忙碌的工作，也就慢慢放下了寫作。

所幸，沒有徹底放棄自己年幼時的夢想，卻總想著，再等等，再等等……

而當初會動手寫這本書實在是出於意外，和以前聊得很好的文學圈子裡的朋友見面，大家開始暢聊對新書的看法，當時心癢難耐，便忍不住起了意。

也許這是一個意外，也許這不過是忠於了自己的本心。

幾乎是和朋友一分別，回到家中就快速寫完了開篇。

雖然是一鼓作氣，但是中間有一年沒有動筆，寫開篇的時候改了好幾遍。

寫的是自己喜歡的故事，塑造的是自己喜歡的人物，經過了最初比較痛苦糾結的開篇以後，便寫得越來越順。

完本以後再回頭看，頗有些自戀地覺得自己將女主角的慢慢成功，塑造得極好。

整本書歷時七個月，其中也有疲憊的時候，特別是到了後期，對於處理男、女主角之間的情感問題，很是困擾。

這本書，男、女主角的互動其實並沒有那麼多，真心是一本以女主角為唯一主角的書；簡單概括來說，就是一個女醫的成長史。

到了最後，我的心裡大概只有一個想法——誰說女子不如男?!

阿秀就是一個比男子還要堅強，比男子還要有能力，比男子還要有目標的女子！

寫書其實是一件很有趣但是又枯燥的事兒，能塑造出各種性格的人物，讓他們在自己的筆下生動地活著，而且寫到後來，那筆下的人兒好似有了自己的靈魂。

但是長期地、沒有間隙地寫作，卻很容易讓人覺得疲倦。

特別是有一段時間，工作，出遠門，還要加上寫作，差點壓垮了我。

還好，我最後堅持住了。

我很慶幸自己寫了這個故事，讓大家看到了一個一直在努力的阿秀，看她如何成就自己的輝煌！

更慶幸的是那麼多讀者表現了對它的喜愛，陪著阿秀和我一起成長，讓我內心更加充實與快樂。

感謝那些一直陪著我成長的人，也感謝能讓讀者看到書的平臺，希望自己以後可以創造出更加美麗的故事，將這條路一直走下去。

蘇芫　二零一五年一月六日

第一章　醉鬼阿爹

回到家，不出所料地看到已經見底的米缸，阿秀重重嘆了一口氣，然後扭頭打算去自家菜田裡挖幾顆菜先將就著做飯了。

「阿秀妹妹，妳吃飯了嗎？」一個清脆的男聲從一處傳來。

阿秀扭頭看去，是鄰居家的阿牛哥放牛回來了，正趴在土坏牆上面衝著她呵呵直笑，大概是從小就幹體力活，雖然才不過十三歲，但個頭已經比阿秀高了不止一個腦袋了，而且那因為天熱露外面的胳膊上也已經依稀可見一些肌肉的痕跡。

阿秀再聯想到自己乾癟的身軀，心中不免有些羨慕。

「還沒呢，正打算去做飯。」阿秀揮揮手中還沾著不少泥巴的白菜。

「那妳去我家吃飯吧，我阿娘今天正好要做紅燒雞呢，阿爹前幾天打了一隻野雞，正好今天吃！」少年熱情地邀請道，只是話還沒有說完，自己就已經不自覺地嚥了一下口水，為了掩飾臉上的一絲不好意思，他又衝著阿秀憨憨一笑，露出潔白整齊的牙齒。

阿秀在聽到肉的時候，眼睛突地一亮，臉上的笑容還沒有綻放，就看到自己老爹醉醺醺地走了過來。

阿秀心中暗嘆了一句，才衝著阿牛哥歡快地說道：「謝謝阿牛哥啦，我就不去啦，你多吃點啊！」只有她自己知道，她的心在滴血，要知道她平日一個月都未必能吃到一次肉。

而阿牛也注意到酒老爹回來了，衝著阿秀揮揮手，再加上燦爛一笑，便一下子就不見了身影。

「阿秀，阿秀，妳怎麼變矮了啊，是不是又沒有吃飽啊？來，到阿爹這邊先喝口酒。」癱坐在地上的老頭兒正對著一把椅子嘿嘿直笑，也不管椅子根本不會對他作出任何的回應，只管將酒壺對著它撒。

「阿爹，我在這裡！」阿秀無奈地在一邊出聲道，她真不知道自己是上輩子做了什麼孽，這輩子因為一個普通的感冒就穿越到了一個小屁孩身上，而且還攤上這麼一個除了喝酒就知道到處闖禍的阿爹，這整個村子裡面，就沒有一個待見他的！

「咦，妳怎麼一下子站在這裡了啊？」那酒老爹跌跌撞撞地又站起來，正好讓阿秀扶住他。

「我一直都在這！」雖然無奈，但自家阿爹，阿秀也不能真的不管，打算用自己的小身板將人扶到屋子裡面去。

「就是這兒！」阿秀還沒有回頭，就聽到一陣噼哩啪啦的聲音，轉頭就看到自家脆弱的籬笆已經消失在她的視線中。

有些留戀地看了一眼原本籬笆的位置，阿秀這才看向來人。

「您是王大嬸兒？」阿秀有些不確定地說道，再看向她臉上密密麻麻的小紅疙瘩，心中有了預感，自家老爹該不會又出手了吧……

「喲，阿秀啊，虧妳還能叫出嬸子來啊！」王大嬸兒陰陽怪氣地說完，面色一下子就猙獰了起來，吼道：「把這酒騙子的家全給砸了，讓他知道，老娘的錢可不是這麼好騙的！」臉上的疙瘩再配上猙獰的表情，那是要有多可怖就有多可怖了！

跟在王大嬸兒後面的幾個壯漢拿著棍子直接往大門掃去，這常年種田的漢子那臂力不用說就知道不容小覷，阿秀家的門根本不用經歷第二下，就直接罷工了。

看他們衝著家裡的鍋碗瓢盆去了，阿秀連忙去阻攔，這家裡最值錢的也就是那幾只碗了，要是打碎了，他們以後用手直接盛飯嗎?!

「哎喲！」阿秀剛想去攔，就被原本醉醺醺倒在一邊的酒老爹直接隨手一拖，一個踉蹌間，那邊的碗就已經粉身碎骨了。

「王大嬸兒，您無緣無故跑到我家裡來，砸壞我家的門，還打破我家的碗，您今兒要是不給我一個理由，我一定要讓村長來評評理！」阿秀站直了身子，眼睛緊緊地盯著王大嬸兒說道；要知道這碗可是他們家僅有的財產了，就是泥人，遇到這樣的事情也難得不發火的。

「喲，我還沒找村長，妳還敢說這話呢，妳問問妳這醉鬼老爹，誰答應我能把我臉上的疙瘩治好的，這才三天呢，疙瘩反而更加多了，我只砸了妳家那還是輕的！」王大嬸兒喘著粗氣說道，她原本的模樣是不好看，但是也不至於像現在這樣子，自己男人看自己一眼，連飯都吃不下了，這口氣，即使把他家全部砸了，也難以平息。

「我阿爹雖然說保證能治好，但是沒有說一定在三天內啊，這看病講究的是循序漸進，哪有一口氣吃成胖子的；您這疙瘩變多，我在一本書上看過，那是臉裡面原本髒的東西都要排出來了，等排完了，您的臉也就好了。」

「書上真這麼說？」王大嬸兒還是不大相信，但是語氣卻沒有之前那麼堅定了。她最近幾天也發現這疙瘩比以前大了，裡面還好像有些黃黃的東西，如果真的是像她這麼說的，那還真的有可能就是臉裡面的髒東西……

「那是當然，要是您不相信，您找個識字的來。」阿秀就是認定了王大嬸兒根本不可能認識識字的人，所以才敢下這樣的保證，不然那種憑空捏造出來的事情根本就是一戳就破的。

「那我就暫時相信妳，那妳說，得多久才能讓我的臉變好！」王大嬸兒瞪著一雙牛眼問道，她是一天都不想再忍受自家漢子對自己嫌惡的眼神了。

「最多不超過半個月！」阿秀看了一眼躺在地上已經睡得開始打呼嚕的阿爹，語氣肯定地說道。

「那好，我就等這半個月，要是我的臉沒有變好，那阿秀妳就到我家給我做童養媳來！」王大嬸兒眼中閃過一絲精光，目光也毫不顧忌地將阿秀上下打量了幾番。

雖然阿秀身材乾癟，不大像是好生養的，但是整個村子，識字的人就這麼幾個，王大嬸兒想著要是多這麼一個童養媳，面子上還是很有光的。

酒老爹被村子裡大部分的人所嫌惡，但是作為他女兒的阿秀，卻是村子裡的香饃饃。

當然不光是因為阿秀識字，還有一個更加實在的，她會給那些牲畜治病，在這醫藥落後的地方，這絕對是一筆巨大的財富！

好不容易打發走了王大嬸兒，阿秀這才有時間打量家裡的情況，大門已經被打壞了，不過原本就沒有幾天是好的時候，所以她也不是很在意，讓她比較心疼的是之前桌上的那幾只碗啊！

要知道那可不是一般的碗，阿秀在穿越前雖然是外科醫生，但是她家裡從祖爺爺那輩開始就是做古董生意的，她雖然不接觸家裡的生意，但是耳濡目染之下，多少還是有些辨別能力的。

之前放在桌子上的那幾只碗，阿秀估摸起碼是有三百年的歷史了，別看它灰撲撲和一般別人家吃飯的碗差不多，甚至還要顯得再破舊些，但是仔細看的話，那底下隱隱透著青碧色的花紋，足以顯示出它的不凡來。

阿秀也不是沒有打過這些碗的主意，這半個月才能吃到一些肉星還得靠別人接濟的情況下，讓她實在是有些無力，要知道她上輩子可是無肉不歡的人吶。

只是這窮鄉僻壤的，想要找出一個識貨的人出來，可比她再穿越回去還要難。

雖然賣不出去，但是這也是潛藏著的財富啊，現在可好，全碎成渣渣了。

再低頭看了一眼似乎已經睡得香甜的阿爹，阿秀那是各種心緒湧上心頭。

「咦，該吃飯了嗎？」正當阿秀還在心疼那幾只碗的時候，酒老爹迷迷糊糊地往自己嘴邊擦了幾把，慢慢爬了起來，他似乎都沒有看到家裡的狼藉，瞇著眼睛在地上找自己的酒壺。

「在這裡呢！」阿秀將地上的酒壺撿起來往他懷裡一塞，又撿起地上的白菜，打算去做飯了。

如果說自家這個醉鬼老爹是沒有故事的，那阿秀是萬萬不相信的，她穿越過來的時候這個身體才不過兩、三歲。

要是普通的兩、三歲小孩，那必然是不會有多少記憶的，但是阿秀當時畢竟是成年人的靈魂，大概是這個身體受到了比較大的傷害，她在暈過去前只看到了一片的火光沖天。

等她再醒過來，她就已經到了這個地方，身邊就只有這麼一個酒鬼阿爹，一年到頭就沒見有幾天清醒的。

只是對於阿爹的身分，阿秀即使到了現在，也沒有看透，雖然家裡窮得時常揭不開鍋，但是不過一、兩天，原本已經空掉的米缸就會被填到半滿。

自己作為一個農家女，卻不需要下田幹農活，反而可以讀書識字，就是家門口的那塊菜地上的菜還是隔壁阿牛哥幫忙種的。

阿秀雖然知道自己的阿爹透著很多不能解釋的方面，但是她也樂得不點破，反正現在的生活，除了不能每天吃肉，別的都還不錯。

「阿秀妹妹。」

「阿牛哥，你怎麼來了啊？」阿秀在看到阿牛拿在手裡的碗的時候，眼睛一亮，雖然沒有看到裡面的東西，但是光憑著氣味，她就可以判定，裡面絕對是肉！

「家裡肉還多了一碗，阿娘特意讓我給妳拿來。」阿牛衝著阿秀憨憨一笑，嘴角隱隱還現出一絲酒窩。

「阿牛哥，你真好！」阿秀衝他燦爛一笑，剛剛被打破碗的鬱悶之情一掃而光。

「沒事沒事。」大概是被阿秀這麼一說，阿牛馬上緊張地臉都有些紅了，然後有些不自在地擺擺手，兩隻手都有些不知道往哪裡放了。

「替我謝謝嬸子，我下次去幫她穿線。」阿秀笑咪咪地說道，選擇性忽視了少年的羞澀。

「嗯，那我先回去了，等一會兒我拿些工具來給妳修門。」

「不急不急，你等下還得去地裡幹活呢，等有時間再說吧。」反正家裡也沒有什麼值錢的，或者說就算有值錢的，人家也瞧不出來，根本沒有被偷的價值。

「沒事，我馬上就回來。」阿牛似乎是怕阿秀拒絕，轉眼間就跑了出去，只留下一小搓灰塵慢慢落下來。

下午的時候，阿牛果然就像他自己說的，拿著工具來給阿秀修門，這個活他已經熟門熟路了，所以很快就弄好了。

「阿秀在家嗎？」

「在呢！」阿秀聽到外面有人叫自己的名字，連忙走了出去，一般這種時候，就是意味著有生意上門。

「阿秀啊，妳來幫我看看，我家的貓是怎麼了。」一個穿著有些考究的婦人抱著一隻黑白相間的貓進來，她的視線在注意到阿牛的時候，臉上頓時多了一絲曖昧的笑容，眼中也多了一絲別的意味。

阿牛在看到她臉上的笑容之後，臉一下子就紅了起來，有些不好意思地叫了一聲「姨媽」，就站在一邊不說話了。
這個婦人和阿牛的阿娘王桂花是親姊妹，名叫王蓮花，不過她命好，嫁的人有出息，現在已經是鎮長了，平日裡也住在鎮子上，和這邊一比，過得完全就是貴婦人的生活。
只是她也是個念舊的，知道自己姊姊過得沒有她好，總是隔段時間過來看望一下他們，這也能解釋，這平常日子裡，阿牛家怎麼就做起了大肉菜來。
阿秀自然是知道這些事情的，想著自己剛剛吃的肉還是沾了她的光，眼裡的笑意就更加多了些，臉上的表情也越發甜美。
「我先看一下貓。」阿秀將貓從阿牛的姨媽王蓮花手中接過，然後輕輕放到地上，大概是到了陌生的環境，小貓下意識就往王蓮花那邊靠。
這麼一走動，阿秀就可以看出這隻貓的後腿有些瘸了。
用手捏捏貓那條不大對勁的後腿，阿秀的臉上便多了一絲自信。「不是什麼大問題，只是簡單的脫臼，貓的恢復能力本來就好，我再給牠包紮一下就好。」阿秀在說話間已經拿來了一些布條，這個布是她穿不下的衣服裁剪而來的，只不過相比較村裡人的衣服，這個布料的品質還是要好上一些的。
等阿牛和王蓮花走了以後，阿秀才開開心心地將一小袋肉乾小心放好，本來她是不好意思收阿牛姨媽的錢的，只不過她給的是肉，她實在不忍心這麼狠心地對自己啊！

第二章　傲嬌驢子

幫吳大娘家的小羊接生完，阿秀高高興興地拿著吳大娘給的作為謝禮的一條臘肉回家去了，要不是現在村子裡的人開始相信她的醫術了，她可賺不了這些外快回去打牙祭。

換了身乾淨的衣服，阿秀便打算做飯，反正自家那阿爹也不知道什麼時候才會回來，她只管先做自己的那份就好。

看到灶頭的柴不夠了，阿秀便打算去屋後面的驢棚裡抱些回來，要說阿秀家的那頭驢，也算是一朵大奇葩。

大概是一年前，阿爹將剛剛睜開眼睛的牠抱了回來，從此牠也算這個家裡面的一分子了。

但是身為一頭驢，牠除了吃草完全沒有任何的作用，別人家的驢子拉磨、馱東西那是棒棒的，但是阿秀家的這隻，讓牠拉磨，牠就一動不動。

不管是在牠前面放胡蘿蔔還是蒙上眼睛都沒有用，阿秀有時候甚至還有一種牠在鄙視自己的錯覺。

不過只要自家阿爹站在牠面前，阿秀就能隱隱感覺到一種諂媚，那隻笨驢是恨不得將腦袋埋進阿爹的懷裡。

她只聽說過小鴨有將自己看到的第一個對象當作母親的情況，難道驢子也是這樣?!

正胡思亂想間，阿秀便來到了驢棚，只是今天的驢棚，卻來了一個不速之客。

阿秀第一眼看到牠，便是滿眼的驚豔，那英俊的面孔，修長的體形，渾身雪白一片，沒有一絲雜毛，真是好一匹英俊的馬！

她之前還抱怨自家的蠢驢沒有用，沒有想到竟然勾引來了一匹馬，阿秀想到這樣的一匹馬肯定是值不少錢的，特別是折合成肉以後，頓時看向牠的眼神都是冒著金光的。

「灰灰啊灰灰，沒有想到妳竟然還有這樣的魅力啊！」阿秀笑得很是猥瑣地靠近驢子灰灰，然後想要愛撫牠一番，偏偏人家不領情，很是嫌棄地往旁邊走了一步。

在肉面前，這樣的吃癟算得了什麼，阿秀面色絲毫不變，轉而將手伸向了那匹白馬，這手感，嘖嘖！

也不知道是誰家丟的馬，看這英姿，肯定不可能是村子裡的人，這樣她把牠賣了也不會有人來找她。

阿秀正想得美的時候，目光一凝，這馬身上竟然還帶著傷。

開始她還只是單純地以為這馬是在和灰灰套近乎，所以跪坐著，現在看來，竟是受傷了，而且看上面的血跡，以及牠腿擺放的姿勢，傷勢明顯不輕。

阿秀想到這裡，只覺得那大塊大塊的香噴噴的紅燒肉正在朝自己遠去。

這絕對不能忍！

和什麼過不去都可以，那也不能和肉過不去！

不過這馬的傷勢也不是她現在順手就能治好的，很多工具還要專門去準備起來，現在當務之急就是把牠留下來，還不能讓別人知道。

「噗！」灰灰大概是意識到阿秀打算將這個入侵者留下來，頓時有些不滿地叫了一聲，要知道阿秀平時割草就不勤快，驢棚裡的伙食堪堪只夠牠吃飽，現在又多了這麼一個大傢伙，那是要讓牠餓肚子，牠可不能忍！

「叫什麼叫啊！」阿秀拍了一下灰灰的大腦袋，要是被別人發現了，自己這筆意外之財就沒了啊！

灰灰大概感覺到了被拍打的恥辱，便不再吭聲了，反而將頭撇向了另外一邊，不去看阿秀，也不願意看那匹馬。

倒是那匹白馬，好像沒有感受到灰灰的冷淡，很是親暱地用頭去蹭灰灰的腦袋。

阿秀看到這幅場景，心中一亮，這馬暫時好不了不能賣掉，可能就算好了也會被人嫌棄受過傷，但是看牠的樣子，就知道那基因絕對是優良的。

那不正好用來配、種嘛！

想通了這一點，阿秀臉上的笑容就更加燦爛了，她老早就嫌棄這隻蠢驢脾氣大還沒用了，現在終於讓她發掘出一個可用之處，自然是要好好把握的。

她才不管這灰灰現在還是黃花大閨女，會不會害羞之類呢！

「灰灰親愛的，接下來妳就要加油了啊！」阿秀快速摸了一把灰灰的腦袋，歡歡喜喜地回屋裡去了。

她現在最需要的是要去研究一下家裡的醫書，看有沒有給動物催～～情的，想到美好的將來，阿秀臉上的笑容都收不回來了。

大約是心中有事，阿秀只是隨便扒了幾口飯，便去研究那個催情藥了。

要知道她上輩子雖然是醫生，但畢竟是外科的，跟這個根本就不一樣，而且一個是西醫，一個是中醫，那差別就更加大了，所以現在要做起來才萬分的艱難。

不過還好，自家那醉鬼阿爹別的沒有，醫書還是有幾本的，所以她一度懷疑自家阿爹是不是大戶人家的專屬大夫，因為得罪了人，所以才帶著她跑到這麼個鄉下旮旯的地方來避難。

雖然心中好奇萬分，但是阿秀向來不是一個會為自己增加煩惱事情的人，既然阿爹沒有打算和她說，她也沒有打算問。

要是真相過於可怕，那她知道了豈不是要吃不香、睡不著了？

當下讓阿秀比較苦惱的是，阿爹留在家裡的那幾本醫書都很是正經，一點兒都沒有提到這方面的東西，這讓阿秀有些無從下手了。

要是沒有那玩意兒，以自家那蠢驢如此傲嬌的性子想要一舉懷胎，那肯定比她每天能吃上肉更加難。

「阿秀，妳在找什麼啊？」門口傳來不大平穩的腳步聲，阿秀不用回頭就知道是自家阿爹回來了，不過聽他話語中包含的醉意，就知道他今天又喝了不少。

從她穿越過來到現在，差不多也有十年了，都沒有見他真的清醒過。

有時候阿秀也挺羨慕他的，每天就知道念叨著酒就好，就好比她心裡的最終目標就只是每天吃上肉而已。
人吶，一旦追求少了，反而活得輕鬆。
「找催情的藥怎麼做。」阿秀隨口說道，反正他也醉得迷迷糊糊了，哪裡還會知道她說的是什麼。
只是在阿秀沒有注意到的時候，她的阿爹腳下一個踉蹌，原本渾濁迷糊的眼睛一下子清明了起來；不過一瞬間的工夫，他又恢復到了原本醉醺醺的模樣。
「阿秀，我餓了。」酒老爹不管不顧地一屁股坐到地上，然後抱著凳腳，開始打起了瞌睡。
「知道啦，我這就給您去做飯。」阿秀有些無奈地將手中的醫書往旁邊先一放，打算等一下繼續來找。
等到阿秀的人進了廚房，原本好像已經睡著的酒老爹一下子站了起來，快速將幾本醫書翻到某幾頁，然後撕下來放進了袖口裡。
「阿爹，吃飯了！」阿秀做好飯，打算來叫人，結果發現應該坐在地上的人根本就不見了。
這樣的情況也不是一次、兩次了，阿秀心中雖然有些惱火，但是也沒奈何，誰叫自己攤上這麼一個阿爹呢！
既然他不吃飯了，她也樂得輕鬆，打算繼續找藥方，只是在翻到某一頁的時候，阿秀的手頓住了，如果她沒有記錯的話，這裡應該還有一頁的吧……

可是，阿秀有些難以置信地將書又抖了幾下，並沒有紙張掉下來，難道是自己記錯了，要是真的有的話，好像也不該不露一點痕跡啊，大概是自己想太多了。

阿秀心裡安慰了自己幾句，便繼續翻別的書。

這裡的書果然很純潔，別說是催情，就是壯陽什麼的記載都看不到，這古代的掃黃可比現代要嚴格多了啊，連醫書都掃得這麼徹底！

雖然書裡沒有找到方子，但是阿秀可沒有打算這麼容易就放棄，這村子裡人人家中都養著一些驢啊、羊啊、牛的，還怕不知道法子?!

阿秀想著今天正好去二狗子家接生了羊，說不定問他們就可以了。

只是阿秀想了半天也沒有想到一個切入點，等到了二狗子家裡，胡亂扯了一通也沒有想好怎麼比較自然地插入這個話題。

「今天妳阿爹又沒回來？」吳大娘微微皺著眉頭問道，眼中帶著一絲憐惜。

你說一個男人帶著一個小姑娘，而且整天都是醉醺醺的，終日不著家，也難怪這麼些年來沒有姑娘想要嫁給他；也虧得這阿秀自己機靈，還會給牲畜看病，再加上鄰里救濟，要不然非餓死了不可。

其實這還真是吳大娘誤解了，這酒老爹雖然時常不著家，但是卻沒有讓阿秀挨餓過，一旦家裡沒糧食了，不過一天，肯定又會有了的。

而阿秀之所以長得這麼瘦小，用阿秀自己的話來講，那就是肉沒有管飽！

「之前回來過了。」阿秀很明白吳大娘眼中的意味，心中有少許尷尬，自己其實並沒有他們想像的過得那麼淒慘啦。

「唉，可憐的娃兒，晚飯就在大娘家吃吧，正好妳二狗子哥在山上打到了一隻野雞，晚上吃個大雞腿補補。」吳大娘說著憐惜地拉住阿秀的手，真是怪可憐的，這小手，瘦得是只剩下骨頭了啊。

阿秀原本還想拒絕，但是在聽到「雞腿」兩個字的時候，眼睛一下子就瞪大了幾分，原本已經是想往後面縮的手又一下子反握住了吳大娘肥肥的手，雙眼中隱隱還帶著一絲淚花。「大娘，您對我真好。」

「乖孩子。」吳大娘看到阿秀這副模樣頓時母愛就氾濫了，她自己的女兒嫁到了隔壁村，平日裡也不常見到，現在瞧見阿秀這麼小女兒的模樣，整顆心都化了。

雖然大娘的懷抱有些壓迫人，讓她呼吸有些困難，但是只要一想到一會兒的雞腿，阿秀就覺得整個人生都充滿了光明。

至於她來的目的，咦，她是來蹭晚飯的嗎?!

只是透過吳大娘雄偉胸前的那絲縫隙，阿秀隱隱間看到了幾個陌生的身影，而且一看就不像是一般的百姓。

不過，這應該和她也沒有關係吧，現在的當務之急是，吃雞腿啊吃雞腿～～

「喲，你們小倆口感情好像還不錯的樣子嘛！」阿秀蹭完飯一臉滿足地回去，正好看到白馬在蹭灰灰的大腿。

這匹白馬的傷勢不輕，現在已經完全站不起來了。

而且即使處理好了傷口，馬是站著睡覺的，傷口的恢復又是一個很大的問題。

所以在現代，很多賽馬要是腿受傷比較嚴重的話，都會選擇直接安樂死，這樣受的痛苦反而少些。

而灰灰聽到動靜，看到是阿秀過來，眼中明顯有些失望，對白馬就更加冷淡了，要不是這個驢棚比較小，牠早就躲遠了。

「妳呀，就不要挑剔了，這窮鄉僻壤的，能有這樣的駿馬出現在妳面前已經很難得了，妳要把握機會啊，這麼好的基因可不是什麼時候都有的。」阿秀大概是吃了肉，興致很是不錯，索性找了一個小板凳開始坐在灰灰面前語重心長地教育起牠來了。

雖然這匹馬受了傷，但是不影響牠的基因啊，阿秀再次遺憾起自己沒有找到方子。

「噗。」灰灰雖然聽不懂阿秀在說什麼，但是直覺告訴牠不是什麼好話，扭過頭不高興地叫了一聲直接閉上了眼睛，眼不見為淨！

倒是那匹白馬，看向阿秀的目光很是柔和，長長的睫毛，配上深邃的眼眸，阿秀覺得自己都快被溺在裡面了。

這是她兩輩子加起來看到過的最美貌的馬。

「你說你啊，怎麼會受這麼重的傷呢？」阿秀的手輕輕拂過牠受傷的地方，白色的皮毛上面沾染的血跡已經乾涸，顯得有些可怖。

白馬大概看到了阿秀眼中的憐惜，舌頭輕輕舔了一下她的臉頰。

「真是調皮。」阿秀笑著拍拍白馬的腦袋，從小凳子上站了起來，心情頗好地說道：「既然你全身雪白，那就叫小白吧。」

也不管白馬是什麼反應，就扭頭回去了。

她現在應該思考的是，怎麼動手治療，雖然在這裡幹了不少日子的獸醫活兒，可是那些都是比較簡單的，或者說，是不需要太多器械的，畢竟在這裡，局限性太大了。

而小白，是她所遇到的，至少是近幾年來，情況最為複雜的病人。

特別是馬那個站著睡覺的問題，在條件如此簡陋的年代，真的不大好解決。

「將軍，踏浪已經找到了，在一戶農家後面，卑職原本想要將其帶回，只是踏浪受了不輕的傷，我怕驚動太多的人，所以先來請示。」一個打扮普通，長相路人的男子正在向站在他前面的男人報告。

「那密函可已拿回？」那男人並沒有回頭，淡淡的聲音中帶著一絲威嚴。

「屬下無能，正打算拿回，可是那屋主已經回來，屬下怕驚動她，就擅自先回來了。」那漢子很是慚愧，明明不是一件什麼難事，偏偏卻沒有辦成。

「無事，你先下去吧。」

「將軍……」那漢子正要離開的時候，又頓住了腳步，有些欲言又止。

「有什麼事，直說。」

「屬下今天聽村裡的人說，那屋主是極好的獸醫，踏浪在她那邊，說不定可以治好。」

那個漢子將自己打聽到的事情說了出來，他甚至都有些覺得是上天注定。

當他看到腿受傷的踏浪的時候，心中就一陣酸澀，這也是跟著他們出生入死的同伴，只是在軍營裡生活了那麼久的他，比一般人更懂得，腿受傷對馬來講那絕對是致命的。

幾乎沒有什麼馬，可以在腿受了嚴重的傷以後還能活下來。

所以當他聽說那個年紀小小的少女有著不凡的能力的時候，他下意識地選擇了相信。

他們比任何人都希望踏浪能跟著他們再上戰場！

「我知道了。」那男人微不可查地皺了一下眉頭。

第三章　偷驢賊嗎

初夏的太陽出現得總是分外早，阿秀伸了一個懶腰，昨天因為一直在考慮治療的方案，睡得比往日遲了一個多時辰，但是生理時鐘就在那裡，這個點人就醒來了，只不過身體卻顯得有些疲倦。

不過她現在年紀小，稍微伸展一下身子也就緩過來了。

吃過從阿牛哥那邊蹭來的麻球，阿秀去驢棚看看小白，打算盡快給牠處理傷口，沒有想到，一進去就看到一個高大陌生的背影站在那邊。

不管是身材或打扮，都不是阿秀所熟悉的，特別是他還站在驢棚這邊，她第一個反應是，他應該是馬的主人。

但是小白可是她美好的未來，所以她想都不想直接嚷道：「偷驢賊！」雖然馬不是她的，可那頭蠢驢的的確確是她家的，先下手為強總是沒有錯的。

那人老早就聽到了動靜，只不過一直沒有回頭，他沒有料到，這個女子竟然說他是偷驢賊。

雖然這頭驢看著和一般的驢有些細微不同，但是他也沒必要來偷。

而且，他從哪裡看起來像偷驢的了！

「聽聞姑娘善醫獸，踏浪為護我受傷，不知姑娘可有良方？」男子轉過頭來，視線輕輕滑過阿秀的臉，對於她還這麼年輕有些微微詫異。

阿秀聽完這句話就在心裡狂呼「陰險」，這男人先是踐一通，然後又直接問她能不能治好小白，言裡言外都透露著他就是主人，妳頂多只是一個獸醫的意味。

而且還狡猾到連治好給什麼報酬都不說，難道是想讓她做白工?!沒門兒！

那男人見阿秀不說話，還皺著眉頭的模樣，眼中閃過一絲異色，緩緩開口道：「我聽說姑娘妳擅長醫治，踏浪因為護我受了傷，妳有什麼法子來醫治牠嗎？」

阿秀聞言，心中有一千匹草泥馬奔馳而過，他是以為自己聽不懂，所以才又翻譯了一遍嗎?!自己看著就像這麼沒有文化的嗎？

好吧，自己的確就是一副村姑樣。

阿秀將人上下都打量了一番，本來是逆著光，所以看得不是很真切，現在細細一看，竟然還長得挺人模人樣的；特別是那個眼睛，雖然深藏著一絲鋒利，但是不管從眼形，還是眼眸，甚至是睫毛，都顯得很是美好。

不過阿秀就算上輩子有些外貌主義，但是在這窮地方待了這麼些年，這些矯情的毛病老早給磨沒了，現在是，能讓她每頓吃肉的那就是美男子。

所以這個男人在阿秀心目中，完全沒有時常給她偷食的阿牛哥來得順眼。

「你說這是你的踏浪，可是牠明明就叫小白啊，你有什麼證據說是你的馬？」阿秀含著一絲笑意看著那男人。

那男人一愣，似乎沒有料到阿秀會提出這樣的問題，甚至連新名字都取好了。

最讓他哭笑不得的是，一直不愛親近旁人的踏浪好似很滿意這個名字，還銜著這個鄉下姑娘一陣搖頭晃腦，絲毫沒有平日裡的威嚴霸氣。

要不是他之前檢查過牠，還在牠身上找到了那個密函，他都要懷疑這是不是跟隨了自己那麼多年的愛駒了。

「踏浪的耳後有一撮紅色的毛，妳可以檢查一下。」

阿秀自然知道是有的，因為她心中一開始就知道他就是小白的主人了，但是到手的肥肉，她怎麼忍心讓牠飛走。

阿秀隨意檢查了一下，毫無意外，果然是有那個特徵，她索性以退為進。「既然你說的是真的，那我就當小白是你的馬；只不過牠在我這，睡了我家的母驢，你是不是應該……」阿秀說著做了一個給點錢意思意思的動作，反正她本來就是村姑，才不介意自己是不是粗魯呢！

而且看這個男人的打扮，肯定是不缺錢的，讓自己能多吃幾頓肉，這點面子算得了什麼！

那男人聞言，整個臉都黑了下來，她當踏浪傷的是眼睛嗎，就這頭母驢……

他正要訓斥過去，餘光就看到踏浪正含情脈脈地看著那頭貌不驚人的母驢，他覺得喉嚨頓時一熱。

牠真的是自己那眼高於頂的踏浪嗎？

還是說，這個村姑說的的確是事實?!

他頓時心中多了一種吾兒不爭氣的感覺，這將軍府有的是駿馬良駒，也沒看牠正眼瞧過誰，怎麼現在眼光就低落成這樣，連驢都能將就了。

恨鐵不成鋼地掃了踏浪一眼，男人才抬頭看向阿秀。「是我的馬孟浪了，不知姑娘……」他沒有忽略之前她那個要錢的動作，既然只是要錢，那就好辦。

「我那母驢還是黃花閨女呢。」阿秀說著，欲言又止地看了他一眼。

難道我那踏浪不是毛頭小子嗎?!

不過阿秀可以這麼不要節操地說這樣的話，他是萬萬做不到的，冷著一張臉說道：「那妳想要什麼？」

終於聽到了自己最想要聽的話，阿秀整張臉都亮了起來。「五兩銀子，我還可以幫你把小白治好。」說著伸出一隻手，在面前晃了晃。

五兩銀子的話，自己絕對可以吃上整整一年的肉。

那男人原本黑著一張臉，但是聽到阿秀說能治好馬，眼睛快速一亮。「妳確定？」他一來就檢查過了，踏浪雖然現在精神還可以，但是受的傷絕對不輕。

就算帶回去，軍中的軍醫也未必有這樣的把握，她這麼一個小小的村姑，竟然有這麼大的能耐?!

「那是自然，你不是打聽過我了嗎，有聽說我失手過嗎？」為了肉，阿秀也不介意自賣自誇一下。

「接著。」他也不是猶豫的人，直接拋出一個銀錠。

阿秀連忙上前接住，雖然有些砸疼了手，但是只要想想大碗的肉，就覺得整個人都恢復了。

「這邊，只有三兩吧……」阿秀用手掂量了一下銀子，沒有想到看起來好像很有錢的樣子，竟然這麼摳門，說好的五兩，竟然只給三兩。

「剩下的，等我來接踏浪的時候再支付。」也許是阿秀的目光過於直白，那男子的臉似乎更加黑了一些。

其實他身上有不少銀票，只是銀子卻只有這麼一小錠，要是往日的話，誰能治好踏浪，別說五兩，五百兩他也不會嫌多；只是，他現在就是不想看到那個村姑得意的樣子。

「那行吧。」阿秀情緒有些低落，為自己看錯人，原本以為是一擲千金的主兒，結果是個摳門鬼。

「如此，那我半月後來接回踏浪。」言外之意就是說，阿秀只有半個月的時間來醫治牠。

「隨你。」

見阿秀並不反對，他最後看了一眼馬，一個閃身便沒有了人影。

阿秀愣了一下，那摳門男人竟然還是個武林高手啊！

「小白啊小白，你說你那個主人是不是太摳門了啊，你說才問他要五兩的銀子，竟然還要留一半下次給，這絕對是不重視你啊！」阿秀蹲下來摸摸小白的腦袋，很同情牠的模樣。

小白並不懂阿秀在說什麼，只覺得她身上的氣息讓牠很是舒服，忍不住發出幾聲愉快的叫聲。

練武之人原本就是耳聰目明的，阿秀說的話聲音也不算太低，再加上他的方向是順風，所以毫不意外地傳到了他的耳中，連帶著還有小白的聲音。

那男人腳下一個踉蹌，心中罵了一句「吃裡扒外」，就加快了腳下的步伐。

而阿秀那邊，又對著小白念叨了幾句，這才拍拍屁股站起來。

既然只有半個月的時間，那當務之急就是治好牠的腿傷，這樣才能有機會留下優秀的後代啊！

阿秀想著，笑得很是奸詐地看了灰灰一眼，希望能一下就中啊！

灰灰感覺脖頸一涼，好像要有什麼不好的事情發生了，忍不住抖了一下。

趁著時辰還早，阿秀先搭著二狗子的驢車去了一趟鎮上，將需要的東西都買了回來，雖然都不是很貴的東西，但是這麼一算起來，也花了將近一兩。

阿秀心疼之餘又後悔自己當時怎麼就沒有獅子大開口一下。

只不過按照那個男人那麼摳門兒的樣子，指不定也不願意多給，現在只能期望灰灰是塊肥田吧，耕耘一次就能有收穫。

吃過了午飯，阿秀便打算給小白做手術，想著等下要花大力氣，她特意把之前二狗子家送的臘肉蒸了一小半吃掉了。

肚子裡有肉的話，信心也會大些！

阿秀雖然學的是西醫，但是華佗的麻沸散實在是太有名了，雖然據說後世流傳的都不是他原來的那個，但是後來唐朝孫思邈所寫的方子，阿秀還是背下來了。

再加上，家裡除了幾本醫書，阿秀從小根本就沒有什麼別的讀物，不求倒背如流，但一般的方子還是難不住她的。

她心中甚至有些得意地想，要是她現在回去的話，醫術肯定能超越別人不少。

當然這也只是想想，那種無厘頭的穿越方法，再加上這十來年的生活，已經將阿秀那顆要回去的心，消磨得差不多了。

把雜念去掉，將煎好的麻沸散哄小白喝下，因為是馬，阿秀在劑量上又加了不少。

等小白倒下去了以後，阿秀才將自己的珍藏一一拿出來。

這些簡陋的手術刀，止血鉗，縫合針，都是她花費了大力氣弄出來的。

不過不得不說，自家那醉鬼阿爹的作用也不能忽視。

有的時候，阿秀都會懷疑，自家阿爹是不是察覺出了什麼，因為在她生辰的時候，她收到的禮物竟然是一盒針，相較於一般的繡花針，它要更加細長，這樣才能讓她彎出自己想要的弧度，更加適合縫合。

要是一般的父親，不會送女兒這樣的玩意兒吧。

偏偏他每天都是一副醉醺醺的模樣，讓她也無從問起，指不定最後還暴露了自己。

「小白啊小白，你可要睡得久一點啊。」阿秀輕輕拍拍小白的身子，面色一肅，眼中透出一絲堅定，手下快速動了起來。

她一直熱愛著自己的事業，即使到了這裡，她也沒有放棄自己深愛的醫學，雖然不能再上手術檯，甚至接觸不了病人，但她並沒有打算放棄。

旁邊的灰灰大概也感受到了現在的氣氛不一般，有些焦躁地踢了踢腳下的草，卻不敢再發出動靜來。

先用剪子將受傷那一片的毛都處理掉，特別是沾染了血跡的，免得二次感染。

用手術刀輕輕劃開傷口，這把刀被阿秀拿出來細細打磨過無數遍，雖然鋒利程度比不上在現代的時候，但是比一般的刀也要鋒利不少。

小白的右後肢應該受到了強烈的撞擊，已經呈現粉碎性骨折，而且受傷時間已經不算短，再加上現在已邁入初夏，傷口已經開始化膿。

將已經腐爛化膿的地方一一剜去，阿秀下意識地看了一眼小白，牠的睫毛微微動了兩下，看樣子藥用得還不夠猛。

將阿爹藏在床下面的酒撒在帕子上，先進行簡單的消毒。

這個酒阿爹藏了已經有好幾年了，阿秀可不敢用太多。

去掉血污，裡面的情況就變得清晰可見，骨頭的粉碎情況還不算特別嚴重，用小鑷子將細小的骨屑挾出來。

這是一個細工，阿秀眼睛一眨不眨地盯著裡面，高掛在天空的太陽散發著不小的熱量，沒一會兒，阿秀的額頭就慢慢滲出了汗珠。

其實給馬做手術的話，最好是要幾個助手在一旁的，可是現在條件簡陋，只能這樣了。花費了差不多小半個時辰，阿秀才擦了一下額頭的汗，差不多將骨屑挑乾淨了。

接下來要做的就是給馬腿重定，這需要一鼓作氣，所以一般骨科的大夫都是男性，因為男人在力氣方面比女人有先天上的優勢。

阿秀使勁吸了一口氣，然後屏住氣，雙手握住小白的腿骨，一個用勁，只聽「咯嚓」一聲，骨頭便被移回到了正常的位置上。

將一口氣呼出來，阿秀覺得自己的力氣都快用盡了，自己現在的這個身體畢竟只有十二歲，這樣大負荷的運動之下，難免有些承受不住了。

深深地呼吸了幾下，調節了自己的狀況以後，阿秀才繼續動了起來。

她以前有看到過一個方子，可以用蛋清治療馬的骨折，為此，她還準備了一大碗的蛋清，至於剩下的蛋黃，她至少已經想出了十道菜可做。

阿秀拿出木板，打算先將牠受傷的部位固定起來，然後再繼續。

只是她現在手已經有些發軟，不免有些力不從心了。

「那個誰，你快點下來幫我一下啊！」阿秀衝著某處招手道。

「再不下來，就前功盡棄了啊！」阿秀見那邊沒有反應，又補了一句，沒一會兒，從那邊的一棵樹上面跳下一個漢子來，赫然就是昨晚去彙報的人。

「還真的有人啊。」阿秀看到他，有些小詫異。

那人腳下一頓，差點自己把自己絆倒了，難道她剛剛叫的不是自己嗎？

其實阿秀也只是嘗試一下，早上那個男的看起來不像是一般人，以前看電視、看小說，不都會出現暗衛之類的存在啊。

阿秀就隨便喊了一下，沒想到真的有人下來。

「快點來幫我扶住。」阿秀怕人跑了，連忙招呼他過來幹活，免費勞力嘛，不用白不用！

既然都已經被發現了，自然是沒有再回去的道理，那人一臉憋屈地走了過去。

因為有了助手，阿秀的壓力明顯就小了不少，將麻紙用蛋清浸透迅速地纏繞在牠骨折的部位上，幾瞬間就包裹了七、八層。

「妳這是在做什麼？」那個漢子忍不住問道，軍中的大夫治療骨傷用的都是藥和紗布，可是她怎麼用的是紙，而且浸泡的好像是蛋清啊，難道這樣就可以了？

「天機不可洩漏！」阿秀故作神秘地說了一句，便繼續專注於手下的事情。

阿秀最後又用竹片將受傷的部位固定好，這才真正鬆了一口氣。

「這樣就好了嗎？」那漢子有些小心翼翼地看了阿秀一眼，他剛剛一直在樹上觀察她，一個女孩子家家的，看到那些腐爛掉的肉眼睛一眨都不眨的，下手那個叫快狠準啊，就是他這麼一個大老爺兒們來，幹這事那也要先抖一下吧。

「差不多了。」阿秀說著，給小白最後又裝了幾塊木板固定，這才算是大功告成，主要是這裡條件簡陋，能做到這些就算是很不容易了，接下來，就是要靠馬自己了。

有些馬受傷以後情緒會很暴躁，骨頭就更加不容易恢復，還有一些則是情緒低迷，這些都不是人所能預測的。

「還要做什麼嗎？」

說道。

「還要再補一下，你去買點肉回來吧，吃點好的補一補。」阿秀一臉正經地看著那漢子

他下意識地點點頭，以往他們在戰場上受了傷的話，伙食也會有所改善，踏浪受這麼重的傷，理應多吃點好的，而且牠又是將軍的愛駒，沒有道理虧待牠。

「那你就先去買些雞鴨魚肉回來吧，回來了正好吃飯。」阿秀笑咪咪地說道。

那漢子心中有些感動，之前將軍對這個姑娘神色間並不是很好看，他心中對她還有所誤解，沒有想到她竟然這麼好，還招呼他吃飯。

果然是將軍自己想太多了嘛！

他自己也忘記了之前看到阿秀手術時候的那股心有餘悸了。

只是等他從那些村民家裡買了不少的雞鴨魚肉之後，才意識到，踏浪明明是馬啊，牠根本就是不吃肉的啊！

他頓時有些上當受騙的感覺，黑著一張臉，拎著兩手的東西走了回去。

第四章 顧一叔叔

「你回來了啊。」阿秀看到他手裡的肉，眼睛一下子就亮了起來，嘴邊的笑容也更加燦爛了。

「踏浪是馬，明明不吃肉。」他興師問罪道，只是目光觸及到阿秀含著笑的臉，人一下子就虛了，自己會不會太凶了一點……

阿秀才十二歲，又有些營養不良，跟一般十歲女孩子差不了多少，在他看來，就跟小妹妹一樣。

他常年在軍營，幾乎沒有機會接觸到女孩子，在他看來，女孩子就應該好好被寵著的，自己剛剛還那麼凶她。

他自己也知道自己長得黑黝黝的，還不愛笑，以前回家，板著臉都能嚇哭鄰居家的小孩子，現在他就怕阿秀會一下子哭出來。

「對啊，我知道啊，所以這是給我們吃的啊。」阿秀一點兒也沒有被揭穿的難為情，很是自然地說道，好像剛剛誤導別人的不是她一樣。

「你要是沒事的話，就去後面處理一下這些吧，要是被別人看到你在這……」阿秀欲言又止地看了他一眼。

她的本意是，既然他之前要掩藏在樹上，那肯定是不能被旁人發現的，但是在他看來，阿秀應該是覺得陌生男人在家裡，會對她的名聲有影響。其實在這鄉下，哪裡有這麼多的講究，有時候下雨天，收留那些路過的行人也是常有的事情；而且阿秀哪裡會注意到這些，在她看來，自己現在完全還是小孩子啊，那些人如果還能想歪到那種地步，那絕對是喪心病狂啊！

只不過他還沒走，就被路過的阿牛看了個正著。

冷不防在阿秀家看到陌生男人，而且還是長相凶悍的陌生男人，阿牛一下子就緊張了起來。「阿秀妹妹，這人是誰？」如果是壞人的話，他肯定馬上衝過去保護她。

「是我爹爹的一個遠房親戚，專門帶著雞鴨來看我們呢。」阿秀笑咪咪地說道。

阿牛這才注意到他手裡的雞鴨，想著如果是壞人也不會專門帶著這些，頓時就放下心來，既然是阿秀妹妹的長輩，雖然長得凶了一點，肯定也不會是壞人。

「阿伯，您要在這邊住幾天嗎，阿秀妹妹家房間少，您要不到我家來住吧，我家房間多。」阿牛很是體貼地說道。阿秀家也就兩個房間，瞧他塊頭那麼大，住哪裡也不合適啊，而且阿秀又是女孩子；要是去自己家的話，自己可以去睡柴房，把房間讓給他。

那漢子面色一黑，自己有這麼顯老嗎？

如果被阿秀這樣的小姑娘叫做叔伯也就算了，那個小子，長得都跟他差不多高了，竟然這麼自然就叫他阿伯，他今年才十九歲啊，連媳婦兒都還沒有討呢！

「我先讓他住我阿爹的房間吧，要真不行再來麻煩你啊。」阿秀看他面色不大對，連忙打發了阿牛。

「我去殺雞了。」那漢子扭過身子悶悶不樂地往廚房走去。
「欸，你叫什麼和我說下吧，免得到時候別人問起來。」
「妳叫我顧一就好了。」
「那顧叔……」
「我今年才十九歲。」顧一忍不住說道，明明在軍營裡，他這樣的年紀和長相是正常的啊。
「呃……」阿秀愣了一下，才從善如流地改口道：「顧大哥。」
顧一心裡終於好受了些，只是他還沒有走兩步，就聽到阿秀在後面嘀咕道：「明明長得都可以做我爹了嘛。」
顧一心中一陣悲憤，他好想回軍營。
等顧一收拾好雞鴨，就看到阿秀端著一個碗出來，他隨便瞥了一眼，腳下的步伐就頓住了，有些懷疑地看了阿秀一眼。「阿秀姑娘，妳這個是什麼菜？」
「韭菜炒蛋啊。」今天用掉了蛋清，剩下的蛋黃正好可以炒菜，韭菜還是自家種的，很是新鮮。
「那為什麼顏色是這樣的……」顧一覺得有些驚恐，他開始還以為是自家醃製的小菜，所以顏色是黑漆漆的，但是又覺得冒著熱氣有些奇怪，沒有想到，竟然會是韭菜炒蛋。
「有些炒焦了，顧大哥你就稍微將就一下。」阿秀沒有想到這菜還沒有上桌就被吐槽了。「顧大哥要是會下廚的話，要不你把這雞鴨順便做一下？」

「我一個大老爺兒們，怎麼會做菜！」顧一瞪了阿秀一眼，這洗衣做飯不是女人天生會的技能嗎？

「既然如此，那我們只能繼續將就了。」阿秀直接一屁股坐下。「咱們今天就吃這一道菜吧。」

「為什麼！」顧一聽到阿秀就打算給他吃這碗黑漆漆的、奇怪的韭菜炒蛋，眼睛就瞪得更加大了，再加上黑黝黝的面龐，整個人都透著一股猙獰的味道。

他在軍營裡的時候，那伙食就是大鍋飯，也要比這個好上幾個檔次呢！

「我不會做飯。」阿秀很是理所當然地說道，完全沒有一絲難為情。

她很有自知之明，所以一旦能蹭飯她絕對不會落下，幫忙醫治以後的報酬也儘量選臘肉這種，因為只要蒸一下就可以吃了，像那種要煮的，不管是什麼，等做好拿出來，都還是一樣的。

「妳真的是姑娘嗎？」顧一難以置信，怎麼會有一個姑娘家不會做飯還說得這麼理直氣壯的。

「這難道不是一目了然的事情嗎？」阿秀白了顧一一眼，自己雖然乾癟，但是長相還是很女孩子的。

顧一看阿秀已經拿起筷子面不改色地吃起了那道詭異的韭菜炒蛋，也只好認命地坐了下來。

這黑漆漆的東西真的能吃嗎？

顧一提著他的小心肝小心翼翼地挾起一小塊，看阿秀吃了好幾口了，那至少毒不死人。

想通了這點，顧一一下子閉上了眼睛，然後將那筷子不知道是韭菜還是蛋的玩意兒塞進了嘴巴裡。

「噗，這是什麼味道？」顧一以為自己已經做好了心理建設，但是當它的味道瀰漫了整個口腔的時候，他還是忍不住將它吐了出來，他這輩子沒有吃過這麼難吃的東西。

阿秀面無表情地又吃了一口，才慢悠悠地說道：「韭菜炒蛋的味道。」

顧一看向阿秀的眼神中透著一絲恐懼，先前她能面不改色地剜肉，現在她能面不改色地吃這麼可怕的菜，和她的意志力一比，顧一心中不禁產生了一絲羞愧。

怎麼說，他也是將軍身邊排得上名號的近衛啊，現在竟然連一個女孩子都比不上……

如果阿秀知道他心裡所想，非笑噴了不可。

剜肉面不改色是因為她以前就是外科醫生，上過無數檯手術，剜肉簡直就是小意思；至於吃菜，那是因為習慣了，她從懂事開始就是自己做飯，這樣的味道已經吃了六、七年了，還能不習慣！

「我去把雞鴨做了吧。」顧一有些喪氣地說道。

「嗯。」阿秀點點頭，並不去看他。

等他進了廚房，阿秀就直接將手上的筷子一丟，愉悅之情顯而易見，直覺告訴她，那個黑大個兒做的菜肯定不錯。

你說人長得顯老，皮膚又黑，還不會說話，那總得有一些別的什麼優點吧！

顧一其實也沒有怎麼下過廚，頂多小時候幫娘燒過柴，之後參了軍，就一直吃的是大鍋飯；後來升職了，就有單獨的飯菜，這正兒八經地做菜，還真真是第一回。

顧一雖然是第一次做菜，但是速度卻很快，沒一會兒就把菜端了上來，廚房沒有什麼別的小菜，顧一就很簡單地做了一個紅燒雞鴨塊，滿滿的一大鍋，足足盛了四大碗。

「哇，顧大哥好手藝！」阿秀聞到那個味道，唾液就忍不住分泌出來了，那色澤，不用吃，她就知道味道肯定很好。

「做菜其實也不難嘛。」顧一被阿秀這麼直截了當地誇讚，黑面隱隱泛起了紅暈。

一個糙漢子臉上帶著紅暈，怎麼看都是有些詭異和好笑的。

顧一也怕阿秀注意到這點，連忙轉移話題。「那妳趕緊吃吧。」

他哪裡知道阿秀的注意力原本就一直在肉上面，根本沒有多餘的精力去察覺這些小細節。

「顧大哥是第一次做菜嗎？」阿秀嚐了一口，眼淚都要掉下來了，味道和自己的一比，簡直好吃到要流淚。

發現了顧一這一個新的技能，阿秀對他的態度明顯要好了不少，甚至隱隱間還帶了一絲諂媚，如果他能一直給自己做飯那就好了。

「以前在家裡看娘做過。」大概是阿秀的笑容過於甜美了，顧一都有些不好意思去看她了。

「顧大哥真厲害！」

顧一的臉「轟」地一下全部紅了，雖然阿秀現在還只是一個小姑娘，但是這甜甜的話語對於一個常年在軍營的宅男而言，威力也是不容小覷的。

阿秀知道自己要是再調侃下去，這顧一的臉說不定就能生煎雞蛋了，為了自己的下一頓和下下頓，阿秀決定收起自己那顆想要捉弄人的心。

只不過趁著他現在不好意思的時候，阿秀決定要為自己謀取一些福利。

「等小白好的這段時間，飯就交給顧大哥來做吧。」

顧一根本就沒有聽見阿秀說了什麼，只是下意識地點頭。

「記得每天都要有肉哦。」阿秀的聲音更加輕柔了些。

繼續點頭。

「每天最好還能有些花樣。」得寸進尺的嘴臉。

連連點頭。

「那吃飯吧，不然菜涼了就不好吃了。」

顧一最後點完頭，然後才意識到自己剛剛好像答應了一件什麼了不得的事情。

「我剛剛答應了什麼？」

「你說以後菜你做啊，每天至少有三道肉，而且還會變著花樣來做。」阿秀笑咪咪地看著他重複道。

原本還黑裡透紅的臉色一下子全部變黑了，他剛剛真的有答應這些嗎？

「顧大哥，身為一個男人，最為重要的便是守信，人無信不立，你該不會是想說話不算話吧。」阿秀笑得很有深意，滿意地看著顧一的臉色又黑了些。

「大丈夫，自然是言而有信的。」顧一有些艱難地說完這句話，便埋頭吃了起來，他決定不去搭理阿秀了，免得繼續被坑。

將軍說的沒有錯，這個姑娘果然心眼兒多，自己還是得多多注意。

吃完這頓不算特別開心的晚餐，阿秀主動將洗碗的事情包攬在了自己身上，既然顧一都做菜了，那碗自然是自己洗的。

見阿秀這麼主動，原本還抱著以後要少和她接觸的想法的顧一，心裡頓時又有些不堅定。

其實，阿秀姑娘也沒有那麼壞啊……

她可能比較喜歡吃肉，再加上家裡這麼窮，所以才想多吃點；而且一個女孩子，做菜那麼難吃已經那麼可憐了，說不定以後嫁人了還要被婆家嫌棄……

這麼一轉念間，顧一就從原本的防備，變成了滿滿的同情。

大清早起來，阿秀先去驢棚看了一下小白，麻沸散的藥力已經過了，只不過剛剛做了手術，精神還有些萎靡。

牠看到阿秀過來的時候，還衝她輕輕叫喚了一聲，惹得一旁的灰灰輕嗤一聲。

小白馬上就討好似地往牠那邊靠去，相比較最開始，灰灰對小白的態度已經好上了不少。

這讓阿秀又看到了交配的希望。

「你要快點好起來啊。」阿秀在旁邊給牠打氣，一共就只有半個月，那個藥布要七天才能拆掉，剩下的時間可不多了。

顧一回來的時候就看到阿秀微微低著頭，用手輕輕摸著踏浪的腦袋，在給牠打氣。

他頓時覺得，阿秀真是一位好姑娘。

「阿秀姑娘。」

「顧大哥，你起了啊。」阿秀回頭一笑，其實她一早起來就知道他人不在了，多半是去買菜了，她昨天很是詳細地和他說了一下鎮上哪些販肉攤子的肉新鮮，老闆人實在。

雖然她以前很少有機會吃到肉，但是不妨礙她在別人說的時候，暗暗將這些記下來；正所謂，有備無患。

只是她眼睛雖然是看著顧一的，但是餘光一路瞄向他拎在手裡的菜籃子，可以看到裡面起碼有兩塊豬肉、一條魚。

阿秀臉上的笑容更加深了些，果然，會買肉的男人最帥氣了。

「踏浪好像精神了不少，阿秀姑娘醫術果然了得。」顧一看到原本一直跪著的踏浪今天竟然站了起來，心中一陣驚喜，這說明牠在慢慢好起來。

只要踏浪能好起來，他做半個月的飯又算得了什麼。

「顧大哥客氣了，你叫我阿秀就好了。」阿秀視線慢慢往下落，直到放到了那個肉上面。「時辰也不早了……」

「我這就去做飯，阿秀妳忙妳的事情吧。」顧一雖然有些憨直，但是又不笨，阿秀的暗示已經很明顯了，自然不可能看不懂。

「唉，我當時要是說一個月該有多好啊。」阿秀想到半個月以後這個免費的廚師就要走了，心如刀絞！

第五章　偷雞不成

「阿秀妳個死丫頭，給我出來！」阿秀正在憂傷之際，就聽到一個潑辣的聲音從自家院子裡傳來。

不用看，阿秀就知道是王大嬸兒，只是這半個月還沒有到，她怎麼就來了？

阿秀慢悠悠地走到院子裡，就看到王大嬸兒正插著腰，嘴上罵些不乾不淨的話。

「喲，王大嬸兒啊，您怎麼來了啊？」阿秀陰陽怪氣地說道，餘光看到她的臉，就知道她這是來找事的，既然人家這麼罵上門來，她也不能示弱。

「還問我怎麼來了，妳瞧瞧我的臉，不是說半個月就能好了嗎，這像是會好的樣子嗎？」王大嬸兒指著自己的臉，眼睛瞪得老大，再配上那張血盆大口，阿秀都有些不忍直視了。

王大嬸兒的大嗓門還把不少的鄰里都引了過來，明顯是想讓阿秀下不了臺。

阿秀哪裡不知道她打的什麼主意，王大嬸兒只有一個兒子，今年才七、八歲，病病殃殃的，她只見過一次，聽說是先天不足的毛病，王大嬸兒肯定想著自己懂些醫術，讓她做童養媳的話，以後照顧兒子的事情就可以推給她了。

王大嬸兒倒是想得美，對自己也夠狠心的，為了達成目的，不惜將自己這張老臉毀成這樣子；但是阿秀她也不是好欺負的，不要以為她平時都笑咪咪的，就以為誰都可以來踩她一腳。

「我之前說的可是半個月啊，現在才十天呢，而且您現在的症狀可不是您原本該有的啊！」阿秀慢條斯理地說著，並不見一絲驚慌。

「什麼該有不該有的話，藥我照常在抹，可是這臉可是一點都沒有好轉，不找妳，我找誰去！」聽到阿秀說這個症狀不是她應該有的，王大嬸兒心中一驚，有些發虛，但是她想到自己那個兒子，又馬上有了底氣。自家男人懶惰，心思又多，眼睛就知道瞅著那些年輕的小媳婦兒，賺錢從來不知道給家裡花，兒子身體從小不好，他也不關心，如果她不提前做好打算，以後可怎麼辦？

「如果您真的只用了我阿爹做的藥，臉上現在應該已經結痂，但是您現在不但沒有結痂，反而化膿得更加厲害了，要不就是您沒有用藥，要不就是您自己又加了別的東西。」

「妳胡說些什麼，反正我可不管那麼多，五天後我的臉沒有好，妳就得到我家去做童養媳。」

原本剛剛就想上前去幫忙的阿牛，現在就更加急了，忍不住出聲道：「就算治不好也是酒老爹的事情，關阿秀妹妹什麼事情啊，為什麼要阿秀妹妹去做童養媳？」

「就是，妳這臉可不值一個小姑娘啊！」旁邊有些閒在家裡沒有下地幹活的男人起鬨起來。

這樣的熱鬧，村子裡的人最喜歡湊過去了。

「就妳家那死鬼，妳就不怕他到時候眼睛都在她身上了啊！」一個流裡流氣的聲音從人群中傳來，馬上就引起了不少人曖昧的笑聲。

王大嬸兒的男人是出了名的心思多，一般年輕的小媳婦都不願意從他們家門前路過，免得被占了便宜，還沒處說。

被那些人這麼一調侃，王大嬸兒臉色都不對了，見他們玩笑越開越不堪，頓時惱道：「你們管好自己炕上的就好，話這麼多，當心以後被閻王剪掉舌根。」

「說句實話還說不得了啊，妳有本事管好妳家男人啊！」那人並不怕王大嬸兒，笑得很是張揚。

王大嬸兒的眼裡都差點要噴出火來了。

阿秀樂得看戲，其實她第一眼看到王大嬸兒就差不多能猜出來了，她怕是不光沒有用藥，還往自己臉上抹辣椒粉了，所以病情才變得這麼嚴重。

如果仔細看的話，那些膿水裡還帶著一些小紅點，那些可都是證據。

「不管怎麼樣，妳得給我一個交代！」王大嬸兒不去聽那些人的話，就等著阿秀給她一個交代。

「既然嬸兒您一定要跟我較真，那也不要怪我這個做小輩的不給您留面子了。」阿秀面色一正，緩緩地說道。

「什麼較真不較真的，我不懂妳在說什麼。」王大嬸兒雖然竭力保持著鎮定，但是眼睛卻控制不住地左右閃躲著。

「既然鄉里鄉親都在，那正好給我做個見證。」阿秀中氣十足地說道：「我爹爹給王大嬸兒配的藥粉可是白色的，你們再瞧王大嬸兒臉上，這些小小的紅色的點又是怎麼一回事？」

被阿秀這麼一說，圍觀的人都下意識地往王大嬸兒臉上看去。

「這好像是辣椒粉。」人群中馬上有眼睛比較亮的人發現了這個事實，直接就嚷嚷了出來。

王大嬸兒本來就是外強中乾的，被人這麼一說，臉色馬上就變了。

可是她心中想要讓阿秀當童養媳的願望又過於迫切，硬著頭皮道：「我可不知道妳說的什麼辣椒不辣椒的，反正我只要臉不好，妳就得到我家去給我做童養媳。」

在場只要是有眼睛的人都可以看出來，這王大嬸兒就是故意的，紛紛在一邊嗤之以鼻。

阿牛他娘也是十分中意阿秀，所以聽到這話，頓時就不爽了，心裡直唸著——我家這邊等了這麼多年，就等著她年紀再大些，就好討過來做媳婦兒了，妳這麼一張爛臉還想占這樣的便宜?!

「這話說的，雖然說妳這臉好不好沒有多大的區別，但是俗話說的好，冤有頭債有主的，妳有本事往自己臉上撒辣椒粉，那妳就要有本事找那酒老爹做妳家童養媳啊，巴著人家小丫頭做什麼啊！」阿牛娘插著腰毫不客氣地說道。

要知道阿牛娘王桂花當年也是村子裡的一朵小辣椒，她嫁人這麼多年，功力那絕對是只增不減的。

「妳這爛嘴巴是在說什麼呢，誰往自己臉上撒辣椒粉呢！」王大嬸兒不甘示弱地回道，只是比起阿牛娘來說，多少缺了一些底氣。

「看臉不就知道了嗎，妳說妳一老娘兒們，也虧得妳做出這樣的事情來，妳這臉值人家小丫頭嘛；還有就妳家那兒子，妳這是想找個免費丫鬟吧，這窮人家的命還想享富貴人家的福，妳還不如倒頭睡一覺，作夢比較快！」阿牛娘一點兒都不停頓地將話噼哩啪啦地說出口。

阿秀站在一邊完全沒有插嘴的餘地，再看王大嬸兒臉上一陣白、一陣紅的，心中只覺得一陣好笑，這就叫做偷雞不著蝕把米。

「大虎家的，小虎子出事情了！」王大嬸兒還想做最後的掙扎的時候，就有人跑了過來。

這大虎是王大嬸兒男人的名字，小虎子是她兒子的名字，雖然名字取作小虎，但是身體弱得就跟一隻貓一樣。

這小虎子是王大嬸兒的心尖尖，這一聽是兒子出事了，話也不說，臉也不管了，直接就往家裡跑。

「好了好了，都散了。」阿牛娘揮揮手，她在這邊還是挺有威信的，當然這和她那個嫁得好的姊妹也有脫不了的關係。

反正也沒有八卦看了，原本圍觀的人直接一哄而散了。

「謝謝嬸子了。」

「謝嬸子做什麼，大家這麼多年鄰居了，哪還講這些啊，妳那酒鬼阿爹呢，這次是幾天沒有回來了啊？」阿牛娘往屋裡隨便瞅了一眼，你說這女兒還這麼小，他怎麼老是幾天不著家。

她還記得自己當年第一次見到這個小丫頭，才四、五歲的模樣，就要自己做飯，個子都還沒有家裡的灶高呢，讓人看了怪心疼的。

那酒老爹也真是的，家裡隨處放酒，人還不著家，要不是當初他們發現得早，這小丫頭說不定就被火給燒沒了。

「雖然現在也是大姑娘了，但是妳爹這未免也太沒擔當了，妳說妳當年就差點給埋火裡了，他現在怎麼還這麼放心。」阿牛娘頗有些恨鐵不成鋼。

阿秀面色微微僵了一下，沒有想到她記性這麼好，這都是七、八年前的事情了，而且那次其實是她自己的錯。

那個時候自家阿爹第一次離家超過一天，她吃完了他留給她的兩個餅，就想著自己動手，好填飽肚子；但是這古代的灶和現代的煤氣灶可不是一個概念上的東西，她在現代的時候雖然不下廚，但是下個麵條之類的還是毫無壓力的。

可是在古代，她第一次下廚的代價就是自家的廚房；就是現在，她也不大習慣一個人又顧著火，又得顧著炒菜，所以每次炒出來的菜都是黑漆漆的。

只是當時，因為在廚房出現了幾個空的酒罐子，在場的人都下意識將那場火災連繫在了上面，自家老爹回來以後，在村民心中的形象又跌了不止一點點。

「過去的事情就讓它過去吧，阿爹出門肯定也是因為有事要辦。」阿秀笑呵呵地說道，努力將話題轉移掉。

「就妳想得開，聽我家阿牛說，妳家有親戚來，要不中午就來嬸子家吃飯吧。」阿秀做菜的水準，阿牛娘還是知道的，不過她就喜歡這小姑娘，不會下廚也不是一個大問題。

「不用了，我那哥哥雖然塊頭大，但是人比較害羞，這人一多，他肯定又不好意思了。」阿秀一邊說著，一邊想像著顧一紅著臉扭扭捏捏的模樣，頓時覺得一陣惡寒。

「這樣啊，那妳去嬸子家拿些雞蛋和醬肉吧，也不能虧待了客人。」阿牛娘很是熱情地說道。

阿秀也不是矯情的人，謝過了以後，便象徵性地拿了一些。

回到家裡，顧一已經將飯菜都做好了，神色有些怪異地站在一邊。

「你這是幹什麼呢！」阿秀看了他一眼，還好他剛剛沒有出來，不然事情肯定就更加麻煩了。

「沒事，我做好飯了，妳要不要再來一個湯？」顧一憋了半天才說道。

他剛剛在廚房裡糾結，到底該不該出去。一方面他覺得自己是個男人，阿秀還叫他一聲顧大哥，他這個時候應該挺身而出；可是另一方面，他畢竟是秘密到這裡的，昨天被那個漢子看到已經是一個意外了，要是再這麼直接出去，要是被別人注意到了，那他不就違背了將軍的命令嗎！

糾結了半天，最後還是覺得軍命為重，所以他現在面對著阿秀，心中是飽含愧疚的。

大約是彌補心理，這天之後，顧一對阿秀越發的溫柔，做菜也越發的殷勤了。

只是這麼一來，阿秀反而覺得有些不大對勁了。

她覺得最近的顧一有些奇怪，對自己好得有些過分了，之前讓他下廚吧，他總有些心不甘情不願的，就是做菜，也是挑最簡單方便的來。

但是這兩天，只要到了做飯時間，他下廚就很是勤快，還變著花樣給自己做肉吃，菜也從以往的兩個菜增加成了四個，甚至就連吃完飯以後的碗筷，他都搶著去收拾。

無事獻殷勤，非奸即盜！

顧一的表現反而讓阿秀心中多了一絲警惕，難道他發現了自家那個少了一條腿的椅子其實是個古董？還是那個阿爹用過的小酒壺是出自名窯？還是說他其實想捲款潛逃……

但是阿秀又轉念一想，不是每個人都有她這麼好的眼力的，看顧一這麼憨的樣子，能看出來才叫奇怪。

而且再細想他看自己的眼神，好像和最早之前也有些不大一樣，難道……

他竟然是暗戀自己嗎?!

阿秀將自己上下打量了一番，十二歲的年紀，但是只有十歲的外表，身材那叫一個乾癟，臉也沒有長開，可以說是一無是處，真不知道他看上自己哪裡……

再一想，阿秀突然心中一陣驚恐，難道，這顧一竟然有戀～～童～～癖！

顧一覺得最近阿秀對自己的態度有些奇怪，雖然自己做的飯菜她還是吃得精光，但是怎麼說呢，他總覺得，她有時候看向自己的眼神中帶著一絲怪異，但是這個怪異到底具體在哪裡，他又說不上來。

這時間一長，顧一覺得自己的人都有些焦躁不安起來了。

「阿秀，是我最近做的菜味道不對嗎？」顧一忍了兩天，最後終於忍不住問出了口。

明明他覺得自己的菜做得越來越熟練了，但是為什麼她看自己的眼神一天比一天詭異呢？他覺得裡面還帶著一絲惋惜的感覺，可是他有什麼好讓她惋惜的……

「沒有，很好吃。」阿秀說著，心中就更加覺得可惜了，這麼一個會做菜的男人，竟然是有那樣的怪癖，真是太可惜了，果然人不可貌相。

「那妳為什麼……」顧一想了半天，終於找到了一個相對比較貼切的詞語。「一邊吃一邊搖頭，是哪裡味道不對嗎？」甚至有時候還會伴隨著嘆氣，這飯吃得有那麼艱難嗎？

阿秀以為自己的惋惜只是表現在心裡，沒有想到竟然已經表現得這麼外在了。

她索性也不掩飾了，直接問道：「其實我一直想要問你，你覺得女孩子哪種比較美麗，是身材妖嬈型，還是纖細型？」

阿秀還知道自己是個女孩子，所以問出來的問題也不算太過火，沒有直接問——「你是不是喜歡幼女」之類的問題。

但是就在古代而言，這樣的問題已經很勁爆了，也就阿秀自己覺得自己還算矜持吧。

顧一聽到這個問題，直接從凳子上跳了起來，眼神閃爍不定地看著阿秀，這鄉下的女子，難道都是這麼開放的嗎？

不過他又仔細看了一眼阿秀，她的目光很純粹，難道是他想多了？

而且阿秀身量看起來小，跟個小孩子一般，他也實在無法將她和「女子」這兩字連結在一起，也許她只是心血來潮隨口問一句吧……

「妳一個小姑娘家家的，怎麼突然冒出這樣的念頭來？」顧一覺得自己是個大人了，而且現在扮演的是兄長的角色，很有必要糾正一下她有些不大好的地方。

「我就好奇一下啊。」阿秀心裡翻了一個白眼，要不是怕他是有那怪癖的人，她有必要問這樣的問題嗎?!

「難道沒有人告訴妳，身為一個姑娘，應該要矜持嗎？」顧一忍不住說道，要是像她這樣，以後還能嫁出去嗎，而且連做菜也不會。

「我又沒有阿娘，阿爹還常年不著家，沒有人告訴我要矜持。」阿秀的本意其實是想說，她就是不懂矜持的。

但是在顧一聽來，就覺得阿秀好可憐，他原本就發現自己到這邊以後，就沒有見過她的長輩，心裡早已有些奇怪，只是作為一個外人，又不好多嘴問，沒有想到真相就是這樣。

頓時那滿腔的父愛直接洶湧而來，就連坐在一邊的阿秀都能感覺到他身上一下子閃現出了滿滿的父性光輝。

阿秀面上忍不住有些不自在，其實她真的沒有那麼淒慘……

這樣的生活，在她看來還是很悠閒的，除了吃不夠肉以外。

「阿秀，如果妳……」

「如果你不想回答就算了。」阿秀一看顧一這個架勢，就跟當年自己考砸了回家以後，自家老娘要開始長篇大論的表情一模一樣。雖然自從她前世的父母出了意外過世以後她就再也沒有見過，但是這並不代表她樂意見到，有些東西，只要停留在記憶裡面就好。

顧一覺得自己到嘴邊的話被硬生生地堵住了，肯定是自己剛剛的神色讓她不高興了，畢竟誰不希望父母雙全啊。

顧一心中的愧疚之心高漲。

「其實也不是不想回答。」

「那答案呢？」阿秀一下端正了坐姿，很是期待地看著顧一，當她以為沒戲的時候，顧一竟然讓步了。

「纖細，纖細型的吧。」顧一的臉一下子紅了起來，說話也變得結結巴巴的。

阿秀只覺得眼前一黑，難道這個大塊頭，真的就是傳說中的……那啥？

顧一實在不能理解，為什麼自己就回答了這麼一個問題，阿秀的整個人都變了。

只見她飛快地掃乾淨碗裡面的菜，然後拋下一句「我吃飽了」就直接跑遠了，只留下還一片茫然的顧一。

她今天吃的，明明只有往日的一半。

再說阿秀，她一邊跑一邊憂傷，雖然顧一人真的不錯，但是戀童癖之類的她真的接受不了啊！

果然有些東西還是不要說得太透比較好啊，阿秀現在已經開始後悔自己剛剛為什麼要問那個問題了，這讓她以後還怎麼坦然地吃肉呢！

這日子還怎麼過呢！

而顧一，他只覺得，女兒心，果然是海底針啊，一會兒一個樣……

七天的時間過得很快，因為之前阿秀說過，要七天才能拆藥，顧一差不多是每天扳著手指數日子。

好不容易到了時間，他更是積極地做好了早飯，就等著阿秀動手。

阿秀前幾天知道了那個殘酷的真相之後，心情有些沈重，在面對顧一的時候更是神色閃躲。

不過她後來慢慢也想通了，雖然他心理上有那麼一點問題，但是人家也沒有幹什麼壞事啊，自己怎麼能歧視他！

這麼一想以後，阿秀對顧一的態度也慢慢恢復到了正常。

阿秀知道顧一急切的心情，吃了早飯後就直接和他到了驢棚。

「傷口恢復得挺好的。」用花椒、防風等藥材熬成的湯淋在藥布上，慢慢將上面的紗布和紙取下來，雖然傷口看起來還有些可怕，但是恢復的情況確實是很不錯的。

顧一自己以前也是受過傷的，看踏浪現在的情緒也比較穩定，胃口也不錯，就徹底放下心來了。

「之後就是慢慢休養，畢竟是受過傷的，和以前多少還是有些不一樣，所以最好不要進行太劇烈的運動。」阿秀有些習慣性地叮囑道。

這古代的馬可和現代的不一樣，牠們是要上戰場的，受過這樣傷害的小白，不光是生理上，在心理上多少也是有些陰影的。

「嗯。」顧一有些詫異地看了阿秀一眼，剛剛不知道是不是他的錯覺，他覺得阿秀身上，有一種說不出來的韻味，明明只有十來歲的年紀，但是剛剛她的眼神、她的動作，都透露著一種不屬於這個年紀的感覺。

顧一知道自己是個粗人，他不知道該怎麼形容剛剛的感覺，他只覺得那樣的阿秀不像是一個單純的鄉下丫頭。

「妳之前答應……他，說半個月就可以治好，半個月以後踏浪就真的能自己行走嗎？」顧一在說到將軍的時候，有些含糊其辭地帶過了。

「雖然不能說恢復到以前的樣子，但是自己行走還是沒有問題的。」阿秀又看了一眼踏浪，然後視線掃向灰灰。

最近幾天她都沒有怎麼過來，就是想著動物也是有廉恥心的，在有人的地方肯定不好意思卿卿我我，要給牠們充分的單獨相處的時間，這樣才能增進感情。

就是不知道，灰灰的肚子裡有沒有小幼苗了……

阿秀將視線慢慢移到灰灰的肚子上，大概是感受到了某種不好的意圖，灰灰有些煩躁地踢踢蹄子，站得離阿秀遠了些。

「妳家這母驢，好像和一般的有些不同。」顧一看了一眼灰灰，他第一眼看到牠的時候就覺得有些不一樣，再看踏浪對牠的態度……

他一直都覺得，動物的直覺比人還要精準不少，以踏浪原本的高眼光，這母驢絕非凡品。

只是他不知道有句話，叫做「情人眼中出西施」。

「這你都發現了？」阿秀很是詫異地看著顧一。「別的驢子會幹活，我們家這頭蠢驢只會吃白食！」

顧一原本以為她會說出這是一頭什麼品種的名驢，沒有想到真相竟然是這樣！

不過在這種鄉下旮旯裡面，真要出現什麼名貴的驢，那也是沒有多大可能的。

顧一只當自己是想多了。

閒扯了幾句，又給踏浪換了另一種藥以後，阿秀才和顧一離開驢棚。

只是還沒有走到屋子裡，就聽到一陣哭天搶地的聲音。

聽這聲音，阿秀不用看就知道——

又是那煩人的王大嬸兒！

第六章　虎子的病

「救命啊！」王大嬸兒哭號著。

「王大嬸兒，您這又是鬧的哪齣？」阿秀沒好氣地問道，趁著她抬頭的時候，又將王大嬸兒的臉打量了一番，之前的症狀反而減輕了，想必她對自己的臉還是有些眷戀了，最近沒有用辣椒粉。

「阿秀啊，妳阿爹在不在啊？」王大嬸兒看到阿秀過來，連忙跑了過去，髒兮兮的手一下子抓住阿秀的手臂。

她的手勁不小，阿秀有些不適地皺皺眉頭。

「您找我阿爹什麼事情？」阿秀用巧勁將自己的手臂拯救出來，才這麼一會兒的時間，手臂上已經紅了一圈了。

「快點讓妳阿爹去看看我家小虎子，他已經發了三天的燒了。」王大嬸兒說著眼淚都掉下來了。

雖然她現在的臉很是猙獰可怖，但是大概是還有一顆關心孩子的母親的心，阿秀也不覺得難看。

「小虎子是怎麼了？」阿秀算了下，三天，正好就是她之前來鬧的日子，之前有人跑來說小虎子出事了，想來就是這個了。

「小虎子被他那個殺千刀的爹用開水燙到了肚子，整塊皮都燙掉了，最近一直在發燒說胡話，妳快點叫妳阿爹去救救我的孩子。」王大嬸兒最大的牽掛就是小虎子，這小虎子如今傷得這麼厲害，也難怪她這麼難過了。

只是阿秀心中雖然同情，但是她也知道這王大嬸兒並不是一個好人，特別是三天前她還來找過事。

阿秀即使心中也擔心，但有些事情還是必須先說好的。

「王大嬸兒，您說我阿爹連您的臉都治不好，怎麼去治您家小虎子。」

「都是我的錯，我不該鬼迷心竅，打妳的主意，大嬸給妳磕頭了。」王大嬸兒說著就要跪下來，阿秀連忙將人拉住了。

「我阿爹已經快十天沒有回來了，我都不知道他去了哪裡。」自從之前回來過那次，連飯都沒吃，人就不見了。

之前阿秀還想著阿爹回來的話，怎麼解釋顧一的存在，沒有想到他根本就沒有回來。雖然他最近幾年也時常不在家，但是很少有這麼多天，一次都不回來的。

「啊！」王大嬸兒聞言直接愣在那裡，然後一屁股癱坐在了地上。

「我的小虎子，我的心肝啊，我的肉啊！」王大嬸兒直接號哭了起來。

阿秀看這動靜多半是要將人招來的，連忙示意顧一進去不要出來了。

「王大嬸兒，您先不要忙著哭，聽我把話講完。」阿秀加大了一些音量。「我沒有說小虎子一定沒有救了啊。」

王大嬸兒一聽小虎子不是沒救了，一下子就停了哭聲，眼淚汪汪地看著阿秀，很是可憐的模樣，完全沒有了之前的囂張勁。

「如果您信得過我，就讓我去看看。」阿秀嘆了一口氣說道，她還是沒有忘記當年在醫學院的時候宣的誓，也不願意真的見死不救。

而且，現在救子心切的王大嬸兒其實也沒有那麼面目可憎了。

「啊……」王大嬸兒聞言愣住了，猶豫了幾下這才咬咬牙，點頭答應了。

她前幾天已經將家中的牛都賣掉了，就為了去鎮上請個大夫看看她的小虎子，但是那個醫生把錢都拿走了，卻只留下幾副沒有用的藥。

小虎子吃了以後，燙傷的地方沒有好轉，反而發燒得更加厲害了。

王大嬸兒家中已經沒有什麼值錢的東西了，被逼無奈，她才厚著臉皮求到了阿秀這邊，沒有想到，那酒老爹人竟然不在；但是她也沒有別的法子了，只希望阿秀雖然年紀小，但是能有她阿爹的醫術一半好就好。

「阿秀，妳真的要去啊！」剛剛聽到動靜趕過來的阿牛娘一把將人拉住，不是她心腸硬，但是這村裡的人都知道這小虎子是王大嬸兒的命根子，這一個不小心……

這絕對是吃力不討好的差事啊！

「嬸子放心，我就去看看，要真不成再回來。」

阿牛娘一聽，手就拉得更加緊了，心中忍不住嘀咕道：「要是真不成，她哪裡還會放妳回來，肯定是恨不得妳給她那兒子陪葬了。」

「嫂子，妳就快放手吧，快讓阿秀去瞧瞧小虎子。」王大嬸兒看到阿牛娘將人拽住，立馬就急了，但是她現在也不敢用硬的，只敢說些軟話，好讓阿秀快點過去。

「我是醜話先說在前頭了，妳也知道阿秀年紀小，也就給一些牲畜看過病，要是真治不好妳家小虎子，妳可不能賴她身上。」雖然心裡同情王大嬸兒，但是有些事情還是要先說清楚的，不然阿秀這麼一個小姑娘，到最後吃虧的肯定是她。

「我曉得、我曉得。」王大嬸兒現在哪裡敢不應，她就怕耽誤了時辰，小虎子就多受一分的罪。

「既然妳都答應了，那我就跟阿秀一塊兒過去，也好有個照應。」說到底，她還是不放心阿秀，這姑娘平時一直笑呵呵的，誰給她吃肉就跟著誰走的樣子，讓她怎麼能放得下！

走到王大嬸兒家裡，那邊已經站了不少的人了，這村子本身就小，這王大嬸兒家裡發生這樣的事情，自然是整個村子的人都知道了。

阿秀一走近，就看到一個男人鼻青臉腫地蹲坐在門口，樣子好不狼狽，看長相，應該就是王大嬸兒的漢子，王大虎。

「大虎這是……」阿牛娘很是詫異，這王大虎雖然沒有出息，這力氣卻是不小的，誰把他揍得這麼慘。

「還站在門口幹麼，還不進去，我叫你看著兒子的，你倒是輕鬆啊！」王大嬸兒一腳踹在王大虎肩上，便再也不去看他了。

「這……」阿牛娘看了一眼王大虎，見他一聲不吭的，也不好多插嘴。

「阿秀，妳快看看，我家小虎子怎麼樣了？」一進屋子，王大嬸兒就將坐在床前的人直接擠開了。

「孩子他娘，妳這是做什麼，怎麼把一個黃毛丫頭叫來了？」

「我知道自己在做什麼，您只要管著您的兒子就好，我的兒子我自己會管。」

阿秀這才注意到，剛剛被擠開的人竟然是王大嬸兒的婆婆，王大虎的親娘。

「這是我的孫子，我能不管嗎？」王婆婆也惱了，自己的孫子，難道自己連說句話的地方都沒有了嗎？

「您要是管著，我的小虎子能變成這樣？」王大嬸兒恨聲道，她原本和王婆婆之間的關係就不是很融洽，在平日，她多少還是會給婆婆一些面子的，但是就是因為婆婆慣著王大虎那個殺千刀的，她的小虎子才會受傷的；如果她的小虎子好不了的話，她也管不了什麼孝順不孝順了。

王婆婆聽她這麼說，心中也是一陣發虛，她也知道自己理虧。

「可是妳也不能找個小丫頭啊！」而且她也知道阿秀往日都是給牲畜看病的，要讓自己的孫子給這樣一個人看，她心裡能自在嗎？

「小虎子，你能聽見我在說話嗎？」阿秀忽略在爭執的兩個人，先輕輕拍拍小虎子的肩膀，他並沒有穿上衣，露在外面的肚子上面一片密密麻麻的水泡，而且很多都已經被抓破了，樣子頗為淒慘。

「疼，疼……」小虎子蹬了幾下腿，嘴巴裡一直含糊不清地喊著疼。

阿秀用手輕輕拍了幾下他的手，安撫道：「馬上就會好了的啊。」

「王大嬸兒，您去找些油過來。」見王大嬸兒又要抹眼淚了，阿秀連忙將需要的事物交代給她。「再找些地榆乾過來。」

這地榆不是什麼稀罕物，但是這平常人家家裡也不會備著，也就一些家裡實在窮得揭不開鍋的人才會拿這個做菜吃，不過味道又酸又苦的。

「好好，我馬上就找來！」王大嬸兒見阿秀沒有像之前那個大夫一樣皺著眉頭，心中大喜，急急忙忙就跑了出去，差點摔一跤也絲毫不在意。

沒一會兒，阿秀就聽到門口王大嬸兒的大嗓門。「還不快去找地榆乾，你要是一個時辰內找不到，你另外半張臉也別想好看！」

阿秀這才知道，之前那王大虎身上的傷，竟然是王大嬸兒造成的，她腦海裡頓時就浮現出了武松打虎的場景，果然很帶感啊！搖搖頭，將這些畫面從自己的腦袋裡甩去。

油很快就拿來了，阿秀接過碗，就將油抹到小虎子起水泡的地方。

在鄉下，油是比較珍貴的食材，而且以往也沒有人將油往身上抹的，在場的人都有些不明所以，只有王大嬸兒第一時間注意到了小虎子叫疼的聲音少了，頓時眼淚一下子就下來了，她的小虎子有救了。

「虎子，覺得怎麼樣了？」王大嬸兒跪坐在床前，聲音輕柔得好似不是她。

「娘，虎子不疼了。」小虎子的眼睛慢慢睜開來，眼淚也「簌簌」直往下掉。

「虎子真乖。」王大嬸兒使勁擦擦眼角，不想讓虎子看到這麼脆弱的自己。

王大嬸兒伸出手想要用手碰一下他的傷口，但是又怕弄疼他，滿臉的猶豫和糾結，只是那眼中滿滿的母愛，讓阿秀都有些羨慕了。

她上輩子的父母已經去世很久了，這輩子，根本沒有見過自己的阿娘，阿爹又那麼不著調……

阿秀想著要不是自己本質上已經是個成年人了，不然心理上非出毛病不可。老天派自己到這邊來，其實是為了減少一個問題兒童的吧！

「阿秀，妳快再仔細瞧瞧，虎子這病還需要什麼。」王大嬸兒對阿秀的態度恭敬了不少，之前那個大夫可沒有這樣的能耐，一出手就能讓虎子不喊疼了。

「我再寫一個方子，到時候妳去鎮上抓藥回來，讓虎子吃下就好了。」阿秀剛到的時候，就借著和虎子說話的空檔，觀察過他的舌苔，以及神色，所以現在只需要對症下藥。

「這、這，我家沒有紙筆。」王大嬸兒有些窘迫，這紙筆哪裡是他們這種窮苦人家能用得起的。

「沒事，那您隨便找塊布，拿個木炭，我給您寫上，您買來後給我看下，免得被人坑了。」

在阿秀小的時候，她發現家中有無限供應的筆墨紙硯，心中並不覺得詫異，畢竟她是從現代過去的，她反而會挑剔那些紙張的品質不夠好。

但是她再大些，發現整個村子裡面，大概也就只有她家有這些，這就讓她更加確信了自己的出身肯定是隱含著某些秘密的。

「阿秀。」王大嬸兒看著阿秀欲言又止。「之前的事情是大嬸兒對不住妳，以後做牛做馬，有用得著我的地方，不要客氣。」

「王大嬸兒您客氣了，這都是一個村子的，說什麼客氣話。」阿秀笑道：「而且我可沒有說我不收報酬。」

「妳要啥，只要我家有的。」只要能保住自己的孩子，王大嬸兒根本就不在乎這些身外物。

「我只要兩條醬肉。」阿秀伸出兩根手指在王大嬸兒眼前晃了晃，在說到肉的時候，她的眼睛都笑得瞇成了一條縫。

王大嬸兒愣愣地看了一眼阿秀，心中暗道：「這樣的姑娘，怎麼就不是自家的媳婦兒呢，這樣，小虎子肯定能好起來的。」

不過她現在也知道了阿秀不是好招惹的人，而且她也不是那種狼心狗肺、恩將仇報的人，雖然可惜，但是這個心思也放下了。

等了一會兒，王大虎就回來了，手裡拿著一大盆的地榆乾，這種東西不值錢，所以他兩個銅板就換了那麼多。

阿秀用平時搗芝麻用的杵將地榆乾快速搗成粉末狀，然後細細地撒在小虎子的傷口上面。

「這個東西也能治病？」一直站在旁邊看的阿牛娘有些疑惑，這個玩意兒後山多了去了，但是基本上沒什麼人吃，就是家裡的牲畜也瞧不上這個東西。

「書上就說了，這地榆啊，雖然味道又酸又苦，但是清熱，而且最適合治療燙傷了。」阿秀解釋道。

醫書上有這說法──「地榆苦酸性寒。苦寒之性清熱，酸澀之味收斂。用末外用，取其涼血解毒斂瘡之效。治療燙傷，或味研細末麻油調敷，或配大黃粉同用，取效甚捷。」阿秀雖然是西醫出身，但是在古代也將醫書翻了好幾遍了，這樣簡單的病症還是能解決的。

「那這樣就好了嗎？」大概是阿秀治得太順手了，王大嬸兒都有些覺得不大現實，明明在自己看來是這麼嚴重的事情，怎麼好像一下子就被她輕飄飄地解決了。

「之後的話，再配合喝藥，這地榆粉末要和麻油摻和在一起，繼續塗抹起泡的地方，不要乾了，那藥兩個時辰就要喝一次，過幾天就好了。」

王大嬸兒一聽，眼睛都亮了，現在也顧不上還要感謝，將兩大條醬肉塞到阿秀手裡，就風風火火地跑去抓藥了，要是晚了，那藥鋪可就關門了。

「阿秀，妳這醫術是妳阿爹教妳的？」阿牛娘在回去的路上問道，她平日覺得一個姑娘會治牲畜已經很了不得了，沒有想到她竟然還會看人。

她才十二歲……

「我這也是運氣，我正好在我阿爹的醫書裡面瞧見過。」阿秀因為拿到了醬肉，心情很是愉悅，整個人走路都要飛起來一般。

雖然她最近幾天一直被大魚大肉餵著，但這並不代表她就放棄了她愛囤肉的終身理想，畢竟現在的大魚大肉是短暫的，她要為將來的日子做打算。

「妳那阿爹……」阿牛娘想起那個一直滿臉鬍子，一身邋遢的人，她實在說不出「不是普通人」幾個字。

「我阿爹怎麼了？」阿秀疑惑地看了一眼阿牛娘，難道她發現了什麼嗎?!

「沒什麼，等妳阿爹回來了，你們記得到我家來吃飯啊，嬸子給妳做妳愛吃的豆腐肉羹。」

「好的。」一聽到有肉吃，阿秀很是積極地點頭。

雖然這豆腐肉羹，豆腐和薺菜的分量是最多的，肉大概只有一些末末，但是這也不妨礙阿秀對它的愛。

這怎麼說也算是一道葷菜啊！

她絕對不是那種吃了大肉，就嫌棄小肉的人，只要是肉，她就一定會堅定不移地愛下去的！

將一條醬肉硬塞給了阿牛娘，阿秀抱著剩下的一條醬肉開開心心地回自己的家。

因為心情過於愉悅，她都忍不住哼了幾句「我得意的笑，我得意的笑~~」

第七章　將軍主子

阿秀還沒有進門，就聞到一陣肉香，心中激動，直接發嗲似地叫了一聲——

「顧一哥哥～～」

「咳……」回應她的是一聲冷淡的輕咳。

阿秀覺得原本高昂的情緒被這一聲輕咳一下子冷凍了下來，用手推開門。

「你怎麼來了？」

「嗯？」來人微微皺起了眉頭，不過眉眼間卻不見不悅，他並不意外阿秀的態度。

「阿秀。」站在一邊的顧一有些猶豫地開口，自家這位主子，雖然脾氣稱不上差，但是對女人，總是少了一分憐香惜玉，他怕阿秀會吃虧！

「這是要提早了？」阿秀沒有忽略顧一的欲言又止，她早就知道這個看起來長得很英俊的男人是他的主子，可是也許是最近幾天過得太舒坦了，她不自覺地就忘記了這個事情。

「事情有變，臨時得走了。」那男子在阿秀來之前已經去見過了踏浪，他最開始對阿秀並沒有抱多大的希望，但是現在看到踏浪的腿已經好了大半，對這個比較粗魯愛財的鄉下姑娘也有了一些改觀。

如果她是個男子的話，倒是可以招募進軍營，可惜是個女人；在他看來，這女人是天下最為麻煩的動物了，特別是動不動就哭哭啼啼，要死要活這一點。

「既然這樣，那我也得改一下口了。」阿秀慢慢說道，這樣的事情她還是第一次做，她心裡還有些小緊張呢！

「改什麼口。」

「之前說好的五兩銀子，是說半個月將馬治好，但是現在時間變成了七、八天，差不多提早了一半，那是不是意味著價格也得翻上一番。」阿秀原本也不想做這個沒皮沒臉的事情，但是現在這種情況，自己最初的配種心願肯定沒有達成……

這種損失，只能找他來要了。

而且面子這種東西，當它和肉放在一起衡量的時候，那絕對都是浮雲！

「妳倒是算得精。」那男子聽到這話，眼中透出一絲冷光。

「親兄弟，明算帳，是你自己先毀約，也怪不得我啊，而且我只是在你給的基礎上做一番價格方面的調整而已。」既然最艱難的那句話都已經說出口了，後面的話，阿秀說的那個叫溜。

反正在他心裡自己已經是一個貪財沒下限的人了，她還怕什麼！

「被妳一說，好似還公平了？」他有些意外，這樣一個鄉下的女子竟然能有條不紊地說出這樣一些話來，不過他也不覺得這是一個優點就是了。

「本來就是公平的。」阿秀很是理直氣壯，至少多了那五兩，沒有配種成功的心就不會那麼痛。

「顧一，把錢給她，我們該走了。」他也不是計較這些小錢的人，之前也是純粹見不得她這麼得瑟（注），但是現在時間比較緊迫，沒辦法和她繼續爭執下去！

「是，將……主子。」顧一從口袋中掏出十兩銀子交給阿秀。

「之前已經收了三兩訂金了。」阿秀在說到「三兩」的時候故意去看了一眼那人，都做主子的人了，出手還不如屬下大方，真是摳門。

他自然是能感受到阿秀眼中那明目張膽的鄙視的，輕哼一聲。「顧一找七兩碎銀給她。」

「喲，您還真是……嘖嘖。」阿秀故意搖頭晃腦一番，果然是個摳門的，這顧大哥在他手下當值，肯定也不容易啊。

阿秀想著主子這麼摳門，多半不會給什麼出差經費，那之前自己吃的，指不定就是顧一用來討媳婦兒的私房錢，心中頓時對顧一有了一絲愧疚……

顧一也不知道自家主子怎麼一下子變得這麼計較了，要是以往，有人能治好踏浪的話，別說十兩，就是一百兩、一千兩，他也是眉頭不皺一下的；畢竟踏浪和別的馬不大一樣，牠曾經載著將軍打過數十場勝仗，將軍和踏浪之間的感情以及默契，更是別的馬比不上的。

「將軍，沒有碎銀。」顧一硬著頭皮說道，其實他身上有不少的碎銀、銅板之類的，都是最近去農家買雞鴨換的，但是他心中憐惜阿秀這麼一個小姑娘，沒有什麼長輩，一個人過活，有些銀子，至少多些安全感。

「那便這樣吧。」他看了一眼外邊，時辰已經不早了，得盡快走了，他雖然不喜她，但

注：得瑟，即得色，瞎起勁、炫耀、顯擺、招搖的意思。

是也沒有必要為了三兩銀子耽誤時間。

阿秀也不管他有些難看的神色，高高興興地將十兩銀錢給收了，這次可不是她貪心，這是人家自己樂意給的。

到了驢棚，踏浪和灰灰站在一起，一個用腦袋去蹭另一個的腦袋，而另外一個則一直在閃躲，心情貌似還有些煩躁。

作為踏浪的主人，見自己的愛駒如此厚顏無恥，還品味低下，他實在是有些難以直視。

「小白。」阿秀走近，有些惋惜地摸摸牠的背，可惜沒有留種，這麼好的基因啊……

他見踏浪現在竟然沒脾氣到這種地步，以前要是有女人想摸牠，指不定被甩一臉毛，現在……

作為一個單身、甚至沒有喜愛的對象的人，他怎麼可能理解踏浪現在這種想要討好丈母娘的心情，再加上，阿秀也算是牠的救命恩人了，動物可比人更加會記得恩情。

「該走了。」他衝著顧一使了眼色。

「是。」

顧一剛打算去拉踏浪，牠便有些不安地叫了起來，頭倔在一邊，不想動。

「踏浪。」一見踏浪有些排斥，他不慍不火地喊了一聲，踏浪便一下子乖了下來，雖然行動間還隱隱透著一絲不捨。

相比較踏浪，灰灰就顯得瀟灑了不少，基本上沒有什麼情緒，只管自己吃著草。

要是擬人化的話，這灰灰走的絕對是高冷女神范兒（注）！

「這段時間多謝顧大哥的照顧了。」阿秀將一個小布包塞給顧一。「這裡面是小白用的一些傷藥，你記得給牠貼上，三天換一次，等用完就差不多好了。」

「我給廚房添好了米，還沒宰的母雞養在院子裡。」顧一猶豫了下，才繼續說道：「有時間的話，妳可以學一下下廚。」女孩子不會下廚，真的會比較難嫁啊！

顧一不想阿秀以後一直嫁不出啊，她是一個好姑娘。

「嗯嗯。」一聽顧一還給她留了肉，阿秀也不管他說了什麼，只管點頭，下廚什麼的，她老早對自己失去了信心，她一直堅信，找個會做菜的男人比自己學會會來得更加簡單！

阿秀剛將那十兩銀子收好，就聽到自家阿爹醉醺醺的聲音——

「阿秀，飯好了沒？」

他倒是來得巧啊，人家一走，他就回來了。

「要做啦，您先去躺一會兒，這次又去哪裡溜達了啊？」阿秀隨口一問，不過她知道自家阿爹不會給自己什麼正經的回答。

「呼，呼……」這次回應她的是一陣打呼聲，阿秀出去一看，他已經在地上睡著了，再看他身上的衣服，還是七、八天前的那套，不用走近，阿秀都可以想像到上面的氣味。

不過這樣的事情發生多了，她也懶得說他，回廚房繼續收拾去了。

現在顧一不在了，她又要開始自己下廚了。

一朝回到解放前啊，其中的心酸，唉……

注：范兒，即風格。

反正做什麼都是一個味兒，阿秀索性也不用花什麼心思在裡頭，隨便翻炒了幾下就端出來了。

「今兒有肉啊。」酒老爹瞇著眼睛，挾起一個黑漆漆的團子。

這也算是酒老爹的一個技能，就是阿秀自己，要不是看著菜丟下去炒的，她自己都有些分辨困難，但是酒老爹只要瞅一眼，差不多就能知道主料是什麼。

「嗯。」阿秀猶豫了一下，說道：「這是土豆燉肉。」說出這個名字的時候，阿秀自己都有些發虛。

吃了一口，阿秀整張臉都皺了起來，果然由儉入奢易，由奢返儉難啊，吃過了顧一的手藝，再吃自己做的，阿秀現在只想掉眼淚，早知道，那幾天再多吃點就好了。

倒是自家阿爹，也不知道是不是味覺上面有什麼障礙，毫無壓力地一塊接著一塊地吃，要是忽略那個菜的顏色，阿秀都要懷疑自己的手藝其實還是不錯的呢！

正當阿秀在糾結吃還是做下心理建設再吃的時候，門口就傳來阿牛的聲音。

「阿秀妹妹。」阿牛一進門，在看到酒老爹的時候，微微愣了下，有些不自在地叫了一聲「大叔」。

「阿牛哥。」阿秀放下碗筷。「吃過飯了嗎，要在我家吃點嗎，今天做了肉呢！」阿秀熱情地招呼道，自己也吃了他家那麼多頓飯了，禮尚往來嘛！

「不用了。」阿牛眼睛掃了一眼桌上的菜，神色間哆嗦了一下，阿秀妹妹做的菜，果然還是那麼的……獨特。

「哦，那你找我有什麼事情嗎？」阿秀頗有些遺憾地看了一眼桌上的菜，自己難得這麼大方，要請別人吃肉啊！

「我阿娘叫妳過去吃飯，她做了不少菜。」阿牛又左右看了下。「妳的那個……」

他想說的是顧一，其實這次是阿牛娘特意叫阿牛過來邀請阿秀和顧一的。那顧一雖然看著老相了點，但是據說年紀並不大，這自己看上的兒媳婦，萬萬不能被別人給搶了，所以，探探口風，打聽一些事情是很有必要的。

「嬸子又做了什麼啊？」阿秀一聽阿牛要說到顧一了，連忙打斷他，等走到他旁邊的時候才小聲說道：「我那遠房哥哥有事已經先回去了。」

「有韭菜炒蛋，還有我昨兒在小河撈的魚，阿娘做了紅燒小魚。」阿牛老老實實回答道。

「我這就去。」阿秀一聽有魚，眼睛立馬就亮了，和自己現在做的相比，那阿牛娘做的絕對是人間美味啊！

村子不遠處有一條很清澈的小河，裡面會有一些小魚，阿秀眼饞了很久了，可惜她自己沒有這個技能，只能對著牠們流流口水，現在有這麼一個機會，她自然是不會放過，魚和肉都是她的最愛！

「大叔您也一起過來吧。」阿牛見酒老爹滿臉鬍子邋遢，神遊太虛的模樣，心中就更加心疼阿秀了。

「啊，你剛剛和我說什麼了？」酒老爹好像現在才意識到阿牛在了，很是茫然地舉著筷子轉過身子，滿臉的鬍子讓人根本就看不出他原本的樣貌，更不用說是表情了。

也不知道是凳子不牢固，還是他真的喝得太多了，話還沒有說完，整個人一下子就從凳子上摔了下來，屁股直接坐在了地上。

「大叔。」阿牛急忙上前要去扶他，卻被他揮手制止了。

「沒事沒事，我好著呢。」說著胡亂摸索了幾下，抱住桌腿，一臉陶醉地……睡著了！

「你就讓他這麼睡著吧，等下他自己會睡床上去的。」正當阿牛一臉無措，不知道怎麼辦的時候，阿秀毫不在意地說道，反正他一天也沒有多少時間是清醒的，她老早就習慣了。

「那……好吧。」阿牛還是有些不大放心地又回頭看了一眼酒老爹，這才和阿秀兩人出門了。

等兩人出了門，酒老爹才慢慢從地上爬起來，擦擦筷子，挾了一塊黑漆漆的肉，嚼了幾下，忍不住嘆了一口氣。

這麼下去，真的要嫁不出去了。

不過嫁不出去也好，也好……

再說顧一那邊，兩人三匹馬正在往京城趕去。

顧一猶豫了一下，才開口道：「將軍，其實那阿秀姑娘，人還是挺好的。」

「你倒是對她看法不錯。」那將軍似笑非笑地看了顧一一眼。

即使顧一這麼說了，但是他對她的印象還是停留在最開始的時候，而且他相信，以後他們是不會有機會見面了的，所以他對她看法如何，又有什麼關係呢！

「我就覺得一個姑娘家過日子，不容易。」顧一有些感慨。

一個人嗎？他想起自己那日看到一個長滿鬍子的男人身影……

果然他就知道，那個叫阿秀的姑娘身上帶著不少的謎團。

不過現在他要關注的不是這個事情，還有更加緊急的事情等著他。

「顧一，你回到京城以後，先和暗衛聯繫上，去宮中保護儲君和貴妃娘娘。」

「可是……」顧一一臉糾結。「這樣將軍您的安危，以及您身上的傷……」

「已經沒有什麼大礙了，現在當務之急是保護好儲君。」他面色不變，即使他現在肩頭上的傷口還在往外慢慢滲血。

但是現在的朝政，可禁不起半分的耽擱。

「是。」顧一咬咬牙，還是應了下來。

第八章　飽個口福

「阿秀啊！」

阿秀剛起床，還沒來得及洗臉伸懶腰，就被門口的大嗓門給催了出去。

不用看，阿秀就知道這個聲音肯定是王大嬸兒。

不過她雖然嗓門大，但是聲音中並沒有什麼負面的情緒，這讓阿秀的心也定了定。

雖然她不怕她找麻煩，但是老是應付麻煩，她也很累的。

「今兒又咋了？」阿秀還沒有出門，隔壁聞聲趕來的阿牛娘倒是先到一步，她怕阿秀一個小姑娘吃虧。

「哎呀，本家嫂子。」王大嬸兒臉上有些掛不住。「我這次是來道謝的，可不是來搗亂的。」她也知道自己之前做的是過分了，她自己心裡也懺悔幾百遍了，這次來也是厚著臉皮來的，就怕阿秀心裡還計較那個事。

「王大嬸兒來了啊，小虎子身體恢復得怎麼樣了啊？」阿秀笑著問道，她一看王大嬸兒的臉色，就猜得差不多了。

這王小虎是她的命根子，要不是他有所好轉，她怎麼可能過來。

「好好，好多了，妳給的藥方子真的不是一般的靈，小虎子第二天就退燒了，現在傷口都結痂了。」王大嬸兒笑得合不攏嘴。

她原本都以為自己的命根子要保不住了，正想著跟著他去算了，反正男人也不爭氣，婆婆又不好相處；但是才幾天的工夫，所有的事情都有了轉機。

先是小虎子病情好轉，自家那沒出息的男人這次大概是真的知道錯了，在家安安分分地待了幾天，還主動去下地了；自家那婆婆，對自己的指手畫腳也少了。

這麼一說，這阿秀可真是她的福星啊！

王大嬸兒又免不了心動起來，這阿秀要是做自己的兒媳婦該有多好啊，她也不會嫌棄阿秀年紀比小虎子大。

「好了就好，再用三、五天藥就可以停了。」阿秀自然不知道王大嬸兒心中所想，將要注意的事項又一一和她說了一番。

阿牛娘見王大嬸兒是真心來道謝的，也就放下心來，自己回屋裡去了，她剛剛正在準備阿牛和他爹帶去地裡的飯菜，最近油菜籽可以收了，農活多了不少，中午就沒有工夫回來吃飯了。

這麼一出來，這菜說不定就焦了。

「阿秀啊，妳今兒就去我家吃飯吧，大嬸兒一定要好好謝謝妳，這家裡沒什麼值錢的玩意兒，不過昨兒我特意叫妳虎子叔去河裡抓了幾條魚，聽說妳就愛吃這個。」王大嬸兒有些不自在地搓了一下手。

這是救命的恩，但是她之前為了請大夫，把家裡的牛都賣掉了，根本就拿不出別的東西來了，也就只能做個飯，簡單意思下。

「那多謝嬸兒了，我就不客氣了啊。」一聽有魚吃，阿秀對王大嬸兒的稱呼都親暱了不少。

王大嬸兒這麼一聽，頓時也眉開眼笑了。

鄉下人沒有那麼多花花心思，對方要是願意去你家吃飯了，就說明是看得上你的，以前的恩恩怨怨，也就淡了。

「對了，嬸兒，您家那辣椒粉還有嗎？」阿秀突然來了一句，因為她突然想到了美味銷魂水煮魚！

自己沒有那個手藝，阿牛家基本上是不吃辣的，特別是她只是一個蹭飯的，就更加不好指手畫腳了，有得吃就該感恩戴德了，所以她頂多在心裡想一下。

懷念一下自己當年奮戰在酸菜魚，水煮魚，剁椒魚頭中的美好日子。

現在難得有這麼一個機會放在她面前，她自然是要好好把握。

可是這話聽到王大嬸兒耳中，可就不是那麼單純的了，她下意識地摸了一下臉，上面的膿包已經消失不見了。

酒老爹的藥還是很有效的，只是這才讓她更加的尷尬，自己當初的所作所為，她現在回想都是恨不得就地刨個坑把自己埋起來得了。

「哎呀，阿秀啊，嬸兒那幾天是被葷油蒙了心，做了那些對不住妳的事情。」王大嬸兒說著就要自己拍自己巴掌。

「嬸兒，您幹啥呢！」阿秀連忙攔住，自己不過就是想要吃個水煮魚，有必要這樣嗎？

「嬸兒當初就不該起那種歪心思，也虧得妳大度。」王大嬸一臉的慚愧，要是這阿秀小心眼一點，自己的小虎子就沒得救了。

「都過去的事情了，嬸兒您就甭提了啊。」阿秀雖然不是多大方的人，但是也不小氣，特別是馬上就要去人家家裡吃飯了，有什麼恩恩怨怨的，也得等吃完飯再說嘛！

「其實我問您辣椒粉，就是嘴巴饞，想吃個辣子魚。」阿秀說水煮魚，王大嬸兒肯定不知道，但是說辣子魚的話，多半能猜想到大半。

「妳想怎麼個吃法，和嬸兒說，嬸兒回去就去拾掇下。」

阿秀將話語在腦袋裡面演示了兩遍，發現像自己這樣的廚藝手殘黨，就是空口描述都是一種艱難的挑戰。

「我就跟著嬸兒您去吧，到時候我再和您說。」為了吃到自己已經十來年沒有吃到的水煮魚，矜持以及面子再次被阿秀毫不留情地拋到了腦後。

阿秀這次見到王大虎，他臉上的傷好了不少，只不過那淤青看起來還是一樣的嚇人。被一個小輩看到自己這麼狼狽的模樣，饒是厚臉皮如王大虎，心裡也有些不自在，馬上低下頭劈柴去了。

「阿秀，妳看，這些辣椒夠不？」王大嬸兒將家裡的辣椒都搬出來，其實也不過就是一小盆。

現在使用辣椒的人並不多，不過有些鎮上的酒樓需要，所以家家戶戶都有種一些，自己留著吃的，還真沒有幾戶。

這辣椒還是最近幾年興起來的。

王大嬸兒家裡備著這些，也是因為小虎子胃口不好，吃飯就只吃碗底的那一點，但是在菜裡面加點辣椒，他的胃口就能好一些。

「夠了夠了。」阿秀看到那些紅豔豔的辣椒就開始口水氾濫了，她的水煮魚、水煮肉片、酸菜魚、辣子雞……

阿秀覺得自己的眼眶泛起了一絲暖意。「啊嚏！」一個大大的噴嚏完全沒有經過醞釀就直接打了出來……

王大嬸兒的手藝很好，基本上鄉下的主婦都有這樣的技能，能將那些比較普通的食材儘量做出花樣來。阿秀跟她比劃了半天，最後做出來一盆紅豔豔的真正的「水煮」魚，阿秀覺得自己已經盡力了。

因為她千算萬算，忘記了一點，這油在一般家庭裡面可是很珍貴的存在，當王大嬸兒將自家裝油的瓶子拿出來以後，阿秀到了嘴邊的那個步驟就說不下去了。

做水煮魚最後一步，是要用一大鍋滾燙的熱油直接澆下去，只是這麼一來，王大嬸兒家這一年的油就要被這一道菜用掉了。

阿秀就是心裡再想吃，也不好意思做出這樣的事情來，只能用藏在床底下的十兩銀子安慰自己。

姊現在也是大款（注）了，以後有的是機會去吃水煮魚。

注：大款，意指腰纏萬貫的有錢人。

「這就是妳說的辣子魚？」王大嬸兒笑道：「的確香，就是費油了些。」

阿秀聞言，心再次滴血，這還只是稍微煸炒了一下辣椒，她就說費油了，若是自己慘無人道地說要用整鍋油，這樣心要滴血的就是王大嬸兒了。

「是嬸兒您的手藝好。」阿秀努力讓自己笑得自然，退一步想，雖然沒有吃到心心念念的水煮魚，但是能開葷也是一件不錯的事情啊！

阿秀想著自己最近這麼挑食，肯定是因為前段時間顧一把她的嘴巴養刁了。

果然還是做淳樸的鄉下姑娘來得幸福，任何肉那都是上天對她的賞賜！

「妳還要吃啥，和嬸子說。」見阿秀這麼開心，王大嬸兒心頭的大石頭也算是落下來了。

「嬸子隨便炒幾個菜就好，我再去看看小虎子的傷口。」既然這魚都做完了，阿秀對廚房也就不留戀了。

「好好，妳去瞅瞅，要是還需要什麼藥，妳直接和我說啊，聽說咱對面的山上有不少的好藥材，等過幾天忙完這陣，我讓我家大虎去瞧瞧。」王大嬸兒想著這家裡已經沒有什麼可以換藥的了，以前就聽老人講，對面山上有不少好藥材，只不過近幾年來，不少人上山失蹤，就再也沒有人敢去了；但要是為了小虎子，那山上再可怕，她也不怕！

「那山上有藥材嗎，不是說是有老虎嗎？」阿秀有些好奇地問道，她之前就被村子裡面的人告誡，那座山是一個很可怕的存在，好些漢子為了補貼家用去山上採藥，但是卻一直沒有回來。

從那以後，村民們就沒有人敢上那個山頭的。

「好像是有這種說法，但是以前我阿爺年輕的時候，還常常去山上挖一些好識別的藥草，也沒有遇見過什麼老虎。」王大嬸兒隨口說道。

她自己沒有覺得不對，但是阿秀總覺得怪怪的，這裡面是不是隱藏了些什麼。

只不過她雖然有好奇心，但是卻不重，特別是她很清楚自己的武力值，像這種有秘密的地方，明顯不大適合她這個手無縛雞之力的柔弱女子的。

「事出肯定是有因的，這傳言肯定也是有所依據的，嬸兒您還是不要叫虎子叔去比較好。」阿秀忍不住提醒道，說不定山上有比老虎更加可怕的存在。

「我曉得的，我也就隨口一說。」

阿秀聞言，便放心去了小虎子的房間。

小虎子今年已經八歲了，但是長的樣子不過像一般五、六歲的小孩，整個人看起來很是瘦小，特別是現在身上還有傷，整個人就顯得更加可憐兮兮了。

阿秀想著之前的時候，王大嬸兒還想讓她給小虎子做童養媳，她頓時感到有些可笑。

「現在覺得怎麼樣啊？」阿秀坐到一邊的凳子上，就著陽光細細將他打量了一番。

相比較王大嬸兒和王大虎有些粗獷的長相，小虎子明顯秀氣了不少，只是皮膚蠟黃蠟黃的，帶著很明顯營養不良的樣子；雖然王大嬸兒家境不是很好，但是這鄉下的條件基本上都是這樣的，怎麼就小虎子這麼虛弱？

「已經好多了，謝謝阿秀姊姊。」小虎子有些靦覥，大概是很少出門，和阿秀說話的時候，臉上還帶著一絲紅暈。

「以後好了，可以多出去玩玩，鍛鍊一下身體。」阿秀在和小虎子說的時候，不自覺地帶上了一絲醫生的口吻。

小虎子聽到這話，眼神一下子暗淡了下來。「他們都不願意和我玩。」

他現在已經八歲了，一般八歲的小孩子已經能幫家裡幹農活了，平時不幹活的時候也是下水抓魚，上樹掏鳥蛋，這些事情他都做不了；就是和小夥伴們一起下水玩耍，他也做不到，村子裡的人都在背後叫他病秧子，沒有一個人願意帶著一個病秧子玩。

「那是因為他們怕你受傷啊。」要知道王大嬸兒的凶悍可是村子裡面出了名的，要是誰讓小虎子一不小心受了傷，那絕對是要被扒一層皮的啊，也難怪人家不敢和他一起玩了。

「我的確是太弱了。」小虎子整個心情都低落了，他也知道自己什麼都不會，去玩也只是拖累別人。

「是啊。」阿秀很是贊同地點頭。「你看你，都八歲了啊，長得比人家六歲的還小。」阿秀的語氣很不客氣。

「可是妳不是也十二歲了嗎，看起來也不見得比十歲的那些姑娘高大多少啊！」小虎子有些不甘示弱地反駁道，他原本以為她會安慰自己的呢，明明剛剛在她身上，有一種讓人覺得很舒服、很想親近的感覺。

「你見過幾個姑娘啊，竟然還敢說這樣的話，我和你講，這十二歲的女孩子就是長我這麼點個兒。」阿秀在自己身上比劃了下，要知道自己當年在穿越前，那也是前凸後翹的好身材，到了這裡，那想想都是淚啊！

「妳騙人……」小虎子紅著臉爭辯道：「我娘明明說了，那阿秀長得滿清秀的，就是人太嬌小了，怕是以後生孩子都比較難。」小虎子模仿著王大嬸兒有些惋惜的語氣說道。

王大嬸兒，您覺得您這樣誇我，我會覺得開心嗎?!阿秀覺得滿臉的黑線。

到了飯點，王大嬸兒一家都到齊了，今天是難得的豐盛，即使是兩位老人，眼睛也比往常要亮些。

「這菜顏色真亮，一看就好吃。」王大嬸兒的公公是個存在感很低的人，今天難得率先開了口。

「這是阿秀想的法子，說叫什麼辣子魚，阿爹您先嚐嚐。」王大嬸兒說著先給王阿貴挾了一筷子魚。

她雖然不滿自己婆婆，但是某些事情還是做得比較到位的。

「這魚先給小虎子挾些出來，他身體不好，多吃點肉補補。」王阿貴記掛著還躺在病床上的王小虎，這魚平日裡也算是稀罕物，自然是要留給家裡的寶貝吃。

「這魚口味有些辛辣，小虎子還在養傷口，還是少吃。」阿秀說道：「不過也不是不能吃魚，做成清淡點的魚湯，倒是有利於他傷口的恢復。」

「那我晚上就給他做。」王大嬸兒一聽有利於傷口恢復，就馬上動了心思，等下趁著時辰還早，還能去河裡撈點魚。

「我剛剛看了小虎子的傷口，已經恢復得差不多了，嬸兒您可以放心了。」

「那就好，那就好，來，快點吃點魚。」王大嬸兒聽到了自己最想聽的話，對阿秀更加熱絡了，那魚雖然有一大碗，但是裡面更多的都是湯湯水水，她撈了幾下，除了開始給王阿貴的那些，剩下的基本上都進了阿秀的碗裡。

阿秀象徵性地不好意思了下，只是那眼裡眉間滿滿的都是笑意，藏都藏不住。

「嬸兒，這小虎子自小身子就這麼差嗎？」阿秀隨口問了一句，大概是今天的魚味道很是鮮美，讓她的同情心都氾濫了一些。

「這小虎子是不足月出生的，底子就不如人家。」王大嬸兒說起小虎子的身體，整個人都低迷起來。

要是別人家的孩子，這個年紀都可以幫家裡幹活了，這鄉下地方，你要是沒有力氣，那能有什麼出路。

如果是女娃的話，賢慧些、手藝好些，也不難嫁出去，但是偏偏小虎子是一個男娃，每次只要一想到自己要是一個不小心去了，小虎子該怎麼辦？王大嬸兒的頭髮都是一把一把地掉。

這個年代，孩子早產的確比較麻煩，但是這後遺症留的未免也太久了。

「小虎子平日裡挑食嗎？」阿秀微不可查地皺了一下眉頭。

「挑食，是啥個意思？」王家人都一臉的霧水。

這個時候還沒有挑食的說法。

「就是吃飯挑剔嗎，有什麼菜不吃的。」阿秀換了一種更加容易理解的說法。

「這鄉下的孩子哪有什麼挑剔的本錢。」王大嬸兒笑道：「不過家裡有什麼好的，都是先給他吃。」

相比較一般的小孩子，他的條件已經算很不錯了。

「阿娘，我餓了。」這邊大家在吃飯了，那邊小虎子就只有一個人，特別是這魚的香味，又分外的勾人，小虎子還是一個孩子，自然是有些嘴饞的。

「好好，阿娘先來餵你。」因為傷到的是腹部，他不能隨便動。

一聽他說餓，王大嬸兒就馬上放下了碗筷，特意從一個小鍋裡面盛出一小碗米飯，看那個色澤，就和他們吃的不大一樣。

他們吃的米是黃黃的，而那碗飯則是白亮白亮的。

見阿秀的注意力都在那碗飯上面，王大嬸兒臉上有些不好意思，畢竟明眼人都可以看出來，這碗裡面的飯更加好些。

這招呼客人還用一般的米，給自家孩子吃好的，這麼區別對待，大家面上都有些掛不住。

「阿秀妳要嚐嚐這個米不？」王大嬸兒硬著頭皮說道，其實他們家每天只煮那麼一小份，就是專門給小虎子吃的，要是阿秀真的點頭的話，王大嬸兒也沒有多的飯給她吃。

「好啊。」阿秀臉不紅心不跳地很自然地說道。

一般人都可以看出王大嬸兒剛剛臉上的神色是多麼的尷尬，大概也就阿秀能這麼自然地將這個忽略掉吧。

王大嬸兒臉色一黑，只得將原本要給小虎子的飯拿到阿秀面前，強顏歡笑道：「那妳吃吧。」畢竟是小虎子的救命恩人，這麼一碗飯還是沒有問題的，頂多等下再煮一碗……

阿秀接過碗，直接吃了一大口，感覺味道不錯，就著那魚幾下就將一碗飯吃完了。

這小虎子的食量本身就小，這碗裡的飯自然也不會多。

阿秀覺得自己吃到了一種熟悉的味道，這個米和自己上輩子吃的那個米的味道很像，不像自己在這邊吃了十年的米，那麼粗糙。

她第一次吃的時候差點沒有直接吐出來，後來也是吃的次數多了，這才適應了。

這米大概是經過細加工的米，難怪顏色顯得那麼晶亮。

王大嬸兒見阿秀這麼不客氣，心中一陣小心疼，這個米可比一般的米貴了好幾倍呢，自家一個月才去買個十斤，家裡人誰都捨不得吃，都是留給小虎子一天吃一點的，今天就被阿秀吃掉了一碗。

「阿娘……」小虎子見好一會兒都沒人進來，便有些急了。

「我馬上來。」王大嬸兒現在覺得說什麼都晚了，自己當時就不該多那個嘴，現在只能給小虎子盛了一些大家吃的粗米飯端了進去。

「阿娘，這飯好硬。」小虎子小聲地說道。

「晚上阿娘再給你做白麵饅頭啊，先吃點啊。」

「我也想吃那個很香的魚。」小虎子怕在外面的阿秀聽到這話嘲笑他，聲音就更加低了。

「阿秀說了，你在長傷口呢，不能吃那個魚，等你好了，阿娘再給你做。」王大嬸兒安慰道。

「阿秀姊姊這麼說，難道不是為了一個人吃那碗魚嗎？」小虎子嘀咕了一聲。

阿秀心中感慨，這人啊，有時候耳目太靈敏也不是一件太好的事情啊。

不過他既然都這麼想自己了，自己還不把魚吃完，那豈不是太不給他面子了。

所以等王大嬸兒出來，就看到一碗湯和幾片葉子在碗裡面，魚完全不見了蹤影。

而阿秀，正捂著肚子在一邊打飽嗝！

第九章 阿爹煩惱

王大嬸兒餵好小虎子，一出來看到這個場景，心中開始暗暗慶幸阿秀沒有嫁過來。要是真嫁過來了，就她這麼不客氣的吃法，到時候那些好的都進了她肚子了，最後還不是苦了她的小虎子。

「嬸兒，其實我有句話不知道該不該說。」阿秀臉上好似很是糾結，而眼中卻是清澄一片。

有些事情，人家樂意聽她就講，不樂意聽，那她就省點口水。

「啥事？」王大嬸兒心中一陣警惕，她不會是還沒有吃夠吧。

「其實這小虎子的病，我說句難聽的，就是你們慣出來的。」阿秀慢悠悠地說道：「當初他生下來身子是弱，多補補是對的，但是之後你們什麼都寵著他，這個不讓幹，那個不讓做的，這身子自然就虛了，他要是和你們一樣，吃這些粗米飯，下地幹活，這身子哪裡會這麼差。」

說得簡單點，這就是嬌養出來的病！

其實這種病在現代也很常見，越是精細養的小孩，底子越是差。

人本來就是一種越挫越勇的種族，你一直這樣慣著他，只會越來越脆弱。

「啊……」不光是王大嬸兒，整個王家的人都驚呆了，他們這輩子還沒有聽說過，這吃得越好，身子反而更加弱的事情。

而且要不是因為阿秀剛剛治好了小虎子的病，就阿秀這麼沒有依據的一番說法，他們肯定是一個字都不會相信的。

「而且要治的話也很簡單，每天讓他和你們吃的一樣，再多吃點大豆，等傷口好了，跟著阿叔下地，不用幾個月就好了。」阿秀拍拍自己鼓鼓的肚子，也不去管他們到底有沒有聽進去，反正她該說的也已經說了，也算是仁至義盡了。

這小虎子的病，用現代一點的話來講，那就是身體裡面蛋白質和粗纖維的不足。

「就這麼簡單？」王大嬸兒有些難以置信，當她以為自家兒子這輩子都要這樣的時候，阿秀卻那麼輕鬆地說出了一個解決方法。

只是這聽起來，怎麼有些不靠譜啊！

「就這麼簡單，嬸兒您要是信我就試試，反正真不行也不會有什麼損失。」阿秀站起來拍拍自己的衣服。「這時辰也不早了，我得回家去了，嬸兒下次要是做辣子魚，記得叫我啊！」

雖然口味沒有現代的水煮魚美味，但是聊勝於無嘛，而且這裡的魚肉質更加鮮美，讓她很是回味了一番。

「那妳路上小心。」王大嬸兒有些魂不守舍地隨意叮囑了一句，剛剛阿秀的話讓她開始猶豫起來。

阿秀吃飽喝足，慢吞吞地往家裡走去，心中忍不住幻想，要是每天都有好吃的，那日子是多麼的美好。

可惜自己是手殘黨，這讓阿秀開始有了一種，找個正太（注）好好培養的想法。

不用多會掙錢，會做飯就好了啊！

我負責看病賺錢，你負責燒飯顧家，多麼完美和諧的搭配！

可是阿秀將自己印象中的男性都掃了一遍，都沒有符合這個要求的。

唯一一個比較符合的超齡正太顧一，偏偏還是一個幼女控……

不過反過來一想，這顧一雖然看起來年紀比較大，但是人還是很居家的，而且一看就是武力值比較高的人。

而且幼女控什麼的，也挺適合現在身材乾癟的自己啊！

只是……

阿秀很憂傷，自己沒有問他要聯繫方式啊！

這要是在現代，那就是一個手機號碼的事情；但是到了古代，他們應該沒有再見面的機會了吧，只怪自己不懂得把握。

不過她又聯想到顧一那個摳門上司，頓時就打消了剛剛的念頭，古代人不提倡跳槽，換上司的機率可能比換老婆還要低呢！

難道自己要吃窩邊草，發展一下阿牛哥？

注：正太一詞起源於日本語，標準的「正太」是指12歲的男孩，目前普遍把8至14歲左右的沒有鬍子、很可愛的男孩稱為「正太」。

只是這麼一個設想，阿秀就覺得整個人都不好了。

帶著一邊吃飽飯的明媚、一邊找不到合適人選的憂傷，阿秀慢慢踱步回到了家。

一進門就看到自家阿爹正用一種詭異的姿勢躺在長板凳上面，還打著呼嚕。

「阿爹，要睡去床上啊！」阿秀拍拍酒老爹的肩膀，將剛剛各種矯情的心情都暫時收起來。

「阿秀妳在啊，該做飯了，餓死了。」酒老爹嘴上嘟囔著，身子想翻一個身，但是他忘記了這個不是床，所以一下子從長板凳上面摔了下來。

「阿爹，您沒事吧？」看他摔在地上狼狽的模樣，阿秀真是又好氣又好笑，都這麼一把年紀的人了，怎麼還這麼不懂事。

「沒事沒事，就是太餓了，沒力氣了。」酒老爹一邊說著一邊掙扎著靠著阿秀站起來。

「那您先吃個餅子吧，之前隔壁嬸子給我的。」阿秀將碗端出來，有些感慨道：「您說我要是嫁人了，您一個人該怎麼辦？」

畢竟是古代，女子嫁人了，就是娘家再近，也不好常常往娘家跑的。

酒老爹聽到阿秀這樣的感慨，身體一僵，眼睛中閃過一絲複雜。

他不甘心自己和她的孩子就在這樣一個小地方，嫁給一個農民，就這樣過一輩子！

而且他們的阿秀，明明是這樣的優秀！

「阿秀想嫁人了啊，羞羞。」酒老爹一邊吃著餅，一邊含糊地說著。

阿秀聞言，在心裡翻了一個白眼，羞毛線啊！

「女孩子總要嫁人的啊，有什麼好羞的？」

「那阿秀喜歡阿牛還是二狗子？」酒老爹好似認真地看著阿秀，但是阿秀看他的眼神透著一絲矇矓，就知道他又喝了不少。

「阿牛哥更加可靠些。」阿秀隨口一答，其實也不是說她真的對阿牛有好感，不過就是吃人的嘴軟罷了。

酒老爹因為阿秀的話差點被餅子噎住，他不知道什麼時候，自家的女兒竟然和隔壁那個愣小子看對眼了。雖然那小子挺憨厚的，但是找丈夫是要找有能力的，而不是找一個聽話的，不能像他這樣……

想起那十年前的事情，酒老爹的心臟部位一陣撕裂般的痛，怕阿秀看出不對來，他都不敢睜開眼睛。

阿秀見自家阿爹吃了兩口餅子以後又睡著了，只得嘆了一口氣。

阿秀最近迷上了磨針，將那些繡花針打造成自己想要的弧度，能讓她擁有不少的成就感。

雖然她現在不能上手術檯，但有備無患總是不會有錯的。

而且不用下地，不用幹農活的她，平日裡根本沒有別的消磨時間的娛樂。

「阿秀妹妹，妳又在磨針啊？」阿牛牽著牛，往她的手上瞄了一眼，那密密麻麻的針放在一旁，透著陣陣寒光，看著怪瘆人。

不過只要是阿秀妹妹，不管她做什麼，他都覺得是極好的！

「對啊，阿牛哥你放牛回來了啊。」阿秀衝他笑笑，將一根磨得差不多的針放到一邊，絲毫沒感覺到自己的行為嚇到了人。

「是啊，大叔昨天又沒回來嗎？」

「晚上回來了，早上又不見了。」阿秀隨口說道，最近自家阿爹好像特別忙的樣子，人家早出晚歸是賺錢，他早出晚歸也不知道在幹什麼，而且每次回來照樣是滿身的酒氣，然後倒頭就睡。

「那阿秀妹妹等下去我家吃飯吧。」阿牛的眼中難掩喜色，之前他阿娘也和他提過了，等阿秀年紀再大些，就去她家提親；他想著以後每天能和阿秀在一起，他睡覺都能笑醒。

「可是我還要給我阿爹做飯呢。」阿秀眼中有些猶豫。倒不是說她變得客氣了，主要是她覺得自己最近蹭飯的頻率有些高了，饒是她臉皮厚，也不能老是吃別人的啊……

而且最近嬸子看她的眼神，也有些怪怪的，這讓阿秀心裡有些不踏實。

「那到時候可以把妳阿爹的飯留起來，也省得妳開伙了。」阿牛的考慮很是周全，如果阿秀是他的媳婦兒了，那酒老爹就是他的岳父，對岳父好，那是必須的。

「而且今天阿娘會做臘肉燜飯。」阿牛見阿秀態度還有些猶豫，他直接下了狠招，他對阿秀這麼些的瞭解還是有的。

果然阿秀一聽臘肉燜飯，直接將東西一收，神色間哪裡還有剛剛的猶豫躊躇。「那我給嬸子幫忙去。」反正難為情也不能當肉吃，女子不拘小節啊，考慮這麼多幹啥！

阿牛的眼中多了一絲寵溺，這樣的阿秀真是太可愛了。

「那我和我娘多做些飯。」阿牛衝著阿秀憨憨一笑。

酒老爹回來的時候就看到自家女兒和隔壁阿牛談笑風生的模樣，心中一涼，難道兩個人已經到了兩情相悅的地步了?!

自己雖然落魄了，但是他也不能接受自己的女兒就這麼嫁給了一個村夫。

阿秀是他和她唯一的連繫啊，如果她知道了，肯定不會原諒自己的。

「阿秀。」

「阿爹您回來了啊？」阿秀看到酒老爹這麼早回來有些意外，他最近幾天不是不到天黑不回家的嗎？

「嗯，我餓了。」酒老爹開始了他千篇一律的開場語，然後眼睛往旁邊阿牛那邊一掃。

阿牛心中一驚，頓時緊張了起來。雖然和酒老爹當鄰居都這麼多年了，但是他總覺得酒老爹沒有正眼看過自己，現在被這麼一掃，他整個人都緊繃了起來。

明明只是一個醉鬼，可是他卻有種比自家阿爹還要可怕的感覺。

「這個是阿牛啊，都這麼大了啊。」酒老爹說著伸出手緩緩地拍了拍他的肩膀，看似輕飄飄的，但是阿牛只覺得身上的這隻手比他平時挑的一擔子羊草還要重得多。

「你怎麼一直在往後面退啊？」酒老爹很是無辜地看著阿牛，然後好似很失望地搖搖頭。

阿牛只覺得臉上一熱，他也不知道自己剛剛是怎麼了，為什麼會下意識地往後面退。

他不知道，人有一種本能，面對能威脅到自己的事物，總是會首先選擇退讓。

「阿爹，是您酒喝多了，阿牛哥明明一直站在那裡。」阿秀將酒老爹一把拉住，面對酒老爹剛剛的把戲，阿牛可能不明白，但是她是看得一清二楚的；她只是沒有想到，自家阿爹這麼幼稚而已，這算是以大欺小吧……

阿牛看了一眼阿秀，發現她還是笑咪咪的，慢慢放下心來。

只是，他開始糾結，自己剛剛到底有沒有退步呢？如果退步了，自己為什麼會退步，明明他沒有對自己做什麼啊?!

「啊……」酒老爹眨巴了一下眼睛，掩下眼中的詫異和一絲憂傷，自家女兒這是在胳膊肘兒往外撇嗎？

雖然自己時常不在家，也好像有些不靠譜，但是自己怎麼說也是她的阿爹啊，而且平日裡還那麼給她面子，把她做的那麼難吃的菜都吃光光了，她現在竟然向著一個外人，而且那個外人還只是一個放牛的！

酒老爹憂傷了，他覺得自己現在需要躺一下睡一覺，調整一下自己的心情。

「阿爹您先去躺一下吧，我做好飯叫您啊。」阿秀用哄小孩子一樣的語氣說道，然後又衝著阿牛有些歉意地笑笑。「我等下就不過去了啊，不要讓嬸子把飯做多了，現在天熱，放不住。」

她的臘肉燜飯，阿秀努力忽略心頭上的那陣刺痛。

「哦。」阿牛有些失望，又努力打起精神。「要不妳和大叔一起過來吧，我讓阿娘多做一些。」

雖然才剛剛被酒老爹嚇過，但是阿牛是個很憨直的漢子，轉個身也就將這個事情忘記了。

但是他這樣的行為在酒老爹眼中，那就是赤裸裸的挑釁啊，竟然敢當著他的面勾搭自己的寶貝女兒。

這鄉下的漢子，果然是太恬不知恥了！

他一定要盡快帶著阿秀搬家，絕對不能讓他們之間有一絲一毫的機會！

「這個……」阿秀聞言有些心動，吃自己做的飯和阿牛娘的飯，不論是從哪個角度講，那都是阿牛娘的獲勝，但是，阿秀又看了一眼自家阿爹。

家醜不可外揚，把這麼一個醉醺醺的人帶到別人家吃飯，也太那啥了。

酒老爹絲毫不知道自己在女兒心目中是屬於帶不出去的，怕她不爭氣地點頭，直接眼睛一閉，醉倒在了阿秀的懷裡。

他也不想想，自家姑娘那小胳膊、小腿的，怎麼承受得住他的重量，結果還是借助了阿牛的力氣。

這讓他有一種搬起石頭砸自己腳的感覺，他是絕對不會承認自己剛剛的行為是那麼的愚蠢！

阿秀一起床，就看到自家阿爹竟然難得的還在，而且還貌似一本正經地坐在凳子上，好像在思考什麼人生大事。

「阿爹？」阿秀輕輕喚了一聲，聲音中還帶著一些忐忑。

她總覺得他現在還在家，有些怪怪的。

「呼，呼……」回應阿秀的是酒老爹的打呼聲。

阿秀見他只是坐著打呼嚕，頓時就放下心來，用手推推酒老爹的肩膀。「阿爹，睡覺到床上睡去。」這大清早的坐在凳子上，不是嚇她嘛！

「阿秀啊。」酒老爹聽到阿秀的聲音，有些艱難地睜開眼睛。

「咋了？」阿秀瞅了一眼他，眼角還沾了眼屎，明顯是一副沒有睡飽的樣子，真不知道以往他是以一種怎麼樣的姿態出門的。

當然，阿秀是不會知道，昨天躺在床上的酒老爹心中是多麼的複雜，輾轉到天明才睡著的。

「今兒我們去鎮上吧。」酒老爹慢慢揉了揉自己的眼睛，讓自己稍微顯得清醒些。只是這蓬頭垢面的模樣，再加上他有些呆滯的眼神，要讓人相信他是一個正常人都有些難度。

「怎麼要去鎮上了啊？」阿秀很是奇怪，不過卻沒有真放在心上，完全當他是在自言自語，只不過是給些面子，隨口問一下。

「咱們去看看。」酒老爹搖頭晃腦了一下，似乎是想讓自己清醒些，但是這樣的動作讓他原本就雜亂無比的頭髮變得更加的糾結。

阿秀雖然沒有什麼潔癖，但是一般在醫院裡面工作過的人，多少有些強迫症，就算是現在，阿秀每天洗手的次數都比一般人要來的頻繁得多。

有些習慣，是已經深入骨髓了的。

阿秀忍不住雙手互捏了幾下，最後還是沒有忍住。「阿爹，我幫您整理一下吧。」

「嗯？」酒老爹有些茫然地看了一眼阿秀，好似不大懂她的意思。

「我給您整理一下頭髮吧，不是說要去鎮上嗎？」阿秀解釋道。

酒老爹心中一暖，昨天感受到的憂傷一掃而光，自家女兒果然還是重視他的。

阿秀見酒老爹沒有反對，便去拿了帕子和臉盆，往裡面倒了乾淨的水。

酒老爹就著那盆子裡的水，一下子看到了自己現在的模樣，身子一僵。

當年她最愛的模樣現在已經被他自己踐踏成了這個樣子，就是他自己都要認不出自己了。

可是，這不就是他的目的嗎，讓那些人找不到他和阿秀，以為他們都死在了那場火裡面，包括他最心愛的她。

只有當他們都死了，她才能安穩地享受她的榮華富貴。

只要是能讓她過得好的，他不管做什麼，都是心甘情願的。

只是，苦了阿秀了。

他帶著阿秀來到這麼一個小村子，一面希望阿秀可以平庸，不引起別人的注意，但是一面又不願意他們的孩子這麼平庸。

明明，他們都是那麼優秀的人，特別是她，長得那麼美好……

他應該慶幸，他們的孩子，更加像他點，免得被人惦記上了；但是他有時候又想著，像她的話，至少還能多點念想。

不過現在讓他比較苦惱的是這個孩子的性子，好像兩個人都不像，只要說到肉眼睛就發亮，他怕以後來個人，一塊肉就把她勾走了。

就好比隔壁的那個誰！

「啊！」等酒老爹懷著糾結的心情回過神來，就發現自己的頭髮被剪掉了小半，鬍子也沒了一部分，這可是他辛苦養了好些年的。

他也該慶幸阿秀對這項手藝不大熟練，不然等他回過神來，保證都弄得乾乾淨淨了。

「阿爹，您能不要像個女人一樣尖叫嗎？」阿秀翻了一個白眼，心中有些遺憾，要是自己手再快些，就能看到自家阿爹的廬山真面目了。

酒老爹努力調適好自己的心情，儘量讓自己恢復到以往的狀態，雙眼矇矓地看著阿秀。「我不要剪了，我不要剪了。」然後直接爬桌子上，用後背默默反抗著阿秀的行為。

阿秀知道自己今天注定要失敗了，雖然那只剪了一半的頭比較之前，除了雜亂又多了一絲搞笑，她也不打算繼續了。

「您打算要睡覺了嗎，那就不去鎮上了啊！」阿秀狀似隨意地說道。

酒老爹身體一僵，裝睡不能再繼續了，慢慢抬起頭來。「要去鎮上……」雖然聲音還是有些醉醺醺的模樣，但是怎麼聽，都比之前多了一些心虛。

酒老爹有時候總是覺得阿秀是知道些什麼的，可是他自認為自己的偽裝明明是很成功的啊，按道理，阿秀是應該不會察覺到的啊。

但是他想著他和孩子她娘當年都是極其聰慧的人，他們的孩子如果真的機敏，那也是很正常的，只是阿秀的態度，反而讓他有些摸不準了。

「如果真的要去鎮上的話，那我就不做早飯了，鎮上應該有不少吃的吧。」阿秀想到自己藏在床底的十兩銀子，等下可以去鎮上買不少好吃的。

酒老爹不知道自己最近是怎麼了，老是會想起以前的事情，阿秀只是這麼隨口的一句話，他的心中就是一陣的酸澀。

他們的孩子，竟然還會眼饞小鎮上面那些上不得檯面的小吃食；如果當年沒有那件事情，那她現在也是被嬌養在府中，是個千金大小姐，何苦要受這樣的苦，只能說世事難料。

「阿爹給妳買好吃的。」酒老爹忍著心中的酸澀說道，他怕阿秀察覺出什麼，連頭都不敢轉過去。

「您身上一共就五個銅板，阿爹您確定這樣去鎮上真的沒有問題嗎？」阿秀毫不留情地道出殘酷的真相。

酒老爹頓時有了一種，恨不得把家裡的那些偽裝成破碗、破凳子的古董都堆到阿秀面前，告訴她其中任何一個，都足以買下一個小鎮的衝動。

但是他怕被自己的女兒當成瘋子……

挫敗感一下子就布滿了他的心頭，酒老爹覺得一陣無力。

「好啦好啦，阿爹您不要難過，阿秀帶您去買好吃的啊。」阿秀安撫性地拍拍酒老爹的肩膀。

哎，老男人也是需要哄的。

第十章　淚流滿面

當阿秀和酒老爹到鎮上的時候，時辰已經不早了，還好也不算晚。

主要是阿秀這輩子沒有帶過十兩銀子這麼大額的現金出過門，心中很是忐忑，糾結了好久，才決定放在衣服的夾縫中。

她上輩子也不是沒有見過錢，但是誰叫她這輩子窮的時間太久了，多少有些後遺症。

兩個人叫了兩碗豆花，一共是兩文錢，酒老爹眼疾手快將錢給付了，和女兒一起出來，自然是他付錢。

阿秀有些無所謂地撇撇嘴，他身上一共也就五個銅板，有什麼好搶著付錢的呢！

吃好了早飯，兩個人慢慢走著，大概是酒老爹的造型過於獵奇——頭髮毛躁凌亂，還有不少往上面翹著，模樣更似雞窩；鬍鬚長短層次不齊，密密麻麻，遮擋了大半的臉；衣服灰不溜丟，好似沒有洗乾淨，經過他們身邊的人基本上都會再回頭看他們一眼。

酒老爹也不臉紅，光明正大地讓他們隨便看，反正他鬍子、頭髮擋著，也不怕會有人把他認出來，想來阿秀的厚臉皮多少也是有些遺傳自他。

「那邊怎麼這麼多人啊？」阿秀的注意力馬上被一個牆上的東西給吸引了過去。

大概是上輩子電視劇看多了，總覺得這個布告應該是有錢人家求醫之類的，她想著說不定能掙點外快，很是積極地趕過去看。

只是看到內容的時候，她多少有些失望，原來只是朝廷頒布的一個告示，大概是說新皇登基，改國號，然後舉國同慶，全國免稅一年巴拉巴拉的。

「阿爹，我們走吧。」既然不是那種掙外快的小廣告，阿秀也就沒有興趣了。

只是當她轉身看向自家阿爹的時候，發現他的眼中似乎閃爍著一絲晶瑩。

他這是在哭嗎……

「阿爹？」阿秀又小心翼翼地叫了一聲，這樣默默盯著前方，眼神深邃的男人，她覺得自己好像有些不認識他了。

「妳說這大早上的，風怎麼就這麼大！」酒老爹又是一陣搖頭晃腦，眼睛有些留戀地看了一眼布告，就擠出了人群，他甚至沒有記得將阿秀一起拉出來。

阿秀覺得，自家阿爹果然是一個渾身充滿著秘密的男人啊！

雖然他臉上沒有表現出來，但是之後，即使兩個人在一起逛街，阿秀還是能感覺到他的情緒不對，以及心不在焉。

「我們買點肉就回去吧。」反正阿秀對那些好看的衣服和首飾小玩意兒之類的也不怎麼感興趣，打算直奔主題；而且今天的阿爹實在是太奇怪，讓她有些不大敢接近了。

「嗯，我去買些酒。」酒老爹說著已經直直地往一家酒館走了進去。

阿秀想到他身上只有三個銅板了，頓時有些著急地喊道：「阿爹，您還沒拿錢！」

雖然肉痛，但是怕阿爹因為沒錢吃霸王餐被人打斷腿丟出來，阿秀還是將身上的十兩銀子給了酒老爹，怕自己捨不得，她都不敢再去看第二眼。

酒老爹將銀子隨手一塞，繼續渾渾噩噩地往裡面走去。
阿秀嘆了一口氣，打算去吃點肉療癒一下自己。
她現在身上只有之前給小白買藥剩下的一些碎銀子，加起來也不過一兩多。
相比較村子裡，這個鎮雖然不大，但是已經算很繁華了。
阿秀在村子裡面待久了，就是逛這麼一個小鎮，心裡都還有些小激動呢！
不像上輩子的時候，即使是國內最好的商場，她都已經沒有太大的感覺了。
「剛出爐的芙蓉糕、杏子酥。」
阿秀面對吆喝面不改色地走過去，在她心目中，只有肉才是王道，這些什麼糕啊、酥的都是虛的。
「剛出爐的驢肉包子，五文錢一個，先到先得！」
原本有些無聊地閒逛著的阿秀一聽到這個聲音，眼睛大亮，順著聲音就衝了過去。「我要五個！」
抱著剛剛買來的驢肉包子，阿秀滿臉的幸福，要是自家住在鎮上就好了，這樣她就不用為吃肉費盡心思了。
而且，這個驢肉包子真的好好吃啊！阿秀抱著包子，感動得眼淚都要掉下來了。
雖然吃過了早飯，但是阿秀還是快速地解決了五個包子，她想著自己難得來鎮上，怎麼也得給平時老是讓自己蹭飯的阿牛哥一家帶點什麼回去，禮尚往來嘛！
剛在思考等下還要買什麼回去，阿秀就聽到「鐺鐺」兩聲鑼響，循著聲音看去，就看到一家比較高檔的酒樓前面圍了不少的人。

世人都有愛湊熱鬧的天性，阿秀自然也不能免俗。

「這是怎麼了啊？」阿秀隨便問了一個旁邊的人，看這個架勢，像是要賣什麼。

「這家掌櫃的買了一頭鹿，今天要賣鹿肉、鹿血。」那人也不管阿秀是誰，隨口說了幾句，人就往前面擠過去了。

阿秀心中一熱，竟然是鹿肉，在現代的時候她就沒吃過，到了這裡以後就更加不用說了。

而且這邊沒有什麼保護野生動物法，阿秀覺得那就能心安理得地吃了。

「這鹿肉一份多少錢？」大概有肉的動力在，阿秀一下子就擠到了最前面。

那小二見來人是個小丫頭，心中有些不在意，隨口說道：「一兩銀子這麼一份。」這鹿肉都還是生的，血淋淋的，阿秀覺得自己現在就可以想像得出它在烹飪過以後的美味。

「給我來一份。」阿秀將自己身上最後的一個一兩重的碎銀子掏出來，和肉比起來，銀子是不需要留戀的。

那小二心中一陣詫異，這鄉下丫頭都這麼有錢了啊？不過手下動作不慢，將肉快速包了，遞給阿秀。

阿秀抱著肉，覺得自己今天來的目的已經達到了，雖然把錢花得精光，但是錢是可以賺的，肉卻是絕對不能錯過的。

她打算現在就回去了，至於自家阿爹，反正他認識回去的路，這麼大的人了，也不用她擔心了。

好不容易擠出人群，阿秀就聽到不少人聚在一起議論紛紛的樣子，稍微一湊近，就聽到那些人在說有人偷了皇榜。

阿秀開始沒有反應過來，後來才意識到那個皇榜就是一張紙啊，這世道，竟然還有人有這個嗜好！

果然是天下之大，無奇不有啊！

阿秀興沖沖地抱著鹿肉回家，在路上的時候，她至少已經想了幾十種吃法。

但是她一回到家就意識到了現實的殘酷。

一個是鹿肉沒有那麼多，不足以滿足她那十幾種的想法，還有一個更加嚴肅的問題，那就是她根本就不具備那樣的手藝！不管是多麼美味珍貴的食材，到了她手裡都是一種浪費。

不過阿秀隨即一想，就直接抱著鹿肉到了隔壁，自己雖然沒有手藝，但是阿牛娘有啊。

只是鹿肉還沒有做好，阿秀就聽阿牛爹說自家阿爹醉倒在門口了。

鄉下人淳樸，你沒錢人家不會瞧不起你，但是你整天無所事事，喝得醉醺醺的，連女兒都不照顧，那就讓人看不過眼了。

「大叔他回來了？」阿牛有些詫異，這還不到正午呢，沒有想到酒老爹就回來了。

「對啊，我剛剛身上揹了鋤頭，你現在趕緊將人揹進來，也不知道在外面躺了多久了，這日頭又熱，到時候中暑了就麻煩了。」雖然瞧不過眼，但是畢竟是鄰居，以後可能還是親家，自然也要多照顧些的。

「我馬上就去。」阿牛放下手中的活計，連忙跑了出去。

沒一會兒，已經醉成一灘的酒老爹就被揹了進來。

阿秀在廚房先吃了一小碗鹿肉，這才端著碗筷出來，一眼就瞧見了躺坐在椅子上的自家老爹。

「阿爹。」阿秀將碗筷放下，用手推了他一把，他身上的酒味都讓她忍不住皺了皺眉頭。

雖然她平時已經習慣了他身上時時刻刻散發著的酒味，但是今天他好像喝得特別多，除了酒味，還多了一些別的感覺，但是她具體又說不上來。

「阿秀……」酒老爹聽到聲音，眼睛慢慢睜開來，看到阿秀，眼睛一下子就濕潤了。

「老爹您怎麼了？」阿秀原本心裡還有些不滿，但是看到他這個模樣，心一下子就軟了，難道是錢不夠，被人欺負了？

「我餓了……」酒老爹說話間，一滴眼淚緩緩落了下來。

阿秀一愣，不知道自己應該是一個什麼樣的感覺。

「餓了就吃飯吧，我去端菜。」阿牛在一旁聽到酒老爹餓了，馬上就積極地去廚房端菜了。

「阿秀，咱們回家了。」酒老爹皺著眉頭，用手背擦了一下眼睛，他剛剛迷糊間，以為看到了她。

果然只是他的幻想……

這十年來，雖然總是想起她，但是沒有像今天這樣，這麼想念她。

他想，離她再近一點……

「咱們吃了飯就回去啊。」阿秀安撫道，她自然是捨不得那鹿肉，畢竟那麼貴，自己很難有機會再吃到了。

「回家了。」酒老爹扶住椅子，打算站起來，但是今天，他的確是有些喝得多了。

他的手慢慢扶向心口的位置，那邊有她，真好。

阿秀有些不能理解自家阿爹時而糾結，時而陶醉的模樣，索性不去管他了，反正他這麼抽風（注一）也不是一天、兩天了。

「來來，吃飯了啊。」阿牛娘將最後的菜端上來，就招呼大家都坐過來。

阿牛爹一下子就聞到了鹿肉的香味，忍不住問道：「這個肉哪裡來的啊，不是豬肉吧？」作為一個常年和牲畜打交道的人，這點見識還是有的。

「這是阿秀送過來的鹿肉，讓我們嚐嚐鮮。」阿牛娘笑著說道。

酒老爹一聽這話，頓時覺得心頭一涼，自家這嗜肉如命的女兒，竟然會將到手的肉送給別人，這絕對不一般。

這讓他心中忍不住多了一絲不大好的猜測，難道阿秀真的看上了那個只會傻笑的黑大個了嗎?!

這樣的認知讓酒老爹心中拔涼拔涼的（注二），果然有些事情已經不能再拖了。

注一：抽風，指人的行為舉止不正常，讓人難以理解。

注二：拔涼拔涼的，意指很涼，涼到了極致。

「阿爹，快點吃飯，等下回去躺一會兒。」阿秀見酒老爹呆呆地看著前方，臉上帶著一絲無法理解的悲慟，手上吃肉的速度又加快了不少；她怕他等下直接在這邊醉倒了，她要儘量多吃點鹿肉，這樣才能比較安心地離開。

「是的啊，多吃點。」阿牛娘見他這麼呆呆愣愣的，有些看不過眼了，這阿秀這麼好的姑娘，怎麼就攤上這麼一個不靠譜的阿爹。

酒老爹的視線慢慢滑過阿牛一家人，他完全無法想像，自己的阿秀會嫁給這樣的人家，然後做一輩子的村姑、村婦。

只是這麼一個念想，酒老爹都覺得自己要從椅子上跳起來了。

他不允許，這絕對不行！

「對了，老弟啊，等下吃了飯，咱們商量個事吧。」阿牛爹想著雖然酒老爹人有些不清醒，但是有些事情還是要和他商量的。

酒老爹下意識地看了一眼阿秀，見她滿臉笑盈盈的，和那個叫阿牛的傻大個還有說有笑的，心都碎成了一瓣一瓣的了。

「阿爹，您沒事吧？」阿秀只聽見「轟」的一聲，自家老爹已經倒在了地上，雙目緊閉，儼然是睡著了。

「應該是睡著了，沒事，我揹他過去就好。」阿牛憨憨的聲音在酒老爹的耳邊響起，他覺得自己的腳好疼，自己明明吃過這個虧了，為什麼還是忍不住再次搬起石頭呢！

這樣不會看臉色的傻大個什麼的，實在是太討厭了！

阿秀起床的時候，發現酒老爹果然又不在了，自從上次一起去過鎮上，酒老爹的行蹤就變得更加飄忽不定了。

不過阿秀也沒有太擔心，這樣的事情也不是頭一回了。

只是讓她比較在意的是，家裡的筷子少了兩雙……

「阿秀姊姊。」阿秀正在想著家裡還有沒有少些別的東西的時候，就聽到有人在叫自己的名字。

她出去一看，來人是一個男孩子，看起來不過六、七歲的樣子，隱隱間覺得有些熟悉，阿秀覺得自己應該是見過他的，但是又說不上來。

「你是……」

「我是小虎子啊，阿秀姊姊。」小虎子表情有些怯怯，但是又難掩喜悅。

他已經很久沒有出門了，今天是他一個人出門，讓他有些興奮，又有些緊張。

「咦，你長胖了啊。」阿秀聞言，再細細將他觀察一遍，果然真的是小虎子。

只是相比較之前那段時間，小虎子不管是氣色還是體型，都有了不小的變化。

「對啊，我阿娘叫我來謝謝妳。」小虎子有些難為情，開始王大嬸兒讓他吃粗糧的時候，他心裡還有些不高興，但是一段時間以後，他發現自己長胖了不少，力氣也有了，整個人都覺得有了期待。

之前阿秀提出這樣的法子的時候，王大嬸兒原本是不相信的，但是她也實在是擔心小虎子的未來，就抱著試試看的想法，沒有想到，不過就七、八天，效果就一下子出來了。

王大嬸兒原本是想要自己來道謝的，但是她之前的態度並不是很相信，所以有些不大好意思，就讓小虎子自己過來了。

「你身體好了就好啊。」阿秀笑笑，反正這個也不過就是舉手之勞。

「這是我娘叫我給妳的。」小虎子將之前放在後面的手拿到前面來，手上拿的是一隻小小的，像小老鼠一樣的玩意兒。

「這個是什麼？」阿秀有些失望，她開始以為是肉，好吧，這個勉強也可以稱之為肉，但是塞牙縫都不夠好嗎？而且品種都不確定，她可不敢吃。

「這個是家裡的兔子生下來的崽子，我阿娘說很好養的。」小虎子看阿秀並不是很高興的樣子，連忙解釋道。他家因為要給他治病買藥，賣掉了不少的東西了，現在能拿出手的也只有這個，這也是王大嬸兒不敢登門的一個很大原因。

這麼一個小玩意兒讓小虎子給的話倒沒有什麼，但是要是她給的話，那未免太摳門了。

「那替我謝謝嬸兒了。」阿秀雖然心中有些失落，但是也不能在小虎子面前表現得太明顯了。

「那我先回去了，阿娘還等著我吃飯呢。」小虎子說完將那個小玩意兒塞到阿秀手裡就一下子跑遠了。

阿秀低頭看了一眼手上的玩意兒，渾身粉中帶著一絲透明，只長了一些白色的小絨毛，樣子長得很是難看。

「這個真的是兔子嗎？」阿秀用手指戳戳這坨軟趴趴的玩意兒，牠也沒有什麼反應，只是蠕動著胖胖的身軀微微往旁邊躲了躲。

阿秀上輩子在醫學院，剖過的兔子沒有一百也有九十九，只是這麼小的還是第一次見。

而且，她發現一個很嚴肅的問題，小虎子跑得太快了，他還沒有告訴她怎麼養啊！

瞪了兩眼手上的東西，阿秀也沒有想到怎麼養，不過她想著兔子都是吃草的，拔點草應該沒有問題。雖然阿秀知道牠還太小，但是家裡也沒有奶給牠喝啊，而且要是真的有奶這麼奢侈的東西，阿秀老早就自己喝了。

只是為了將來的紅燒兔肉，阿秀決定捺下性子來。

怕牠在家裡面隨便拉屎撒尿，阿秀就找了一個竹筐，鋪上一些乾草，將牠挪到了驢棚。

阿秀自從之前吃了驢肉包子以後，看向灰灰的眼神就有些詭異。

灰灰是一頭敏感的驢，所以每當阿秀這麼看牠的時候，牠都是很煩躁地踢踏腳下的土地。

「這肉長得真不錯啊。」阿秀拍拍灰灰的大腿部位。

灰灰直接往旁邊躲了過去。

阿秀也不介意，笑咪咪地將那個兔崽子放到一邊，還不忘說道：「妳覺得兔肉和驢肉哪個更加好吃啊？」

灰灰忍不住打了一個大大的噴嚏。

阿秀心滿意足地笑著回去了。

剛從驢棚出來，阿秀就看到了跑得氣喘吁吁的阿牛。

「阿秀妹妹。」阿牛使勁吸了幾口氣。「妳要搬家了嗎？」

「啊？」阿秀一臉茫然地看著阿牛，自己家什麼時候有這個閒錢可以搬家了啊？

「可是大叔說你們要搬走了。」阿牛看著阿秀一臉的緊張。

「阿爹？」阿秀微微皺起了眉頭。「我阿爹什麼時候說過靠譜的話啊。」她都不相信了，也就阿牛這麼憨厚的人才會相信。

「那妳真的不搬家嗎？」阿牛見阿秀好像的確沒有要搬家的樣子，頓時鬆了一口氣。

「你也知道我家的情況啊，哪裡有這個錢搬家。」阿秀攤攤手，最近村子裡也沒有人家要她去幫忙給牲畜接生或者接骨之類的，她連外快都有段時間沒有掙了。

「以後我會努力幹活給妳住大房子。」阿牛在底下小聲嘀咕了一聲。

「你說什麼？」阿秀只聽到「房子」兩個字。

「沒什麼，那阿秀妹妹我先回去了，我得去拉我的牛了。」阿牛心中有些赧然，剛剛他在路上看到酒老爹，就隨便問了一句幹啥去，沒有想到他說是要帶著阿秀搬家，他著急之下連牛都沒有管，就直接跑回來了，還好只是虛驚一場。

第十一章 所謂誤解

「阿爹，您回來了啊。」阿牛一走，酒老爹也回來了。

「嗯，阿秀……」

「我還沒做飯呢，您要是餓的話就先去躺一會兒，睡著就不餓了。」阿秀說道，酒老爹的開場話百分之九十九都是這句。

「不用做了，咱們該搬家了。」酒老爹說著打了一個酒嗝，他今天心情很好，只要能遠離那個黑大個，他就放下心來了。

他這次搬家，特意找了周圍都沒有和阿秀差不多年紀的男子的地方，這樣他就能稍微放心了。

但是他怎麼不想想，要是自家女兒因為他這樣的緣故，變成了嫁不出去怎麼辦？

「搬家？」阿秀忍不住失聲叫了出來，難道剛剛阿牛哥說的是真的？

難怪家裡少了兩雙筷子，沒有想到他竟然不是拿它們去換酒了，而是去買了新房子，只是不知道這位置……

「是的，搬家啊。」酒老爹搖頭晃腦地說道，然後慢慢踱步走進屋子裡，反正裡面也沒有多少家當，稍微收拾一下就可以走了。

「怎麼這麼突然？」阿秀還是有些難以置信，之前都沒有一些預兆。

酒老爹心中得意，要的就是這個效果，要是讓隔壁家提前知道了，他們做些沒有自知之明的事情，那多煩人啊。

「快去收拾東西吧。」酒老爹拍拍阿秀的肩膀，也沒有正面回答阿秀的問題，反正他現在算是喝醉了。

「我們要搬到哪裡去啊？」阿秀問道，不會是要搬到更加鄉下的地方去了吧？

現在這個地方她吃肉就已經不是很方便了，要是再窮鄉僻壤些，阿秀覺得自己會得相思病的，沒有肉，她會沒有活下去的動力。

「鎮上。」

阿秀一愣，這和她的預計有些偏差。

而且雖然這個地方特別窮，但是她還是有不少留戀的。

「好多酒，好多肉。」酒老爹狀似無意地說道。

阿秀原本多少有些不捨，一聽馬上就睜大了眼睛，反正鎮上也不是很遠，要回來看他們也不是很難；而且，阿秀想起那次去鎮上，各種好吃的肉，果然很有誘惑力。

「現在就要搬走嗎，那家裡的東西怎麼辦？」阿秀想著那些雖然破破爛爛，但是細看可以知道價值不菲的鍋碗瓢盆，雖然她沒有辦法賣掉它們，但是並不代表可以就這麼捨棄了啊。

「隨妳。」酒老爹說完「啪嗒」一屁股坐在了椅子上，有些含糊地說道：「好了叫我。」

阿秀掃了酒老爹一眼，默默收拾起來。

其實家裡也沒有多少東西，幾床被子，一些衣服，幾本醫書，剩下的就是鍋碗瓢盆，油鹽醬醋，以及在驢棚的那兩隻。

「阿爹，這樣成不？」阿秀將人推醒，示意他看一下自己收拾的東西。

酒老爹還有些睡眼朦朧，嘟囔道：「那就這些。」其實根本就沒有看。

「那就這樣吧。」反正阿秀也沒有真的打算聽到酒老爹的意見。

「嗯，咱們走吧。」酒老爹說著一把抓起地上的包裹，滿滿的一大包，他幾乎不費吹灰之力。

阿秀覺得自己對自家阿爹又有了一種新的認知。

「我去和隔壁嬸子家打聲招呼再走吧。」阿秀意識到自己剛剛還和阿牛說了不搬家的，但是轉了個身就將東西都收拾好了。

細細想來，心頭多了一絲情緒。

「快點回來。」酒老爹心中難掩嘚瑟，反正是最後一次了，告別就告別吧。

阿秀過去的時候，阿牛還沒有回來，想來是還在田裡忙活，家裡只有阿牛娘一個人在。

「嬸子，在剝豆呢。」

「對啊，等下要在嬸子家吃飯嗎？做豆子飯。」阿牛娘笑得很是和藹。

看到阿牛娘對她這麼好、這麼關心，阿秀的心中多了一絲愧疚。

她原本是想過，如果一直待在這裡的話，那阿牛也是一個不錯的夫婿對象，所以一直接受著他們對自己的呵護；但是她現在要搬走了，如果不出意外，兩家人不會有太多的交集了。

她雖然覺得有些愧疚和不捨，但是卻沒有打算為了他們留下來，在她看來，鎮上的誘惑比這裡要大得多。

正因為她瞭解自己，所以現在面對阿牛娘，心中才更加複雜。

「不用了，等下我和阿爹就要搬家了。」阿秀的聲音小了不少，她覺得有些對不起阿牛娘對自己的好。

「搬家，搬到哪裡？」阿牛娘倒是沒有多想，以為還在一個村子裡。

村子就這麼一點兒屁大的地方，搬家不搬家都差不多。

「阿爹說去鎮上。」阿秀的聲音又小了不少，心裡總是有種說不出來的感覺。

阿牛娘手中的豆子一下子蹦了出來，她連忙將豆子撿回去。「怎麼去鎮上了啊？」要知道這村子裡的人，誰不想去鎮上，誰願意留在這麼一個小地方，但是這鎮上的房子可不是那麼便宜的，所以一般人也就想想；她妹妹雖然嫁得不錯，但是也沒有這個能力讓他們家都搬到鎮上去。

「我也不曉得，阿爹說的。」阿秀老實說道。

阿牛娘突然面色一變，阿秀那殺千刀的阿爹不會是酒喝多了闖禍了，要把女兒賣到鎮上給人家做童養媳之類的吧……不然她實在不能想像，他們怎麼會有這樣的錢財。

「妳阿爹有說住哪裡嗎？」阿牛娘黑著一張臉問道。

「沒。」阿秀以為她臉色這麼難看，是怪自己沒有提前說，雖然有些冤枉，但是她也不打算辯駁什麼。

「妳就不問問？」阿牛娘的臉色更加難看了，這個傻姑娘，到時候說不定被她阿爹賣了還要幫他數錢呢。

「等下過去了，就知道了啊。」阿秀有些不明白阿牛娘臉上的表情變化，自己說的話有什麼不對的嗎？

「妳阿爹還在家裡嗎？」阿牛娘有些坐不住了，她越想越覺得自己想的那個可能性很大，要是其中沒有貓膩的話，他們幹麼這麼突然就搬家？

她哪裡知道，酒老爹這麼做只是為了怕他們糾纏阿秀罷了。

「在的啊。」話音剛落，阿秀眼睜睜看著阿牛娘氣沖沖地衝到自己家，心中有些忐忑，這不會出什麼事故吧？

「酒老爹，聽阿秀說你們要搬家了啊。」阿牛娘雖然心中氣憤，但是也知道不能不分青紅皂白的，直接衝上去大罵他一頓。

「對啊。」酒老爹微微瞇了瞇眼睛，看向阿牛娘。

因為知道以後見不到了，所以他現在覺得這個村婦都順眼了不少。

「這是要搬到哪個地方啊，具體位置是哪兒啊，我們也做了這麼多年的老鄰居了，以後到鎮上去也可以串串門兒。」阿牛娘皮笑肉不笑地看著酒老爹，眼中帶著一絲寒氣；要是這賊老頭真的敢賣掉阿秀的話，她非抓花了他的臉不可！

酒老爹一聽阿牛娘要地址，心裡就有了不大好的預感，難道他們都要搬走了，她還不死心？他是絕對不會讓她如意的，反正他現在喝醉了，就當是裝一回傻好了。

「什麼地址啊？」酒老爹雙眼茫然地看著阿牛娘，反正他就當聽不懂好了。

阿牛娘性子本來就不是溫柔型的，一看他這副要死不活的模樣，火氣就上來了，不過她也有些怕壞了兩家的感情，畢竟她還想著討阿秀做兒媳婦的，努力將情緒控制好。

「這要搬家啦，難道連在哪兒都不曉得了，還是做了什麼見不得人的事情！」阿牛娘的聲音有些尖銳，那話語更是不怎麼客氣。

這村子裡面也有揭不開鍋或者為了給兒子娶媳婦賣女兒的，這酒老爹平時每天醉醺醺的，誰知道他有沒有做這樣缺德的事情。

「嬸子。」阿秀見阿牛娘火氣那麼大，也有些傻眼了，這什麼跟什麼嘛，怎麼一下子事情就變成這樣了啊！

「阿秀妳不要幫妳阿爹說話，妳說說妳，四、五歲就要自己做飯吃，妳這阿爹管過妳沒有啊，還時不時地不見人影的，哪有一個爹是做成這樣的！」阿牛娘對酒老爹的意見也不是只有這一、兩天，平日裡也沒有機會說這些話，現在正好借著這個機會把心裡的話都說出來。

「也就妳這丫頭傻乎乎的，到時候就是被賣了都還要幫他數錢呢！」

這話一出口，阿秀兩父女都傻眼了，難怪她火氣那麼大，原來是想到了這個。

阿秀真的有些哭笑不得了。

想。

雖然自家阿爹不靠譜，但是她從來不懷疑他對自己的感情，所以根本不會往這方面去想。

而酒老爹，原本只是想少些麻煩，沒有想到自己的行為卻給了她這樣的一種錯覺，他第一個反應就是去看阿秀，她不會也這麼想了吧……

還好阿秀雖然表情比較呆愣，但是卻沒有把阿牛娘的話當真。

「妳這個婦人！」酒老爹指著阿牛娘，只是他做酒鬼太多年，都有些不知道如何用正常的話表達自己的憤怒了。

「哎呀，嬸子，這個真的是您想多了。」阿秀見自家阿爹被那話堵得鬍子都在抖，連忙先把話頭接過來。這要是論吵架的話，自家阿爹哪裡會是人家的對手，而且一看他剛剛的模樣，就知道他肯定詞窮了。

「阿秀妳年紀小，知道的事不多。」阿牛娘還是相信自己的直覺，這酒老爹肯定沒安什麼好心。

不過她也算猜對了一半，他對他們的確沒有什麼好心，這次搬家還是因為他們的緣故呢！

「哎呀，嬸子，我阿爹真不是這樣的人，他就是愛喝酒。」阿秀知道自家阿爹在別人的眼中根本沒有什麼形象可言，但是也沒這麼糟糕吧！

「唉！」阿牛娘用恨鐵不成鋼的模樣看著阿秀，這傻孩子！

「嬸子您要是真不放心，就跟著我們過去瞧瞧，真不成，我就和您再回來。」阿秀知道阿牛娘也是因為關心自己，而且她根本不知道現在酒老爹心中所想，只想著讓她放下心來，免得兩個人吵起來。

酒老爹原本還感動阿秀在維護他，但是聽到這裡，頓時有些不樂意了，他打的就是不讓他們知道的主意啊，那丫頭怎麼傻到自己湊上去了啊！

不過至少她這麼一說，阿牛娘算是暫時放下心來了。

「那我去叫我家阿牛，這麼多東西你們兩個人也拿不起。」阿牛娘說著也不給他們反駁的機會，風風火火地出去了。

酒老爹有種淡淡的憂傷，早知道開始的時候就應該兩個人偷偷搬走，道什麼別嘛，現在好了，該知道的不該知道的，全部知道了。

「阿秀妹妹！」只不過幾個喘息間的工夫，阿牛的聲音就傳進來了。

酒老爹默默扶住自己的額頭，不想去看他，太傷眼睛了。

「阿牛哥。」

「阿秀妹妹，我阿娘說妳要搬走了，妳剛剛不是說不搬的嗎？」阿牛的額頭上還帶著明顯的汗珠，一看就是急忙間趕過來的，他眼睛看到堆在地上的行李，哪裡還有不明白的道理。

阿秀也知道這事說起來她也沒有底氣，只好有些乾巴巴地解釋道：「我也是剛剛才知道的。」

也虧得阿牛憨厚，不會覺得奇怪。「那妳要搬到哪裡去啊，遠嗎？妳以後還回來嗎？」

一下子幾個問題一個接著一個地冒了出來，這都是他現在最關心的。

「阿爹說搬到鎮上，等下嬸子和我們一塊兒去，我要是有時間的話，一定會回來看你和嬸子的。」阿秀一一回答道，畢竟這裡自己也待了這麼多年了，要說沒有一點感情那是不可能的，再加上他們一家對自己那麼好，她怎麼可能忘記。

阿牛一聽阿秀真的要搬到鎮上，表情一下子就落寞了起來，鎮上有那麼多年輕的男子，阿牛一下子就自卑了。

在村子裡，不管是個頭還是力氣，他都是數一數二的，所以他還是很有自信的；但是聽說那鎮上好些人都是識字的，這阿秀也是識字的，他覺得自己和他們一下子就有了距離。

「阿牛哥你以後也可以到鎮上找我玩的啊。」阿秀見阿牛的表情這麼難過，心裡也有些不好受，她想安慰他，但是又怕說了什麼給了他不該有的期望。

「咳咳。」酒老爹在一邊故意咳了兩聲，然後撐起身子。「時辰不早了，該走了。」其實現在都還不到正午呢，哪裡遲了，酒老爹不過是想盡快離開這裡，讓他們之間少了聯繫。

「那我幫你們搬東西吧。」阿牛說著直接拎起最大的那個包裹，裡面都是酒老爹的酒和棉被，因為怕酒瓶會摔碎，故意將這兩樣放在一起。

阿牛的手微微抖了一下，這才將包袱拎起來。

阿秀估摸這包裹起碼有三、四十公斤，阿牛這麼壯的漢子拎了都要先適應一下，但是剛剛自家阿爹這麼輕鬆地就拎起來了，想到這，阿秀有些意味深長地看了自家阿爹一眼。

雖然這鬍子拉碴的，頭髮也是亂糟糟的，臉上亂得已經看不清五官了，但是阿秀可以很肯定地知道一點——自家阿爹不是平常人。

而酒老爹，在接觸到阿秀的眼神的時候，人不自覺地抖了一下，為什麼阿秀的眼神那麼瘆人呢！

酒老爹選的屋子是位在比較偏僻的地方，不過環境很是幽靜，左邊住的是一個寡婦，右邊住的是一個鰥夫和他的女兒，後面住的是一家五口，不過家裡的男人基本不在家。

基本上沒有一個正值壯年的男子在周圍，這就是酒老爹最為滿意的生活環境。

阿牛娘原本心中還有各種擔心，但是在到了地方以後，又將周圍打量了一番，也終於放下心來了，只是她想著自己剛剛那麼不客氣的模樣，心裡就有些不好意思，她也不是矯情的人。

「阿秀爹啊，剛剛我說話是過了些，不過我也是關心阿秀。」阿牛娘笑著說道，心中又加了一句。「誰叫你平時做事太不靠譜呢！」

酒老爹無所謂地隨便點了幾下頭，他根本就不介意他們的態度。

「阿秀妹妹，妳要是想阿娘的手藝了，就過來我家吃飯。」阿牛發現四周沒有什麼男人以後，心裡終於稍微安心了些，轉而和阿秀話起家常來。

「嗯嗯。」阿秀點點頭，這個正中她下懷。

「阿秀啊，我餓了。」酒老爹見阿牛母子並沒有走的意思，開始了他千篇一律的說辭，只是現在說這個話，明顯有帶著逐客令的涵義。

只是他高估了對方的理解能力，或者說對方根本不願意深想他話語中的涵義。

「都這個時候了啊，該吃午飯了，阿秀啊，和嬸子一塊兒去街上瞧瞧，還有沒有賣菜的，這搬家第一頓啊，一定要做得好些，讓過路的菩薩也來嚐嚐，這樣才能保佑你們，家宅平安。」阿牛娘說著直接扯過阿秀就去買菜了。

結果這麼一來，屋子裡只留下阿牛和酒老爹兩個人大眼瞪小眼的。

酒老爹輕哼一聲，背過身不去看阿牛。

阿牛也是第一次和酒老爹這麼兩個人在一塊兒，阿牛一邊想著要討好他，但是一邊又因為人比較憨直，根本不知道該做什麼。

糾結了好久，阿牛終於想到了可以打掃一下屋子。

「大叔，那我去打掃了。」阿牛撓撓頭髮，有些訕訕地說道。他總覺得酒老爹不喜歡他，但是他也想不起來自己是在哪裡得罪了酒老爹。

其實在酒老爹看來，喜歡上他的閨女，就是他犯的最大的錯。

「嗯哼。」

酒老爹買的這個屋子雖然不大，但是住兩個人絕對是綽綽有餘的，阿牛先將灰灰安頓好，給牠換上乾淨的水和草料。

只不過灰灰和牠的主人一樣傲嬌，雖然阿牛這麼盡心盡力在給牠收拾，但是牠根本就不多看他一眼。

剛剛牠本來是跟著酒老爹的，難得可以和他親近一下，偏偏他老是拽著牠，能讓牠沒有怨念嗎？

趁著阿牛過來的時候，灰灰還故意衝他噴了一口熱氣。

不過阿牛只當牠是在和自己親近，笑呵呵地摸摸牠的脖子。

灰灰頓時也有了一種，和腦子簡單的人交流真是痛苦的感覺，自己是在不爽他都看不出來，那就不要搭理他了。

阿牛只覺得阿秀家人的性格都是比較獨特，不管是她的阿爹，還是驢子。

第十二章　爭執起來

阿牛娘趁著拉阿秀買菜的時候，想著將有些事情先打聽清楚——

「阿秀啊，妳覺得我們家阿牛人怎麼樣啊？」

「阿牛哥人很好啊。」阿秀想都沒有想就說道，只是她說完就有些後悔了，在這裡，是沒有好人卡這種說法的啊，所以她這樣的回答，勢必會讓人誤會。

果然，阿牛娘一聽，臉上就露出了滿意的笑容。

「村子裡面的人都很好啊，二狗子也好，阿寶也很好，就算我搬出來了，我以後有時間也會回去看你們的。」阿秀連忙補充道，她怕阿牛娘想多了，到時候反而傷了感情。

阿秀這話一說出來，阿牛娘的笑容就淡了一些，她雖然沒有讀過書，但是有些人情世故還是懂的；不過她又想到，這阿秀年紀還那麼小，大概只是小孩子家的話，誰對她好就覺得誰好，她家阿牛還是有機會的。

「嬸子，咱們買些肉回去吧。」阿秀怕阿牛娘繼續剛剛的話題，連忙將話題轉移掉。

只是他們出來得太晚了，這個時候大部分的攤子都已經收了，剩下的就是寥寥無幾的肉攤子和豆腐攤子，大概沒有什麼生意，小販們都各自在聊天。

「這個肉多少一斤？」阿牛娘也沒有繼續追著問那些問題，而是找了一個肉攤子開始詢價，不過她看這肉並不是很新鮮，也有些興趣缺缺。

「現在沒什麼人了，這一塊就算妳們三十文吧。」那人掃了一眼阿牛娘和阿秀，打扮都那麼土氣，一看就是鄉下來的，態度也就不那麼熱情了。

阿牛娘心中微微一驚，用手掂量了一下那塊豬肉，頂多不過兩斤半，還不新鮮，竟然要三十文，這是搶錢呢！

「這肉這麼不新鮮，還要這個價？」阿牛娘忍不住說道，這是覺得她看起來很好糊弄?!

「妳可不要隨便說話，什麼叫不新鮮啊，這可是我早上才宰的豬，剛剛賣的還是十五文一斤呢，要不是看妳們從鄉下來的可憐，哪裡有那麼便宜，妳還不識好人心啊！」那小販也不是一個好說話的，一聽阿牛娘那麼說，頓時就不高興了。

阿秀一看那賣豬肉的漢子拿著砍肉的刀子，嘴巴裡的唾沫都快噴到她們臉上了，連忙將阿牛娘往後面拉了一下。

「不要買就快點滾開，礙手礙腳的。」那漢子揮舞了一下那把砍肉的刀，一臉的凶神惡煞。

「啊！」阿秀原本打算拉著阿牛娘走人了，沒有想到那小販手中的刀子一下子就從他手裡飛了出來，然後往她們這邊直直地射過來。

在場的人都被這一幕嚇呆了，而那個賣肉的小販，整張臉都白了，他只是一個賣豬肉的，不是想要殺人啊！

阿秀也不管丟臉不丟臉的，直接拉著阿牛娘躺倒在了地上，面子哪裡有小命重要。

她們算是逃出了一劫，但是她們後面的的驢子可就沒有那麼幸運了，被刀子鈍的那一面直接砸中了大腿。

這隻驢子是屬於對面賣豆腐的人家的，驢子後面是一個小木板車，木板車上面放的都是今天賣剩下的豆腐。

雖然只是鈍的那一面，但是這刀子飛過來的力道可不輕，驢子直接哀鳴一聲，跪倒在了地上，後面車子裡的豆腐撒了一地。

阿秀見她們是有驚無險，小心翼翼地看看頭頂，才將阿牛娘拉起來。

雖然阿牛娘年紀比她還要大，但是遇到這樣的事情，也是夠嗆的。

「嬸子，身上沒事吧？」

「沒事沒事。」阿牛娘鬆了一口氣，她一開始以為自己這條老命就要交代在這裡了。

「咱們不買了，還是先回去吧。」阿秀見阿牛娘整張臉都白了，連肉都不買了。

「好好，咱們先回去，這地方太嚇人了。」阿牛娘拍拍自己的胸口，拉著阿秀的手還在微微發顫。

「你個殺千刀的豬肉李，你賠我的驢！」阿秀她們還沒走，就感覺一個人衝了過來，連忙又拉著阿牛娘往後面退了一步。

衝過來的自然是那驢子的主人，只見她脹紅著臉，明顯是憤怒到了極致。

「我這又不是成心的。」那豬肉李雙眼很是慌張地左右亂轉，就是不去看那驢子的主人。

「我管你是不是成心的，現在我的驢子變成這樣了，你總得給我一個交代！」那賣豆腐的田家娘子也知道豬肉李不是故意的，但是現在有損失的是她，她不找他找誰！

本來她只是瞧個熱鬧的，沒有想到一轉眼的工夫，這禍事就到了自己身上了。

「都是這兩個鄉巴佬害的，妳要找就找她們，要不是她們說我的肉不新鮮，我怎麼會失手把刀甩出去。」那豬肉李找不到替罪羊，就直接將罪過都推到了阿秀她們的身上。

阿秀沒有想到這個男人不光沒有擔當，臉皮也厚得一塌糊塗。

「你這話可是要摸著自己良心說的啊，什麼叫我們說你的豬肉不新鮮，明明就是你的肉不新鮮，不然叫大家瞧瞧，這肉的顏色都成這樣了，還叫新鮮啊？我們雖然從鄉下來，但是也不是沒有吃過豬肉的！」阿牛娘剛開始還被嚇得不輕，但是一聽豬肉李這麼誣陷她們，頓時就滿血復活了。

她可不是這麼好欺負的，而且剛剛要不是她們閃得快，現在說不定她們就沒命了。

「你真當我眼睛是瞎的啊，我先不說你豬肉新不新鮮，這刀可是從你手裡飛出來的，要不是人家跑得快，現在可就是人命關天的事情了。」那田家娘子雖然愛湊熱鬧，但也不是一個黑白不分的人，哪裡還會順著豬肉李的話去拉她們下水。

「反正我不負責，頂多賠妳半吊錢，看在咱們也一起賣了不少時日的菜了。」那豬肉李從懷裡掏出半吊錢，丟給田家娘子。

這一頭驢的命怎麼可能只值半吊錢的！

那田家娘子被豬肉李這麼無恥的模樣氣得眼睛都要冒火了，恨恨地上前一步道：「你這人還要不要臉皮了啊，這街上賣菜的誰不知道你豬肉李賣的肉缺斤少兩還不新鮮，現在還坑起老娘來了啊！」

這田家娘子只有一般女子的身高卻有一般女子兩個人的體重，而這個豬肉李，長得卻有些瘦弱，這麼一對比之下，田家娘子的氣勢反而壓過了豬肉李，而且他現在案板上的刀已經飛出去了，就更加沒有威脅了。

「妳不要太過分啊，我已經賠償妳錢了，妳還想怎麼樣，要不咱們去找官老爺評評理。」說到這，這豬肉李明顯多了一下底氣，他舅爺是做捕快的，雖然職位不高，但怎麼說也算是在裡面有人。

而田家娘子就多了一絲退卻，但是卻有些不甘示弱。「報官就報官！」

「這位妹子，現在要不先去看看妳家的驢？」雖然其實不怎麼關係到她們，但是阿牛娘聽到剛剛田家娘子沒有因為豬肉李的話仇視她們，心裡對她就多了一絲親近，而且她對這種比較潑辣的女子，一向比較有好感，大概就是同性相吸吧。

這女人和男人鬧上公堂，最後吃虧的還是女人。

田家娘子也不過是不想吃這個嘴上虧，現在阿牛娘給了臺階，她就順著走下來了，撿起地上的錢，惡狠狠地瞪了豬肉李一眼。「要是我家阿毛死了，這件事情可沒有這麼簡單就結束！」

「誰怕誰啊！」豬肉李梗著脖子說道，其實他心裡也有些慌，剛剛他都以為要闖大禍了，還好現在只是傷了一頭驢。

本來就豬肉李這麼摳門的性子，半吊錢那也是捨不得的，主要也是因為一開始驚嚇過度，覺得現在可以用錢解決，已經很不錯了，所以才拿出半吊錢的；要是以往，指不定就只掏幾文錢，反正他沒皮沒臉的事情做得也多了。

只不過他認識不少的地痞小無賴，一般人不敢得罪他罷了。

「可憐的阿毛。」田家娘子見那豬肉李迅速收拾了東西，連那把殺豬刀都不拿直接跑了，她也只有暗自抹眼淚。

誰叫她只是一個寡婦呢，家裡還有兩個孩子，這吃喝拉撒都只靠她一個人，她雖然平時比誰都潑辣，但是真遇到事情，根本就沒有依靠。

「那個殺千刀的。」田家娘子又忍不住咒罵了一句，他不過就是欺負自己是個女人罷了，要是自己家裡有男人作主，現在哪裡要受這樣的委屈。

阿牛娘見她一臉的難過，在一旁提議道：「大妹子，要不先去請個大夫？」這光是哭的話，也不頂事啊！

「這哪有什麼大夫，醫館裡的大夫清高得很，哪裡有願意來看牲畜的，這赤腳大夫，也就看看拉肚子的毛病，我可憐的阿毛……」田家娘子說著又抹了兩把眼淚，這驢子是她從小開始養的，現在看到牠一直哀鳴，心中更是像被針扎一樣。

田家娘子雖然人長得比較糙，但是心還是很細膩的。

「其實這驢子傷得也不是特別重，好好治療，休養一段時間就好了。」阿秀見阿牛娘就差陪著那田家娘子一起抹眼淚了，心中微微嘆了一口氣，真不知道這樣愛管閒事，是好還是壞。

「妳說真的？」田家娘子一聽，馬上就轉過頭來，眼睛直直地看著阿秀，配上她那又大又圓的臉，倒是多了一些喜感。

「當然是真的。」阿秀之前就簡單檢查了一下那驢子的傷勢，那刀雖然是飛過來的，但是經過了一段距離，力度已經有所減弱，而且又是被鈍的那一面弄傷的。

驢的皮是屬於比較厚實的，雖然現在看起來有一個大傷口，上面又是血淋淋的，但是實際上並不是多麼嚴重的傷。

牠的傷完全比不上之前小白的傷，牠的骨頭頂多有些輕傷，裡面沒有骨折也沒有粉碎。

「妳會治？」田家娘子明顯有些不相信，這阿秀看起來也不過十歲出頭，而且打扮土裡土氣的，明顯是從鄉下來的，根本就不像是一個懂醫術的人。這醫牲畜雖然不是什麼高貴的行當，但是在他們這些生活在低下層的人心中，那自然是很厲害，她實在有些難以將阿秀和這個連繫起來。

「稍微懂一些。」阿秀也不願意將話說得太滿，留點餘地總是好的。

「那姑娘妳說怎麼治？」田家娘子現在也是死馬當活馬醫，眼淚汪汪地殷切地看著阿秀。

這要是美貌的女子，做這樣的動作，總是顯得楚楚可憐，但是對方是一個體型潑悍的婦女，阿秀只能默默低下頭。

「要是方便的話，您去拿些繩子和鹽水過來，對了還有針線，就是繡花的那種。」阿秀掃了一眼地上的驢子，一直想要回頭舔自己的傷口，可惜位置不大對，根本搆不著，但是脖子一直在往後面仰，顯得有些滑稽。

「好好，我馬上去。」田家娘子也不管攤子了，就匆匆趕了回去。

趁著她去拿東西的空檔，阿秀先將驢子身上的繩索先都解了，然後扒開那個傷口細細看了下，裡面進了不少的泥土和豆腐，果然還是要用鹽水沖洗下的。

「阿秀，這沒問題吧。」阿牛娘反而有些不確定了，她以前雖然見過阿秀接生過牛羊，平日裡也會看些病，但是她從來沒有見過阿秀操刀，怎麼能放心？她怕阿秀治不好，反而招了別人的記恨。

阿秀輕輕握了握阿牛娘的手，安慰道：「沒事的，嬸子您就放心好了。」

現在話都已經說出口了，阿牛娘就是心中再忐忑，也不能現在拉著人走了，而且她還是滿同情田家娘子的，總是希望有個好的結果。

「東西都在這兒了。」田家娘子急急忙忙趕來，將東西一一拿出來，放在她面前。

「好。」阿秀將東西掃了一遍，雖然比較簡陋，但也不是什麼大問題。

之前她已經看過了傷口的走向，順便在腦海裡將縫合的路線演示了一遍，現在實際操作的時候，便更加順手了。

只見阿秀先拿起鹽水，然後直接倒在了傷口上，還好事先將驢子綁結實了，不然牠非跳起來不可。

田家娘子見阿秀下手如此果決，心中多了一絲期待，看著卻也有些膽顫。

在這麼大的傷口上面倒鹽水，這得多疼啊，也難怪剛剛阿毛掙扎的那麼厲害，叫聲都淒厲了不少。

之前在街上擺攤的人已經不大多了，而現在，那些人基本上都圍在了這邊，就看阿秀怎麼治了。

將拿到的繡花針用鹽水簡單消毒，阿秀便直接扎了下去，手上飛快地動了起來。

等在場的人反應過來，她第一層已經縫好了。

這傷口傷得比較深，得進行三層縫合，不過阿秀縫合的速度很快，幾乎是一眨眼的時間，她就完工了，而那頭叫阿毛的驢子，也已經嘶叫得筋疲力盡了。

「這樣，就好了……」田家娘子還有些難以置信，這用繡花針直接縫上，也太誇張了吧，而且怎麼要縫三層？

「嗯，傷口不要碰水，休養一段時間就好。」阿秀將自己的手擦乾淨，將那繡花針洗乾淨放到一邊，心想如果今天帶的是自己改良過的縫合針，那速度應該會更加快吧。

在場的人哪裡見過這樣的陣勢，都有些雲裡霧裡，不過看到驢子好像不大出血了，都紛紛叫起好來。

「小姑娘妳家住哪裡啊？」有人好奇地問道，這麼陌生的面孔，以前都沒有見過。

「我家就住在柳樹胡同最裡頭，大家要是有什麼病都可以來找我，價格公道，童叟無欺。」阿秀笑著露出白花花的牙齒，開始為自己做起了宣傳，她以後就要在這裡努力掙外快，養家活口買肉吃了。

「這柳樹胡同最裡頭，妳是剛搬過來的吧？」田家娘子問道：「妳家裡是不是有一個鬍子拉碴的男人？」

「那是我阿爹，您認識他？」阿秀有些疑惑，自家阿爹應該也是剛剛才來這裡的啊，怎麼馬上就有人知道他了？

阿秀第一個想法是，他在這裡是不是幹了什麼不大好的事情，然後被人家深深地記住了；但是馬上她又覺得作為一個女兒，這麼想好像有些不大好，就默默地在腦袋裡面打了一個叉。

「原來妳就是剛搬過來的那戶人家啊！」田家娘子恍然大悟地看著阿秀。

之前就發現她旁邊的那間屋子被人買了，要知道那個位置太裡面，比較偏，再加上不少人傳言那邊風水不好，所以那屋子已經被閒置有段時間了。

先前她還好奇，是誰家住到這邊來了，沒有想到現在正好碰上了。

她之前只瞧見過一個有些邋遢的男人，再加上那屋子也不大，就以為是他一個人住。當時她還有些擔心，他們孤兒寡母的，要是這鄰居起什麼歹心，還不知道怎麼辦呢；她甚至在床邊放了一把大剪刀，就等著到時候派上用場。

現在這麼一看，女兒倒是正正經經的，那男人可能只是有些不大正常，多半也不會是什麼壞人。

「原來您就住附近啊。」阿秀馬上也將她和周圍的那些人家連結起來，她應該是隔壁的田家娘子，據說三年前家裡的漢子遭了禍事，只留下兩個孩子，現在全靠她一個人在支撐。

「您就是那個田家娘子吧。」大概是這田家娘子過於潑悍，這周圍的人當面是叫田家娘子，但是背後的話，都是叫田寡婦的。

當然這話不能和她說，要是讓她聽到了，她非讓你低頭道歉不可。

「是啊，真是巧了，剛剛多謝妳啊，小小年紀就有這樣的手藝了。」田家娘子將之前豬肉李給她的半吊錢拿出來塞到阿秀手裡。「這個就當是嬸子給妳的藥費，妳可不要嫌少。」

「嬸子您太客氣了，這大家都是鄰居。」阿秀將錢又退了回去，如果一開始不知道她就是住在隔壁的人，阿秀肯定直接收了，但是她想著鄰里關係要處好，這錢，自然是不大好意思再收了，而且她最開始的目的也已經達到了。

她剛到這裡，肯定沒人相信她的醫術，今天這麼一個作為，她之後應該不大需要為生計擔憂了，畢竟有那樣一個阿爹，自食其力更加有安全感些。

「我怎麼好占妳一個小姑娘的便宜。」田家娘子雖然潑悍，但還是講道理的，而且要不是阿秀，她的損失肯定更加大。

「大妹子，我家阿秀說的不錯，這鄰居之間，哪裡好收錢的，這不是一來就傷了感情嘛！」阿牛娘幫著阿秀將錢塞了回去。

田家娘子也不是矯情的人，既然對方都這麼說，她也就不再硬塞了。

「那今天你們到我家來吃飯吧，我請你們吃七吃豆腐，我家就是賣豆腐的，這做豆腐還是有些手藝的。」田家娘子言語間帶著明顯的自信，這是她最拿得出手的一項手藝。

而且看她們本來就是來買菜的，現在菜都買不到了，那午飯肯定是做不成了。

「這田家娘子的豆腐可是一絕啊，要是不嫌棄的話，這些菜妳們就拿去，恭喜妳們搬新屋。」一個大伯將兩根很大的蘿蔔塞到了阿秀的手裡。

每一個擁有手藝的人都值得被尊重，特別是幾乎家家都有牲畜，搞好關係總是沒有錯的，而且蘿蔔也值不得幾個錢。

「我這有大白菜，妳也拿點回去。」一個看起來已經七、八十歲的老婆婆，顫顫巍巍地將幾個大白菜交給阿秀。「我家就在這裡，以後可以到我這裡買菜。」

阿秀見她哆嗦得厲害，連忙應著將東西接過。

等人群都散去的時候，阿秀的懷裡已經被塞滿了蔬菜。

這些菜並不值錢，但是對於現在家中空空如也的阿秀來講，已經算很不錯了，至少晚上還能自己做頓飯。

幾個人回去的時候，阿牛哥還在和酒老爹大眼瞪小眼中，他已經將屋子都打掃乾淨了。

酒老爹原本完全可以裝睡，但是他就是想要瞧瞧這個黑大個，有什麼底氣來追求他的阿秀。

「阿爹，你們在幹麼呢！」阿秀一回來就看到如此詭異的一面，兩個人默默看著對方，還一眨不眨的。

在阿秀看來，自家阿爹是不大喜歡阿牛的，難道在她們出門的時候發生了什麼，讓他如此深刻地凝視著阿牛。

「阿秀，妳回來了啊。」酒老爹聽到阿秀的聲音，連忙回過神來，然後揉揉有些瘦澀的眼睛。

阿牛見酒老爹轉移了視線，連忙也眨了幾下眼睛，天知道他剛剛有多緊張。被自己喜愛的女孩子的長輩這樣仔細地盯著，阿牛覺得自己的心跳都不正常了，他就怕他看不上自己，眼睛都不敢隨便眨一下，還好阿秀她們及時回來了，不然他覺得自己的眼睛都要瞪出來了。

「對啊，正好碰上隔壁的田家娘子，邀請我們中午去她家吃飯。」阿秀將懷裡的東西交給殷勤迎上前來的阿牛，拿了一路，真的有些累。

酒老爹見阿牛這麼主動，有些不滿地在暗地裡瞪了他一眼，就知道獻殷勤！

「邀請咱家去吃飯啊？」酒老爹特別幼稚地故意在「咱家」上面加重了音。但是他老是高估別人對他話語的重視，即使他都這麼說了，但是在場的人，除了阿秀也沒有人發現了其中的小心思。

「等下我們四個人就可以過去啦，聽說那田家娘子做豆腐可是一絕呢！」阿秀選擇性地忽視了自家阿爹的彆扭心理。

酒老爹很是憤懣，咱家明明就只有兩個人啊，哪裡有四個人，這些路人甲、乙怎麼現在還不回去啊！

而且阿秀這是什麼意思，難道她已經把他們當成一家人了?!

這絕對不是一個好的兆頭啊！

第十三章　小菊花呀

田家娘子的手藝很好，雖然滿桌子都是和豆腐有關的菜，但是做得色香味俱全，特別是一道豆腐丸子，鮮美得讓阿秀差點把舌頭都吞下去。

阿牛見阿秀這麼喜歡這道菜，飯後趁著田家娘子收拾的時候，就去問了製作的手法。

田家娘子也不是藏私的人，將法子和阿牛細細說了兩遍，直到他記住為止。

她一眼就瞧出了這個高大的漢子對阿秀的愛慕，這樣單純的愛戀，讓她看著都有些羡慕。

當年因為家裡窮，她千方百計想了不少的菜譜，就為了讓他吃得高興；誰知道沒過幾年，人就走了……只給她留下了兩個孩子，和做豆腐的方子，也該謝謝他，免得他們流落街頭。

「你阿爹肯定回家了，咱們也該回去了。」阿牛娘看了看外面的日頭，時辰已經不早了，中午他們都沒有做飯，現在肯定得回去了。

阿牛看了眼阿秀，眼中十分不捨，以往他只要打開門就能看到阿秀，但是現在，他要是走了，就不知道什麼時候才能見面。

「阿秀妹妹。」阿牛看了一眼阿秀，見她看過來連忙又將頭低下了，盯著腳尖，卻不敢將心裡的話說出來。

「怎麼了，阿牛哥？」阿秀剛剛吃飽，心中很是愉悅，說話的時候都帶著笑意。

「沒什麼，就是和妳說一聲，我們要走了。」阿牛急忙掩飾自己心中的無措，他不敢問她什麼時候會回去，只得找了一句無關緊要的話。

「那你路上當心啊。」阿秀笑著衝阿牛揮揮手。

阿牛娘有些恨鐵不成鋼，自家這兒子真是太沒有用了，長這麼大的塊頭，面對阿秀的時候，膽子就小得要命，這樣還想娶到媳婦兒？

「阿秀啊，妳有時間也多回來瞧瞧，嬸子會想妳的。」畢竟是她身上掉下來的肉，他心裡在想什麼，阿牛娘還能不清楚。

「對啊對啊，多回來看看。」阿牛在一邊連連點頭，他就怕以後瞧不見阿秀了。

「我曉得了。」阿秀很是爽快地就應下了。

阿牛娘心滿意足地拉著還有些依依不捨的阿牛就回去了。

不順眼的人走了，酒老爹的心情一下子就舒暢了，哼著小曲兒和阿秀回去了。

阿秀有些無語，自家阿爹做得未免也太明顯了吧。

「我睡覺去了。」酒老爹覺得兩人世界的生活真是舒坦，這樣他就不用擔心隔壁一直有人覬覦著他年幼可人的女兒了。

「阿爹，我覺得我們有必要談一下。」之前她只覺得自家阿爹不大喜歡阿牛，但是現在看來，好像還要更加嚴重些，她覺得阿牛哥一家對自己都很好，實在有些弄不懂他為什麼會這樣。

「嗯？」酒老爹搖晃著腦袋轉過身來，他並沒有察覺出來阿秀話語中的涵義。他要是有這樣的直覺，他現在肯定會選擇直接裝醉睡過去。

「我們談談您為什麼對阿牛哥有偏見吧，人家應該沒有招惹您吧。」阿秀抱著胸站在一邊，眼睛直直地看著酒老爹。

酒老爹以為自己已經做得很隱蔽了，沒有想到阿秀竟然察覺出來了。

但是他也不能將自己心中的真實想法就這麼說出來，讓阿秀不高興還是小事，要是她一個好奇，一直刨根問底地想要知道他憑什麼瞧不起那個粗漢子，他還真的沒有提前想過答案。

畢竟事情的真相，如果他是阿秀，都有些難以置信。

而且農村的生活過得久了，要不是當年的生活習慣有些已經深入到了靈魂，他都懷疑，自己的那些年是不是只是作了一場夢。

「我想睡覺，酒喝多了。」這個時候，酒老爹終於想起了裝醉這一招，雖然平日裡也沒有見他真的有清醒的樣子。

「您今天還沒有喝酒。」阿秀皮笑肉不笑地看著酒老爹，現在才想起裝醉，晚了！

「肯定是昨晚的酒太烈了，頭暈了。」酒老爹一副醉醺醺的模樣，還象徵性地打了一個酒嗝。

也虧他能扯出這樣的理由來，當真是欺負阿秀沒有喝過酒啊。

「真暈啊？」阿秀表情不變，眼中閃過一絲異光，她倒要看看他打算演到什麼地步。

「真的暈，眼睛睜不開了。」酒老爹迷迷糊糊說完，就直接倒在了桌子上。

不得不說酒老爹裝酒鬼的能力還是不錯的，至少阿秀要不是一早知道他的本質，現在肯定被騙了。

只見阿秀「呵呵」輕笑一聲，然後緩緩說道：「既然阿爹您已經睡著了，那我就去找阿牛哥玩了，對了，之前搬家也沒有和二狗子說呢。」

酒老爹這麼一聽，頓時有些裝不住了，但是他也不能一下子跳起來，只能掙扎著抬起頭，然後裝模作樣地揉揉眼睛。「妳剛剛說要去哪裡啊？」

「我說我要不去找阿牛哥玩，反正現在也沒有事。」阿秀將話又複述了一遍，冷笑著看自家阿爹的表演。

「妳一個女孩子家家，找男孩子玩什麼啊，在家裡學學做飯、繡花多好啊。」酒老爹說話的時候還不忘帶上一些大舌頭，表示他的酒還沒有醒。

「我以前不是這樣的嗎？」

阿秀算是發現了，自家老爹不是對阿牛沒有好感，是對那邊所有的漢子都沒有好感。

「現在妳大了。」酒老爹想要用慈父的模樣說這樣的話，但是他現在邋遢的模樣，加上身上散發出來的酒味，以及還帶著大舌頭的語調，根本就沒有說服力。

「您也知道我大了，就不要糊弄我，您為什麼不喜歡阿牛哥啊？」阿秀堅持不懈地問道。

酒老爹有些無力地用手撐住自己的額頭，然後很是艱難地從口中吐出一個字——

「醜」，然後埋下腦袋，再也不願意說話了。

阿秀瞪著酒老爹的腦袋，怎麼也想不到竟然是這個原因……

阿秀剛將阿牛一大早送過來的麵疙瘩加熱了一下，酒老爹就打著哈欠出來了，這麼大清早的，他就在喝酒了。

他大概是記著昨天被阿秀吐槽沒喝酒就裝醉的事情，所以現在連早上也要拿著一壺酒。

「早啊。」酒老爹衝著阿秀揮揮自己的酒壺，看到桌上的麵疙瘩眼睛微微一亮。

雖然這個顏色還帶了一些黑，但是可以很清晰地看出這就是麵疙瘩。

沒有想到，幾天之內，她的廚藝竟然有這麼大的長進，酒老爹深感欣慰。

當他以為阿秀的廚藝這輩子都不會再進步的時候，她竟然有了這樣一個質的飛越。

「阿爹早啊。」阿秀將大碗裡的麵疙瘩盛到兩個小碗裡，她自己都有些挫敗感。

明明開始拿到的時候，那麵疙瘩白白胖胖，很是喜人，裡面的青菜雖然因為時間久了有些發黃，也還算可口；但是，自己真的只是丟鍋裡稍微滾了一下啊，為什麼出來就變成這樣了！

「味道不錯。」酒老爹第一次在阿秀這邊吃到口味如此正常的東西，就差點老淚縱橫了，果然阿秀在廚藝上面還是有很大的可塑性的。

「這是嬸子叫阿牛帶過來的，我只是熱了一下。」雖然聽到了酒老爹難得的誇獎，但是阿秀一點都不覺得開心。

原本正打算去盛第二碗的酒老爹動作一下子就僵住了，他以為搬家就等於擺脫了他們，但是他沒有想到，都這麼遠了，他們還一大清早過來獻殷勤，相比較之前，還要喪心病狂，酒老爹覺得整個人都有點不大好了，自己好像反而弄巧成拙了……

「再吃點吧，中午我做飯的話，就吃不到這樣好的味道了。」阿秀也知道自己是什麼樣的貨色，對自己做出來的菜根本沒有任何的期待。

「飽了。」酒老爹有些艱難地說道，他才不要吃他家的飯菜。

「那好吧，剩下的我來吃吧。」阿秀將整個大碗端到自己面前，歡快地吃了起來，她才不要去深究時常心情糾結的酒老爹的內心想法。

「我出去了。」酒老爹腳步有點沈重，他覺得自己應該去冷靜一下，然後想一個更加好的對策，去阻止那個黑大個接近他家閨女。

「早點回來。」阿秀衝他揮揮手。

「嗯。」酒老爹想著自家女兒還是關心自己的，至少心裡還好過了些。

「我把您的午飯也做了，不回來的話，您晚上就吃中午剩下的啊。」阿秀將後面的半句話說完，就她家現在的經濟情況，還容不得浪費。

阿秀想著加熱一下可能會變得更加的難吃，現在天氣又熱，打算將加熱這步都省掉了。吃不完，就吃冷的。

酒老爹覺得自己現在的心比過了夜的冷飯還要涼，剛剛的關心溫情都是錯覺嗎？

他覺得自己不光是需要想對策了，還需要撫慰一下自己蒼老而又受創的心。

送走了酒老爹，阿秀將廚房收拾了一下，就沒有事情做了，以前還能偶爾跟隔壁嘮嗑，但是現在，周圍都是不大熟的人，而且阿秀也不是多八卦的人，生活好像一下子變得空蕩蕩的了。

阿秀便將自己的百寶箱拿出來，蹲在家門口繼續磨自己的針，反正位置這麼偏僻，也沒有什麼人會看到她，雖然不知道這些玩意兒猴年馬月才有它們的用武之地呢！

正當阿秀心中感慨萬分的時候，就聽到一個弱弱的聲音——

「這位姑娘……」

阿秀抬頭一看，那個逆著光緩緩走過來的白衣少年，一下子就晃了她的眼。

在她還沒有感慨「美人如此多嬌」的時候，那個少年，直接就倒在了她的面前，還不帶一個停頓的。

這讓阿秀忍不住想——即使是美人，摔倒的姿勢也一樣的醜啊！

阿秀自認為自己不是什麼憐香惜玉的人，就算上輩子的時候有那麼一丟丟，現在應該是連渣渣都不剩下了，不然的話，看到這樣的一個美少年倒在自己面前，她怎麼一點兒都沒有感覺呢？她甚至還想了一下是繼續磨針呢，還是開始做午飯呢！

不過她雖然沒憐香惜玉，但是一般人的同情心還是有一點的，她轉身回到屋裡，端了一盆涼水，直接往他身上一倒。

沒一會兒，那個少年就迷迷糊糊地醒了過來。

他原本只覺得自己走了好長好長的路，嘴巴也渴得要命，但是他還是沒有看到自己要找的那個門，就一直往自己覺得熟悉的地方走，沒有想到就這樣暈了。
他以前都沒有想到，自己會是這麼脆弱的一個人。
暈倒之前好像隱隱間看到了自己記憶中的那幾棵柳樹，樹下一個女子正在……磨針？
「你好些沒？」
他聽到一個溫柔的聲音在自己的上方響起，有些茫然地抬起頭，就看到一張乾淨的笑臉，他覺得她的眼睛就好像天上的星星，讓人覺得美好。
阿秀見這美少年有些呆愣愣地看著自己，一副傻掉的模樣，便伸手在他面前揮了揮，不會是被水給澆傻了吧？
不過就現在的日頭，一般漢子都是直接用這樣的涼水沖澡的，他就是再美貌，也不能掩蓋他是個男人的事實。
「謝謝姑娘。」他用濕答答的袖子擦了一下臉，身體的乾燥好似得到了緩解。
等他站起來，阿秀才發現他比自己想像的要高不少，雖然瘦，但是個子還是滿修長的。
「請問姑娘這裡可是柳樹胡同？」雖然身上濕淋淋的，但是容貌放在這，即使狼狽，也透著一股柔弱美。
「對啊。」阿秀指指旁邊的兩棵柳樹。
「那請問這邊以前住的是一戶姓沈的人家嗎？」那美少年指了指阿秀後面的門。
「以前是不是住著姓沈的我不知道，不過現在住的是我，你如果是想找以前住在這的人，那我也不知道了，我昨天才搬過來，而且聽說這屋子已經閒置很久了，想來你要找的人應該也不在了。」阿秀噼哩啪啦的幾句話，將美少年接下來要問的問題都直接堵在了口中。

美少年一聽，頓時有些失落地低下了頭，他以為自己至少還有一個退路，沒有想到連這個都沒有了。

「阿秀，這是妳家親戚呢！」田家娘子正好賣了豆腐回來，因為阿毛受傷了，她只能自己挑著去賣，分量就沒有以往多了，賣完自然也就快了。

「是不認識的人。」阿秀可不想隨便將人往自己家裡帶，雖然對方很美貌。

「這樣啊，不過小夥子長得挺俊的。」田家娘子捂著嘴笑得很有深意，還不忘用眼神將他細細打量了幾番。

美少年被田家娘子看得有些不自然，忍不住往後面退了幾步。

「喲，還害臊呢，來和姊姊說說，叫什麼名字啊？」田家娘子見他這麼害羞，反而起了捉弄的心，這市井中的女人原本就沒有那麼多講究，難得見到這麼漂亮的人，嘴上自然要調侃幾句。

「在下沈東籬。」美少年說著還規規矩矩地作了一個揖。

阿秀頓時覺得還滿有趣的。「東籬是取自於『采菊東籬下』嗎？」她也不過心血來潮隨口問一句。

但是沈東籬一聽，眼睛就亮了。「姑娘也知道這首詩？」

田家娘子聽這文謅謅的名字，就知道這沈東籬肯定和他們不是一個圈子的人，頓時有些興趣缺缺了。「這名字好似很了不得。」在她看來，這樣有像詩一樣的名字的人，肯定不會是一般人。

「也沒有什麼了不得的，東籬就是東邊的籬笆，剛剛那句話就是說在東邊的籬笆下面採菊花。」阿秀故意忽略了那句詩所蘊含的更加深層次的涵義，說完還不忘調侃一句。「是不是啊，小菊花。」

沈東籬明顯是第一次聽到有人這樣解釋自己的名字，臉蛋一下子脹得通紅，特別是之後阿秀還用那種語氣叫自己「小菊花」；他這輩子也沒有見過這樣的女子，以前在家中，即使是家裡的丫鬟，也要比她矜持得多……

難道這市井的女子都是這般的？

沈東籬大概不會想知道，在這市井中的女子裡，阿秀已經算很講禮節了。

而且他接下來的很長一段時間，都要和這些市井女子生活在一起。

「原來是小菊花啊。」田家娘子一下子就覺得親切了很多，臉上的笑意也深了不少。

「那午飯就在我家吃吧，這衣服都濕了，趕緊到太陽底下曬曬。」

沈東籬再次愣住，一般人看到別人濕漉漉的一身，一般會借衣服給他，沒有想到她直接讓他到太陽底下去曬曬就好……

「那我也去做飯了啊。」阿秀看看日頭，也不早了，雖然自家老爹可能不回來，但是她也得吃飯不是。

「行，有機會再來我家吃飯啊。」田家娘子笑咪咪地轉身回了自己屋。

不過一會兒的時間，這裡就只剩下沈東籬一個人了，他摸摸自己還泛著濕意的衣服，頓時感受到了一種前所未有的窘迫。

她們的態度，是他從來沒有遇到過的，這讓他有些無所適從……

從小到大，他就是家中幼子，備受家人的重視，而且他也知道自己長得俊美，以前，只要自己出門，必然會有女子給自己丟香囊，但是那時候的他心高氣傲，理所當然覺得這些是自己該得到的。

但是後來他們家出了意外，那些一直阿諛奉承的人都換了嘴臉，那些以前紅著臉對自己表示愛慕的女子也變了心意；還有些，甚至想趁火打劫，讓他做上門女婿。

他想起當年祖母和自己講的老家的屋子，便一個人帶了剩下的錢出發了。

只是在兩天前他就用完了所有的錢，吃掉了最後一個包子，所以今天才會這麼狼狽地倒在這裡。

與其說是曬的，倒不如說是餓暈了來得更加貼切。

第十四章　被迫收留

阿秀做完飯，就瞧見田家娘子正拉著小菊花，哦不，沈東籬的胳膊，大概是想請他去家裡吃飯；但是沈東籬一副扭扭捏捏不願意屈從的模樣，讓阿秀看著一陣好笑。

「阿秀啊，妳來得正好，妳瞧這小菊花，怎麼就這麼倔，剛剛不是說好了去我家吃飯的嘛！」田家娘子叫起小菊花來倒是順口得很。

沈東籬聽到她這麼叫自己，頓時臉龐脹得通紅，他堂堂男子漢，怎麼能叫這樣的名字；而且剛剛誰答應她了啊，他根本就沒有點頭。

他大概不知道，有一樣東西叫做「默認」。

「你就不要辜負她的好意了。」阿秀衝著沈東籬說道，她自己也是挨過餓的人，自然是一眼就能瞧出來他現在的狀況，她實在不懂有些人，有什麼是比填飽肚子更加重要的嗎？

「我不餓。」沈東籬還想維護一下自己可憐的自尊，他不想因為吃了一頓飯，自己的名字就變成小菊花了；可惜肚子不爭氣，還沒有將話說完，肚子就「咕嚕」響了一聲，雖然聲音不大，但是足夠她們聽到了。

「哦，是嘛。」阿秀露齒一笑，潔白整齊的牙齒在眼睛上閃過一絲光。

沈東籬看到阿秀的表情，頓時有了一種無所遁形的窘迫感。

「既然他說不餓，那咱們就吃自己的飯去吧，這大熱天的，站在太陽底下，小心中暑了。」阿秀笑著和田家娘子說道，反正她是無所謂沈東籬識相不識相的，正巧那邊田家娘子的女兒出來叫她吃飯了，她也就不堅持了。

一眨眼，太陽底下又只剩下了沈東籬一個人，配上他現在纖細的身材，都有些哀傷的滋味呢！

沈東籬伸手摸摸自己的肚子，那裡面老早沒有存糧了，他看看阿秀家又看看田家娘子家，他現在身無分文，又沒有地方去，只能默默坐到一邊比較遮陽的地方。

至少他還知道，現在自己已經沒有本錢再生病了。

「阿秀。」酒老爹想著不能吃冷菜冷飯，就趕著吃午飯的點回來了，還沒有進門，就看到可憐兮兮坐在自家門口的一個美貌少年。

這鄉下地方，出現這樣姿色的人物，該不會是狐妖什麼的吧……

「阿爹您回來了啊，快點過來吃飯吧。」阿秀在裡面招呼道，外面太陽越來越猛了，她都懶得出去了。

「妳過來下。」酒老爹在門口喊道。

阿秀看了一眼酒老爹，將手上的碗放到桌子上，便走了出去。

「怎麼了？」阿秀餘光掃過沈東籬，看他好像睡著了的模樣，不過她也不想多管閒事，隨便他坐著吧。

「妳現在能看到幾個人啊？」酒老爹眼睛瞄了一下沈東籬，這青天白日的，真要是狐仙應該也不敢出現吧。

「兩個啊。」阿秀想都不想直接回答道，不是顯而易見的事情嗎？

酒老爹一聽，臉色馬上一白，他們現在明明有三個人啊，可是阿秀只能看到兩個，這意味著什麼……

他完全沒有想到是他和阿秀對那句話有了不同的理解，阿秀覺得他是問自己能看到幾個人，那自然是他和沈東籬啊，完全沒有想過要把自己加上去，而酒老爹認為的是這裡有幾個人。

酒老爹一把將還不在狀況內的阿秀扯到身後，然後一腳狠狠地踹向坐在門口的沈東籬。要知道酒老爹也是有些技藝在身的，沈東籬又那麼虛弱，這麼一踹，整個人就呈拋物線飛出去了。

阿秀一愣，然後才喊道：「阿爹，您怎麼隨便踹人啊！」知道醫藥費多貴嗎，知道家裡多窮嗎，腳癢可以踢牆啊！

「人？」酒老爹踹到的時候就覺得有些奇怪了，這質感，應該是人啊，而且對方也太弱了；再加上阿秀這麼說，他頓時就愣住了。

「不是說只看到兩個人嗎……」酒老爹吶吶地看著阿秀，所以他才這樣踢過去的啊。

「對啊，我只看到了您和他啊！」阿秀沒有好氣地白了酒老爹一眼。「還不把人揹進來。」原本不想管這個閒事的，現在因為他的緣故，想不管都不行了。

酒老爹覺得自己好無辜，他只是怕對方不是人嘛！

不過還好他沒有將這話說出來，不然非被阿秀再好好嘲笑一番。

「放楊上去。」阿秀指揮著酒老爹，她就希望他不要傷得太嚴重了，不然又是一次荷包大失血。

「這個……」酒老爹心中哀怨，這個榻明明是他休息的地方啊，怎麼隨隨便便就讓別的男人睡上去了；但是看到阿秀板著一張臉的模樣，他又很沒有出息地不敢將自己的抱怨說出來，女兒越長越大，脾氣也越來越凶了。

還好沈東籬雖然現在身子比較虛弱，但是底子還是好的，沒一會兒就慢慢轉醒了。

他看到有些陌生的環境，眼中透露著一絲茫然，不過馬上就被恐慌代替，這次又是哪個女人把自己擄過來了?!

「那個，沈東籬啊。」阿秀笑得有些過分的甜美了，不過一般這個時候，都是她有些心虛的時候。

「妳是，剛剛的那個姑娘。」沈東籬看到阿秀，才想起自己已經脫離了那些事情了，輕鬆了一口氣。

他想起剛剛那個婦人一定要拉自己吃飯，但是他拒絕了，然後，他就坐在一邊，只是眼皮一直往下掉，原本的饑餓感也慢慢消失了。

他剛剛是暈過去了吧……

「你叫我阿秀就好，你現在身體覺得怎麼樣？」阿秀殷勤地看著沈東籬，她就怕自家阿爹將人踢成內傷了。

「還好。」沈東籬臉微微一紅，他的肚子又叫了一聲，他從來沒有這麼狼狽的時候。

「你躺著，我給你去弄點稀飯吧。」阿秀說著衝站在一邊不說話的酒老爹使了一個眼色。

沈東籬這才注意到這個鬍子拉碴的男人，個子高大，但是又不修邊幅，而且身上滿滿的都是酒味。

「讓你見笑了，這是家父。」

沈東籬下意識地點點頭，不知道為什麼，他覺得自己的腰特別疼，難道是自己撞到了什麼？但是這是他自己的問題，自然不好煩勞他們了。

「你不是這邊的人吧？」阿秀趁著酒老爹還沒有回來，先試探性地打算問幾個問題，她就怕對方是一個來故地重遊的大少爺，那之前阿爹那一腳，可就不大好收場了。

「我祖母祖籍是這兒。」沈東籬的眼中多了一絲懷念，從小他就是跟著祖母長大的，所以和她的感情也最深。

當年她沒有嫁給祖父前只是這邊一位小門小姐，這個柳樹胡同的屋子，就是屬於她嫁妝裡面的；只是後來沈家定居在了京城，這邊便隨便留了幾個老僕人看管著，沒有想到，這個屋子現在已經易主了。

其實他也有想到這種情況，畢竟當時祖母說的時候，說那個房契是直接留給了僕人的，那個時候的祖母，已經瞧不上這樣的一個小屋子了，要不是它是屬於她嫁妝之一，她可能連記憶都不會有。

「那你回來是故地重遊？」阿秀心中一驚，看這個談吐，想必是官家子弟的概率不會低了；阿秀現在只能想著將人治好了，然後高高興興讓他回去，不要再出別的岔子了。

「家中突逢變故。」沈東籬的眼神一下子黯淡下來了，這次全家只剩下他了……

阿秀心中一喜，原來他頂多是曾經的官家少爺啊，那她就放心了。不要說她缺德，沒有同情心，但是一般人都會選擇考慮自己的，這是人之常情。

「那今後可有什麼打算？」

看到他輕蹙著眉頭，尖尖的下巴透著一絲脆弱，阿秀難得的有了一點同情心。

「我……」沈東籬猶豫了一下，才慢慢搖搖頭，有些事情，不能和阿秀這麼一個剛剛見面的人說，而且他也不知道從何說起。

「如果不嫌棄的話，就先在這邊住段時間吧，等你身體，咳咳，狀況好些再作打算。」阿秀笑咪咪地說道。

要真說起來，阿秀現在的長相並不出眾，但是她的長相很有欺騙性，讓人覺得她柔弱可欺，沒有攻擊性；實際上，她只是將爪子暫時都藏了起來。

沈東籬眼中微微發熱，這是他在家人出事以來，第一次感受到這麼真切的溫暖。他也不過是一個十五歲的少年，家中那個大變故讓他手足無措，一路上的磕磕絆絆讓他體會到了為人不易，現在阿秀隨便一句的關切，讓他的眼淚差點掉下來。

「麻煩你們了。」沈東籬這次不再倔強，他知道自己已經沒有退路了，拒絕了這次阿秀伸出來的援手，沒有任何技能的他，可能只能自生自滅了；而且他在阿秀的眼中看到了真誠，這讓他微微放下心來。

「粥好了。」酒老爹一出來就看到自家閨女正在和那個小白臉細聲細氣地說話，頓時就有些不爽快了，平時對他都沒有這麼溫柔呢，難道就因為那個小白臉好看嗎?!好看能當飯吃嗎？

「那你先喝點粥吧。」阿秀知道這個少年自尊心強，也就不去戳破他某些偽裝了，將粥從酒老爹的手中接過遞給他。

「這個是……」沈東籬看了一眼碗，眼中閃過一絲疑惑，這邊的粥都是黑色的嗎？這是地域造成的差異嗎？

「你就將就著吃吧，我阿爹手藝不精。」阿秀有些尷尬地笑笑。

她雖然做菜不行，但是煮白米飯還是沒有問題的，但是這碗粥，顏色已經可以和中藥媲美了。

阿秀終於知道了自己的廚藝為什麼會那麼差，一個是自己上輩子就不是會做菜的人，還有一個更加重要的原因，那就是基因是偉大的，她以後再也不用擔心自己到底是不是阿爹的親生女兒了。

酒老爹聽阿秀嫌棄他手藝不精，頓時吹鬍子瞪眼的，他雖然做得不好，但是應該和她也是半斤八兩的吧，她有啥資格嫌棄自己。

而且，他可是她爹啊！

「噗。」沈東籬才喝了一小口，就差點將嘴巴裡的東西都吐出來，但是他的教養不允許他做出這麼失禮的事情來，所以他硬生生地忍住了，還艱難地嚥了下去。

酒老爹看他的模樣，難得對他多了一些好感。

「我其實不是很……」沈東籬這輩子沒有吃過這麼可怕的粥，就想著委婉地拒絕了。但是他的話還沒有說完，就聽見阿秀在旁邊涼涼地說道：「吃得苦中苦，方為人上人。」

沈東籬一聽，還沒有說完的半句話又嚥回了肚子裡。

阿秀說的對啊，要是他連這麼一點苦都吃不了，他還怎麼給自己的家人報仇。

想通了這點，沈東籬便大口地將一碗粥都吃完了，他從來沒有這麼快地吃過東西，甚至連咀嚼都沒有。

「還要來一碗嗎？」阿秀很是殷切地問道，剛剛她老遠就聞到了一股焦味，這個粥她是不想喝的，那只能將這個任務寄託在沈東籬的身上了。

沈東籬猶豫了一下，才說道：「那再來一碗吧。」他已經餓了好幾天了，這樣多吃點的話，肯定能恢復快一點，他要讓自己快點強大起來！

「我馬上給你去盛。」阿秀接過碗就屁顛屁顛地跑過去盛粥了。

酒老爹自然不會瞭解裡面的各種彎彎繞繞，在他看來，女兒這樣超乎正常的殷勤，肯定是對這個小白臉有了不一樣的感情。

這小白臉雖然長得比黑大個兒要好看不少，但是一看就是沒有力氣的，怎麼賺錢養家啊！

沈東籬自然不知道酒老爹的心中已經想到了那麼久遠的事情，他只覺得那個阿秀姑娘的父親，怎麼看自己的眼神有些怪怪的，有些不大友好。他頓時開始擔憂，自己這樣住在這裡，會不會打擾到他們，會不會讓阿秀為難？

阿秀姑娘的父親好像不大歡迎自己……

他大概永遠都不會知道了，如果沒有剛剛的意外，不光是酒老爹，阿秀也不會歡迎他的！

「粥來了啊，快點趁熱喝。」阿秀看到鍋裡那麼多的粥，咬咬牙，又給他換了一個更加大的碗，然後盛了滿滿的一碗出來了。

天將降大任於斯人也，必先苦其心志，勞其筋骨……

沈東籬在阿秀家裡住了三天，喝了三天的粥，後面幾次的粥相比較之前第一次，已經好了不少，不過他也不管味道如何，都往肚子裡塞，他現在首要的任務，就是要活下去。

相比較喝黑漆漆或者灰不溜丟的粥，讓沈東籬更加驚懼的是，那個叫阿秀的姑娘每天都在磨針，而且一磨就是一整天。

好似除了做飯，她每天的事情就是磨針。

而那個阿秀的爹爹，每天都是醉醺醺的，然後整天都不見人影。

這樣的家庭，讓以前一直生活在母慈子孝的狀態下的沈東籬很是不適應。

而且阿秀對那個酒老爹的態度，也不大像是女兒，看他們的相處，倒是阿秀更加像是做長輩的，他時不時能見到阿秀在教育酒老爹。

那酒老爹雖然是長輩，但是絲毫沒有做長輩的威嚴，被女兒教訓，也只管耷拉著臉聽訓，讓他很是不適應。在他的認知中，父親必然是威嚴的，子女必然是恭順的，這樣顛三倒四的父女關係，是他前所未見的。

「阿爹，您晚上又沒有洗澡是不是？」阿秀一隻手捏著鼻子，一隻手捏著他的衣服袖子，一臉的不贊同。

「不就兩天嘛，幹麼這麼勤快。」酒老爹底下嘟囔了一聲，但是這樣的話，是萬萬不能讓阿秀聽到的。

「我昨天就和您說了吧，記得換衣服，現在這麼熱的天，您就是不怕熏到自己，也要考慮一下我的感受吧。」阿秀不客氣地說道，你要是對他溫柔了吧，他根本就不當一回事，他那臉皮，肯定是比城牆還要厚上兩分。

「有熏人嗎？」酒老爹還細細地聞了一下自己的衣服，沒有感覺什麼大的氣味啊。

「熏得我都要吃不下飯了，小菊花，你說呢？」阿秀轉頭看向坐在一邊努力做隱形人的沈東籬。

「我叫沈東籬，不叫小菊花。」沈東籬弱弱地抗議，這是最近三天以來不知道第幾次了。

也不知道她是真的記性不好，還是故意的，反正每次他抗議以後，她還是該叫什麼就叫什麼，絲毫不顧忌他的感受。

開始的時候他還憤怒過，努力反抗過，但是他發現毫無用處以後，也慢慢變得麻木了。

頂多，頂多以後他再努力吧！

「你說，這屋裡面味道怪不怪啊，還能不能好好吃飯了啊！」阿秀憤怒地說道，原本她自己做的飯菜就不是很好吃了，現在吃飯的時候還要配上一股酸臭味，實在是不能忍了啊！吃飯這麼神聖的事情，怎麼能搭配這樣的氣味。

沈東籬本來就是一個很愛乾淨的人，自然是能察覺到，但是他現在正寄人籬下中，他實在不大好說實話；畢竟，這次一個人過來的路上，很多的事情教會了他一點，識時務者為俊傑。

「其實，也還好……吧。」沈東籬有些艱難地說道。

「這樣呢！」阿秀將自家阿爹往沈東籬面前一推。

果然，那股酸臭味一下子就濃郁了，沈東籬下意識地撇開了頭。

「我倒是沒有想到小菊花你也是這麼道貌岸然的人，連說實話都不敢了。」阿秀沒好氣地說道，開始看他靦覥的模樣，又帶著清高，以為是很有原則的人呢。

沈東籬被阿秀的話說得一下子紅了臉，頭慢慢低了下去。以前父親也是這麼教他的，要直言不諱，要堅守自我。他以後的理想，就是做一個言官，說別人不敢說的，做別人不敢做的；可是現在，父親死了，家族散了，他只有一個人了，他不知道再怎麼堅持自我，他甚至不敢確定，父親以前說的那些話，是不是真的是對的。

「喂，小菊花，你不會這樣就哭了吧。」阿秀見沈東籬一下子沒了聲響，仔細一看，睫毛在微微顫動著。

自己剛剛說話有那麼過分嗎？好吧，貌似是有那麼一點重，但是他不是男子漢嗎，男子漢怎麼這麼容易就哭了啊！

「沒有。」沈東籬聲音有些悶悶的，但是卻不願意將頭抬起來了。他覺得有些丟臉，他只是控制不住想到了父親，鼻子就忍不住酸了起來；但他已經十五歲了，沒有資格哭鼻子了，特別還是在外人面前。

「沒有就好，那你快去拿碗筷，該吃飯了。」

阿秀語氣有些訕訕，她也不好去揭穿少年脆弱的偽裝，她知道他應該是一個有故事的人，但是她卻不願意去探尋這個故事。

「嗯。」沈東籬原本是堅守「君子遠庖廚」的，但是在現在的情況下，有些事情即使當初再堅持，現在也要學會改變。

等沈東籬走了以後，阿秀才繼續說道：「您看看您，都是因為您，害得我把人家都弄哭了。」

阿秀將罪過推到酒老爹身上，要不是他懶不愛乾淨，自己也不至於這麼念叨他啊，也就不會發生那樣的事情了。畢竟將美少年惹哭的事情，阿秀做起來還是很有心理壓力的。

酒老爹心裡不服，但是卻不敢反駁，梗著腦袋不說話。

反正被念叨幾句也不會少塊肉，男子漢大丈夫，說不洗澡，就不洗澡！

「您要是再不洗澡，我就把您藏在下面的酒全部扔了，看您怎麼喝！」見酒老爹死豬不怕開水燙的模樣，阿秀直接使出了殺手鐧。

酒老爹一聽，臉色一變。「我馬上就去洗。」也不用阿秀再催，直接跑院子裡沖涼水去了。

女人果然是太可怕了，他以為自己已經藏得很隱蔽了。

阿秀在背後得意一笑，其實她根本就不知道酒具體藏在哪裡，但是現在的天氣，這酒想要儲存，勢必要放在陰涼的地方，她不過就是隨口一詐，沒有想到他這麼心虛……

第十五章　隔壁阿喵

「你怎麼來了？」酒老爹剛換了一身乾淨的衣服，就看到杵在門口的阿牛，頓時沒有好氣地甩了一下門，他以為是隔壁的田家娘子送沒賣完的豆腐來了。

因為之前阿秀治好了她的驢，禮尚往來，她便每日送一小塊新鮮的豆腐來，偶爾還有豆皮和豆漿。

「大叔。」阿牛憨笑著看著酒老爹，手忍不住撓撓自己的頭髮，但是眼睛則是不自覺地往裡面瞄去，不知道阿秀妹妹在裡面幹什麼。

「幹啥！」酒老爹有些不爽，好不容易盼著他不過來了，沒有想到這不過三天，他又陰魂不散地出現了。

阿牛微微紅著臉，問道：「阿秀妹妹在嗎？」

他這麼大的個子，再加上那麼黑的皮膚，羞澀起來的模樣實在讓人有些難以直視，特別是在他對面的是一個一直看他不大爽的老頭子！

關你什麼事！酒老爹在心中怒道，但是他也不能破壞自己一直在外面的形象，搖頭晃腦一番地說道：「這裡沒有妹妹不妹妹的。」順便打算將門關上了，省得他老是往裡面瞄，這鄉下的漢子，實在是太粗俗了！

而且這明明是我的閨女，我可不記得我生過這麼大的兒子，叫什麼妹妹嘛，膩歪不膩歪！

酒老爹在心中各種吐槽。

「大叔您早上又喝酒了吧？」雖然酒老爹說得這麼不客氣，但是阿牛還是笑得一臉的憨然。

酒老爹面上的表情僵了僵，但是又不能否認，一時間有些語塞。

沒有想到，他現在已經淪落到連一個傻大個兒都講不過的地步了。

「阿牛哥，你來了啊！」阿秀正好將酒老爹的髒衣服收拾到盆子裡，等下要去洗乾淨。

這個年代只有皂角，沒有洗衣粉、肥皂之類的東西，阿秀一開始的時候完全不能適應；而且最早的時候，家裡連皂角都用不上，她只能學習電視劇上面演的，用木棍敲打，結果，她高估了現在衣服的品質，直接爛了大半。

後來她跟著村子裡的婦女一起洗衣服，慢慢地終於掌握了其中的訣竅。

現在到了鎮上，買皂角就變得容易多了，而且阿秀打心眼兒裡還是適應這樣的搓洗方式，即使皂角的價格有些小貴，但是她還是狠下心買了，頂多省著點用。

「阿秀妹妹！」阿牛在看到阿秀的時候，眼睛一下子就亮了，臉上的笑容都燦爛了起來。

酒老爹頓時有種要被這笑閃花眼的錯覺，這個黑大個，表現得也太外顯了吧，都不知道收斂一些嗎?!

「最近幾天地裡忙嗎？」阿秀將盆子先放到一邊，往門口走去。

見自家阿爹不識趣地霸占了大半個門的位置，直接將他推了推。「阿爹您進去坐著吧，馬上就可以吃飯了。」

酒老爹被阿秀的動作弄得心中一痛，女兒就這麼嫌棄自己?!雖然自己老是表現得醉醺醺的，但是本質上還是很關心她的啊……

「前面幾天比較忙，所以就沒有來找阿秀妹妹。」阿牛帶著一絲害羞，原來阿秀妹妹這麼關心自己呢！

「那現在這是忙完了嗎？」

兩個人你一言，我一語的，完全忽視了臉色越來越難看的酒老爹。

「阿秀姑娘。」裡面沈東籬見他們一直在門口聊天，弱弱地喊了一聲，招呼他們吃飯了。

他剛剛已經收拾好了心情，又反省了好幾遍，自己是男子漢，不能那麼脆弱，過去的事情已經發生了，不能怨天尤人，要向前看！

原本還在和阿秀說說笑笑的阿牛，聽到阿秀家裡竟然有男人的聲音，立馬扭頭看去，就看到一個長得比姑娘還要好看的……漢子？

「這個是？」阿牛有些不確定，剛剛聽聲音好像是漢子，但是看樣子，比阿秀還要好看啊！當然他不是說阿秀不好看，在他心目中，阿秀永遠都是最好看的！

「這個是暫時住在我家的，叫小菊花。」阿秀眼睛掃過他的面龐，看不出哭過的痕跡，看樣子是已經收拾過了。

「菊花？」阿牛有些疑惑地看了一眼沈東籬，難道其實是姑娘？

「在下沈東籬。」沈東籬有些羞惱地瞪了阿秀一眼，才一本正經說出自己的大名。

但是他這樣複雜而又有深度的名字，告訴一個沒有讀過書的鄉下漢子，那就不要指望人家能懂裡面的內涵，太勉強人了。

阿牛明顯也沒聽出其中的內涵，只覺得這個人的名字真是複雜，哪像他們，阿牛、阿秀、二狗子之類的，多好記啊！

「我叫阿牛，是阿秀……」阿牛看了一眼阿秀，神色間多了一絲歡喜。「以前的鄰居。」

沈東籬有些不大懂阿牛的神色變化，他雖然十五歲了，但是之前的家教一直很嚴，即使愛慕他的女子很多，可是他對男女之事並不通曉，只覺得這麼一個大個子，看向阿秀的眼神能柔得開出花來——原諒他現在沒有想到合適的詩詞來形容現在的情況。

「阿牛哥吃過飯了嗎，沒有的話一起吃飯吧，正好開飯呢。」正好是飯點，阿秀也不好意思不邀請，雖然她對自己的手藝實在沒有什麼信心，不過阿牛也不是第一次吃了，就不用給他做什麼心理建設了。

「那謝謝阿秀妹妹了。」阿牛不管旁邊酒老爹的臉色有多難看，開開心心地應下了，雖然他剛剛已經吃過午飯了，但是阿秀妹妹的邀請，他怎麼能拒絕。

「不要臉，厚臉皮，不會看臉色。」等他們都進去以後，酒老爹才在後面踢著腳尖默默咒罵。

「阿爹您快點進來吃飯，不然等下就沒有您的分了。」阿秀見酒老爹一臉的彆扭，也懶得去追究其中的緣由，衝著他喊了一句。

「吃不下！」酒老爹憋著一口氣，很是惱火。

這一個、兩個的，難道都比他重要了?!他就等著阿秀來哄他。

可惜阿秀完全沒有感受到他那顆需要關懷、受重視的心，很是平淡地說道：「那我晚上也就不做您的那份了啊。」

酒老爹頓時覺得自己的心一下子變得千瘡百孔，自己在阿秀心目中的地位竟然已經低到了這種地步！

既然如此，那他也不能便宜了別的男人。

「我又餓了。」反正他是酒鬼，面子直接下酒都吃完了。

而且這樣的事情做多了，阿秀也應該適應了吧……

被自家閨女嘲笑，也不是什麼大不了的事情！

阿秀做的飯還是照樣難吃，不過飯桌上卻沒有一個人敢對此發表意見。

人在屋簷下，不得不低頭。

不過也不知道是因為酒老爹的表情過於哀怨，還是多了一個沈東籬，總之飯桌上很是安靜。

「阿秀妹妹。」阿牛吃完了一碗飯，有些扭捏地看著阿秀。

他剛剛已經將要講的話在心中打了好幾次的草稿了，做了不少的心理準備才開口，特別是剛剛飯桌上那麼安靜，讓他心裡多了一絲忐忑。

「是還要再來一碗嗎？自己去盛吧。」阿秀掃了他一眼，並沒有太在意他臉上的表情。

「不是的。」阿牛見阿秀誤解了，連忙擺手否認。

「是我娘打算讓我來鎮上學手藝。」阿牛心裡有些發虛，學手藝這件事情不假，但是更加重要的原因是為了能和阿秀更加親近。

「那挺好的啊，學什麼啊？」阿秀聞言，微微愣了一下。

她又不是真的十二歲的小姑娘，有些事情哪裡會看不懂，但是有些事情又不能說破，現在只希望他見多了年輕的姑娘以後，會改變心意。

「阿娘說去藥店，先當學徒。」阿牛有些不好意思地撓撓頭髮。

其實之前藥鋪是不大願意要他的，覺得他是個傻大個，後來還是看在他姨媽的面子上，才勉為其難答應的；倒是那些木匠和鐵匠，看他這麼大的個子，都很中意他。

不過這些都不是重點，他知道阿秀喜歡醫術和藥材方面的事，他雖然比較笨，但是他會加倍努力學，以後就能和阿秀妹妹有更加多的話題了。

「那挺好的啊。」阿秀眼中閃過一絲複雜，不過心中卻是真心為他感到高興。

阿牛雖然人不聰明，但是能吃苦，而且有一門技能，至少吃飽飯還是不成問題的。

「到時候阿秀妹妹可以來藥鋪裡面找我，就是那個吉祥藥鋪。」阿牛見阿秀笑了，話語間也多一絲興致勃勃，她歡喜就好。

「就是前面那條街上的那個吉祥藥鋪？」阿秀問道，那個藥鋪生意不錯，但是那個坐堂大夫是個心高氣傲的，平時老是能見到他仰著腦袋在走路，也不怕摔了。

「是的啊。」阿牛有些期待地看著阿秀，他特意挑了離她近的，這樣以後見面就方便了。

「那阿牛哥哥以後要好好努力幹活了啊，不能讓嬸子失望了，以後賺了錢，就把嬸子接到鎮上來，讓他們舒坦些。」阿秀笑著說道，順其自然地將話題轉到阿牛爹娘身上。

阿牛本來就不是特別聰明的人，根本就聽不出有什麼不對，還覺得阿秀說的很在理；只不過他想的一家人中，是有阿秀存在的。

想到以後的日子，阿牛也高興地咧開嘴憨笑起來。

坐在一邊的沈東籬一直沒有插話，只是默默地看了一眼阿牛，微微垂下眼睛。

雖然阿秀沒有趕自己，但是自己也不能這樣白吃飯，沈東籬開始計劃著，自己是不是也該出門找一份工，就算不能賺什麼大錢，但是也要能養活自己。

酒老爹在一旁看阿牛情緒如此外露，不由一陣嗤之以鼻，不就是一個小小的藥僮嘛，想當年自己……

好吧，好漢不提當年勇。

吃過了午飯，阿牛也就沒有了理由繼續待在這裡，便依依不捨地走了。

這件事情，阿秀並沒有太放在心上。

但是萬萬沒有想到的是，又過了三、四天，阿牛直接搬到了鎮上，不過是住在他姨媽家裡，和阿秀這邊的柳樹胡同不是很近，但不妨礙他每天都過來一趟。

這讓酒老爹心中很是惱火，但是又不好冷著臉直接趕人。

再說沈東籬，雖然腰還沒有完全好，但是白天的時候時常出門，等過了差不多七天，他就和阿秀說，已經找到了工作。

這實在是出乎阿秀的意料，在她看來，沈東籬是一個很嬌氣的落難公子，雖然平日裡讓他端個碗筷是沒有問題，但是要讓他去工作，阿秀是萬萬沒有想到的。

「我去鎮上的學堂做先生。」沈東籬對阿秀解釋道。

原本人家瞧他年紀小，是不肯要他的，不過還好他運氣好，正好遇上了最德高望重的阮先生，阮先生見他氣度不凡，便問了幾個問題，他一一回答上來了，就破例要了。

「那你……什麼時候去學堂？」阿秀到了嘴邊的話換了一句。

「阮先生說，過兩日便可過去。」這是他第一次可以自食其力，沈東籬心中帶著一絲期待和忐忑，雖然只是教一些七、八歲的孩童，但是他也不能懈怠。「只是東籬阮囊羞澀，還要叨擾姑娘幾日。」

說到這個話題，沈東籬象牙白的臉蛋上微微泛起了紅暈，配上他精緻的五官，整個人更是美得讓人難以直視，就連阿秀這種自認為不是外貌協會的人，都看呆了一下下，難怪自古以來都有「美色誤人」一說。

「可以，等你攢夠了錢再搬吧。」阿秀難得的大方，倒不是說她區別對待，對美人優待些，主要是那日她無意間看到他腰上的傷，一大片的黑紫色，一看就是當初自家阿爹的傑作，但是他偏偏什麼都不說，倒讓阿秀覺得有幾分不好意思，言語之間自然也就多了一些客氣和忍讓。

「等我拿了工錢，再將房租錢給妳。」

對於阿秀，他已經很感激了，自然是不能再占她的便宜了。在他看來，阿秀家的情況也不過是正好溫飽，再加上家中的男子又不賺錢養家，只能坐吃山空，他堂堂男子漢，哪裡能占一個弱女子的便宜。

「隨便你。」阿秀微微皺了一下眉頭，她雖然喜歡別人對她客氣些，但是也不喜歡這麼客氣的。

「那我去看書了。」沈東籬訕訕地說道，他可以察覺到阿秀好像有些不大高興，但是他又不明白她為什麼不高興，他只覺得，女子的心情真的很難猜……

自從沈東籬去了學堂當先生，阿秀的日子過得越發無聊了。

雖然以前兩個人也不見得會說些什麼，但是至少比現在多了一分人氣。

「喵～～」

阿秀正在門口繼續磨著針，就看到一隻貓從她身邊快速跑過。

「阿喵，阿喵。」緊跟著那隻貓過來的是一個三、四歲的小姑娘，梳著簡單的兩根小辮子，紅撲撲的臉蛋很是討喜。

阿秀一眼就瞧出她是隔壁田家娘子的女兒田蕊。

沒一會兒，阿秀就看到她笑咪咪地抱著那隻虎斑貓回來了，還很是親暱地用臉在蹭貓的臉。

阿秀的眉頭微微皺了起來。她本身並沒有什麼潔癖，但是看到這隻貓身上有不少的污垢，田蕊還拿臉去蹭，職業病犯了而已。

「蕊蕊不給貓咪洗澡嗎？」

阿秀將攤在地上的針往旁邊挪了挪，打算和田蕊聊一會兒，畢竟自己也吃了她阿娘那麼多天的豆腐了，雖然豆腐不值錢，但是多少也是心意。

「阿娘說，阿喵怕水。」田蕊摸著阿喵的身子，一本正經地說道。

貓是比較怕水，但是這並不妨礙牠們洗澡。

「那要不蕊蕊妳給牠用濕的布擦擦試試看，阿喵說不定喜歡洗澡呢，妳看蕊蕊妳也喜歡乾乾淨淨的是不是。」阿秀慶幸自己當年實習的時候還在兒科待過一段時間，所以應對小朋友還不算什麼難事，而且田蕊相比較現代的那些孩子，明顯要乖巧懂事不少。

田蕊明顯有些糾結，一方面是自家阿娘說的，作為家中的權威，她的話是不容置疑的；但是另一方面，又是鄰居大姊姊說的，而且她還聽阿娘說，阿毛就是阿秀姊姊治好的，所以，田蕊小小的腦袋瓜子裡面猶豫了好久以後，終於選擇相信阿秀。

「那我去拿水。」田蕊抱著阿喵就要往家裡跑。

「妳力氣那麼小，哪裡拿得動啊，我跟著妳一塊兒去吧。」阿秀說著將針線都收起來放到匣子裡，然後貼身收好，這才和田蕊去了她家。

從灶上面舀了一些溫水放到盆子裡，阿秀正打算從田蕊的手中接過阿喵，沒有想到那小傢伙剛開始還一副乖巧可人的模樣，現在一個扭身，在兩個人還沒有反應過來的時候，又跑了。

「阿喵，阿喵！」田蕊擺動著小短腿又追了上去。

阿秀嘆了一口氣，既然貓都跑了，這澡自然是沒法洗了。

阿秀索性就回了自己家，可能只是自己職業病犯了，想太多了。

中午田家娘子回來的時候，照例給阿秀送來了一小塊豆腐，阿毛已經好得差不多了，現在又繼續跟著田家娘子去賣豆腐了。

只不過牠多了一個後遺症，看到刀子就想撒腿跑，田家娘子沒有法子，只好換了一個地方賣豆腐。

而那之前闖禍的豬肉李，這鎮上本身就小，沒兩天工夫事情就傳遍了，大家都知道他連刀都握不住，哪裡還敢到他那邊買肉啊，要是這刀飛到自己身上了，那還了得！

那豬肉李雖然心中恨恨，但是也不能強迫別人來買，只能換了個行當，聽說是去鎮上那家賭場做打手去了，也不知道是真是假；不過他不在的話，不管對誰來講，都可以算是一件好事。

「聽蕊蕊說妳今天和她一起玩了，她沒有鬧妳吧。」田家娘子在說起自家孩子的時候，臉上泛起了一絲柔光，雖然她長得不好看，體型又比較強悍，但是沒有一個人可以說她不是一個好母親。

「沒有的事情，蕊蕊特別乖。」阿秀笑著說道。她以前在醫院裡見多了愛哭愛鬧的小孩子，田蕊相比較他們，可愛得像天使。

「那就好，對了，這個是賣剩下的素雞，妳可以下飯吃。」田家娘子又拿出一小份素雞。

這個素雞其實也是一種豆製品，和老豆腐比較像，但是因為過了油再加上秘製的滷汁，味道很是美味。

當然價格也比一般的豆腐貴上不少。

田家娘子做的素雞是出了名的好吃，哪裡有賣不完的道理，阿秀估摸著她原本是打算留著給自家吃的，但是因為覺得麻煩了自己，所以才拿過來給自己。

田家娘子一直都不是一個願意欠人人情的女人。

正因為她要一個人扛起一個家，所以才有這比一般人更加強的自尊和不服輸的韌性。

「那就謝謝了，對了，您幫我把這個給蕊蕊，我不愛吃甜的。」阿秀將一個小包交給田家娘子，這個是之前阿牛給她的糖，但是她並不愛吃這些，現在正好給田蕊吃。

在阿秀看來，美味的素雞絕對比糖在她心目中的地位要高得多。

「那我就替蕊蕊謝謝妳了。」田家娘子也是個爽利的人，沒有扭捏什麼，拿著糖就回去了。

第十六章　美男效應

幾天後，田蕊抱著阿喵來找阿秀。

因為阿喵掉毛掉得厲害，田家娘子想要把牠丟掉，田蕊自然是捨不得的。只是小姑娘雖然年紀小，但是也不想讓娘親不高興，左右為難之下，才來找了阿秀。

阿秀好說歹說，答應了幫她去田家娘子那邊說情，田蕊才慢慢破涕為笑。

「阿秀，這是怎麼了？」酒老爹回來就看到田蕊抽泣著，而自家女兒有些無措地站在她面前，難道自家女兒已經墮落到欺負小孩子了？當然這樣的念頭只是一瞬間。

「阿爹，您回來了啊。」

田蕊不是第一次看到鬍子拉碴的酒老爹，還是有些怕怕地躲到了阿秀身後。這個人身上臭臭的，而且還長得好醜，阿秀姊姊明明那麼好看，為什麼會有那麼醜的阿爹？不過阿娘說了，不能因為一個人長得不好看，就去嘲笑他。

「阿伯好。」田蕊小聲地說道，大大的眼睛偷偷看了他好幾眼。那麼長的鬍子，他吃飯的時候就不怕一不小心吃下去了？還有，那個飯粒不會沾在鬍子上面嗎？

「是小蕊兒啊，阿伯這裡有糖，要不要吃啊？」酒老爹笑咪咪地看著田蕊，她和阿秀小時候有點像，所以他難得這麼喜歡一個外人。

而且相比較阿秀從小的懂事，田蕊更加符合一個三、四歲小姑娘的形象，他也好想阿秀可以甜甜地叫自己阿爹，然後撲到自己懷裡來撒嬌；只是他也不想想，就他那麼不負責的教養態度，阿秀要真是一般的小姑娘，老早就餓死了。

「想。」田蕊雖然有些害怕酒老爹，但是想到那甜甜的糖，忍不住一陣心動。她家的條件，她也只有在生辰的時候能得到一些零嘴。

「那來拿吧。」酒老爹的心情很不錯，雖然田蕊的眼神帶著一絲怯意，但是明顯亮晶晶充滿期待的模樣，很是滿足了他有些詭異的心理，既然這樣的成就感不能從自家閨女身上得到，鄰居家的小孩，也能勉強將就下。

只是他的手在懷裡掏了兩下以後，臉上的笑容慢慢就僵住了。

田蕊一開始還期待地看著酒老爹，但是看到他一直沒有掏出東西來，眼中的亮光一點點地消失了。

阿秀見自家阿爹那麼尷尬的模樣，就知道肯定是他又丟三落四了，他就不能靠譜些？她嘆了一口氣。

「我好像忘記了，下次再給妳吧。」酒老爹故作鎮定地說道。他明明記得自己買了的啊，怎麼會不見了呢？

田蕊知道糖沒有了，小嘴微微一癟，有些委屈地小聲道：「阿伯騙人。」

要知道這個時候給糖吃這樣的承諾對於田蕊來講，就好比現代的時候，父母答應給孩子買一個很大的變形金剛玩具，但是事到臨頭那個變形金剛浮雲了。

田蕊被田家娘子教得很好，只是哀怨地看了酒老爹幾眼，默默抱著阿喵回去了。

反倒是酒老爹，摸著自己亂糟糟的頭髮，有些無顏見人的模樣。

「好了好了，別撓頭髮了，一地的灰。」阿秀沒好氣地說道，雖然看他現在的模樣好像有些可憐，不過也不值得同情，誰叫他自己不先摸摸口袋。

酒老爹原本以為阿秀會安慰他，沒有想到只收到這麼傷人的一句話，頓時覺得心都涼了。

都說女兒是貼心小棉襖，酒老爹瞅瞅阿秀，這個棉襖穿著怪涼人的。

「進來吃飯吧。」雖然看不清楚臉，但是見酒老爹的眼神越來越哀怨，阿秀也就適可而止了。

「哦。」酒老爹有些低落地應了一聲。

「大叔。」沈東籬正好回來，就看到酒老爹有些寂寞地站在門口。

「這個可是您掉的？」他從懷中掏出一個小布包，只見上面還歪歪扭扭地繡了一個「酒」字。

一看就是阿秀的傑作。

阿秀的女紅相比較她手術縫合的技術，實在是有些上不了檯面，別說做衣服了，做這種毫無美感的布包已經是她技術的極限了。

她知道自家阿爹是個丟三落四的性子，所以特意在上面繡了一個字，這還是她先用木炭描上去，然後慢慢繡上去的，饒是這樣，這個「酒」字看著，也是面目全非。

酒老爹接過一看，裡面果然放著一小包糖。

枉。

他就記得自己沒有記錯嘛，偏偏剛剛掉了，害得人家小姑娘都以為他是大騙子，好不冤枉。

現在糖是回來了，可是這人都回去了，酒老爹總覺得現在再送過去少了一點什麼，但是不送過去的話，又不能證明自己的清白，讓他一陣糾結。

「大叔可是有什麼煩心事？」沈東籬關切地問道，和酒老爹相處久了，就知道他雖然每天糊糊塗塗的，但是人還是很好的。

「沒事。」酒老爹擺擺手，將布包中的糖拿出來，放到田家娘子家門口，自己一搖一晃地進了自家屋子。

沈東籬又望了一眼田家門口，其實酒老爹比他想的要心軟得多。

第二日下學。

「這是新來的沈先生吧，要買些什麼嗎？」一個眼尖的大嬸一眼就瞧見了沈東籬，很是熱情地衝他打招呼。

美好的事物，誰不喜歡。

「這個肉多少錢一斤？」沈東籬見街上的人都看向自己，有些尷尬地笑了一笑。

「十八文一斤啊。」那個賣豬肉的漢子磨著菜刀，掃了一眼沈東籬。

真不懂，這麼瘦的男人有什麼好的。

「哎，沈先生，我這個肉十五文一斤啊，您要不瞧瞧我的？」旁邊一個賣豬肉的大姊衝著沈東籬喊道。

這豬肉價格一般是十八文左右，那個大姊明顯是想和他搭訕，才故意賤賣。

沈東籬原本不想換攤了，但是他身上只有十五文，還是他幫阮先生抄書掙的外快，去那邊的話，正好可以買一斤。

「那我要一斤。」沈東籬指著一條豬大腿，他根本不知道，豬不同的部位，賣的價格也是不同的。

要是一般人，那大姊老早破口大罵了，十五文一斤還想買這麼好的位置，但是來人是美少年沈東籬啊。

只見這大姊臉色不變，直接剁了一大塊下來，也不見她秤一下，直接說道：「正好一斤。」

沈東籬哪裡知道有多重，只覺得這塊肉有些大，將十五文給了那賣豬肉的大姊，拿到一大塊的豬肉。

旁邊的攤主都只是看熱鬧，根本沒有人說破。

「今天晚上吃這個吧。」沈東籬看到阿秀難得地在做女紅，還有些不習慣。

「這個是什麼？」阿秀看到他把一個紙包放在桌上，放下手中的衣服，瞅了一眼，不知道是哪家學生家長送給他的。

就算她不大出門，但是也聽說了不少沈東籬的事，據說他在學堂很是受學生親人的喜愛，特別是學生的姊姊、小姨之類的。

阿秀一點兒都不覺得意外，愛美之心人皆有之嘛！

「阮先生給了我之前抄書的錢，我就買了些豬肉回來。」沈東籬有些不好意思，畢竟白吃飯這麼久了。

「這麼大一塊啊，這阮先生倒是挺大方的。」阿秀一聽是肉，一把就將手中的衣服丟到一邊了。

她整個早上都在折騰這件衣服，只可惜還是縫得亂七八糟的，穿出去都有些困難，早知道還不如不動這個手了。

以前在村子裡的時候，要是衣服破了，可以找隔壁嬸子幫忙，但是現在阿秀只能自己來了，偏偏是越補越破。

「一共十五文，正好是一斤肉。」

「一斤……」阿秀轉過頭去，上下將沈東籬打量了一番，她沒有想到，這美貌還有這樣的用處。

「有什麼不對嗎？」沈東籬很敏感地感覺到阿秀看他的眼神透著一絲詭異，難道自己被騙了？

「沒有，那以後家中買菜的任務就交給你吧。」阿秀眼珠子一轉，臉上的笑容就多了一絲深意。

用少量的錢換取多多的食物，而且那些大嬸、大姊明顯對調戲花美男更加有興趣，這樣互惠互利的事情，何樂而不為呢！

「可是，下學的時辰……」沈東籬想說，下學的話就該吃午飯了，等他買菜不就遲了嗎？

「沒事，反正我們頂多三個人，吃飯的時間可以隨意啊。」阿秀毫不在意地擺擺手，最近自家阿爹回家的頻率又開始低了起來，一般中午就不回來了，晚上才回來，他也真放心，讓自己的女兒和一個這麼好看的男子獨居一室。

阿秀哪裡知道，在酒老爹看來，那沈東籬想要欺負阿秀是萬萬不可能的，如果是反之，那可能性還大上不少。

而且經過這段時間的相處，他也看出來了，沈東籬就是一個書呆子，根本不是會做什麼不軌之事的人，勉強算是一個正人君子。

「那也好。」沈東籬想著自己白吃白住的，雖然君子買菜有所不雅，但是他現在還是知道稍微變通一下的。

「這麼多肉，我也不知道怎麼做，要不去叫下隔壁田家娘子吧。」阿秀瞧著那豬肉，說道。

以往要是少量的肉的話，阿秀也就自己下廚了，但是這麼大塊，而且部位這麼好的肉，阿秀實在有些不忍心糟蹋了它，就想到了隔壁的田家娘子。

自己家吃了她那麼多的豆腐，現在邀請人家來吃頓飯也是理所當然的。

而且田家娘子性子爽快，請她幫忙做一下，她也不會介意。

果然，阿秀和她一提，她馬上就答應了，還自己帶上了白素雞，這個蘸醬油吃，特別鮮嫩。

她的兩個孩子，兒子田福和女兒田蕊，一聽可以吃肉，馬上就兩眼放光了，那模樣，比起阿秀來也不遑多讓。

賣食物有一個不好，那就是一旦有什麼賣不完，剩下的肯定是自家吃掉。

這田家兄妹平日裡吃的最多的也是各種的豆製品，因為蛋白質豐富，兩個人身體倒是都很不錯，就是饞肉。

「這麼大一塊啊，小菊花可真是下得了手。」田家娘子看到那肉的表情和阿秀差不多。

現在這個天氣，除非是做成醬肉之類的，不然一般人只會買小半斤肉，一個是解嘴饞，一個也是因為不好保存。

這麼熱的天氣，過個夜就該壞了。

「那我給您燒火。」阿秀在做飯方面一直很有自知之明，既然田家娘子要掌廚了，那她就負責燒火好了。

「沒事，妳叫丫頭給我燒火就好，妳去外面坐著吧，不然弄髒了衣服又得洗。」田家娘子也知道阿秀洗衣服是用皂角的，她第一次看到的時候都替她心疼。

這皂角，她只有給家裡孩子洗頭的時候才會用上一些。

「丫頭，快點進來。」田家娘子招呼田蕊進來。

田蕊雖然還不到五歲，但是燒火完全難不倒她，窮人的孩子早當家。

「來了。」田蕊笑咪咪地抱著阿喵進來了，自從之前阿秀和田家娘子稍微提了一下，阿喵就被留了下來，而且因為洗過了澡，整個看起來也潔淨了不少。

「妳個死丫頭，怎麼把貓抱進廚房來了。」田家娘子一看，就罵道，這貓雖然比起之前來，不大掉毛了，但是也是髒的啊。

特別是她一眼就瞧出來阿秀是個特別愛乾淨的，不然也不會隔三差五地就洗一大桶的衣服。

「哦。」田蕊一聽，乖乖地將阿喵放到地上，趕牠到外面去了。

「沒事沒事，都說貓是最愛乾淨的了。」阿秀見阿喵跑出去以後才笑著說道，不過她心裡還是不大喜歡做飯的地方有小動物跑進來。

「還有這說法啊，這屋子裡悶，阿秀妳先出去吧，我來弄就好；對了，我還沒有謝妳上次送過來的紙呢。」田家娘子粗獷的面孔上難得出現了一絲難為情。

她對阿秀這麼客氣還有很大一部分原因是因為自家兒子在跟著沈東籬學識字，而且那紙還是阿秀送的。

這學識字不收錢已經很過意不去了，這寫字的紙還是她送的，田家娘子的臉皮可還沒有厚到那種地步。而且這個時候，識字的人還是很受尊重的，又有些清高，看那些有些墨水的人，平日裡走路都是仰著頭的，哪裡願意和他們說話。田家娘子心裡一直很感激他們，所以平日裡對他們也就更加照顧了。

「這紙我也用不完，阿福雖然性子有些野，但是人還是很聰明的。」阿秀之前也見過沈東籬教他識字，雖然不能說過目不忘，但是記性還是很好的，而且也願意學。

這樣的學生，做老師的也喜歡。

廚房裡是田家母女在做飯，正廳是沈東籬在教田福識字，弄到最後，反而是阿秀無所事事了。

「來來，阿喵，咱們來玩一下吧。」阿秀一眼就瞧見阿喵在外面溜達，衝牠招招手。

阿喵是一隻比較親人的貓，而且阿秀也算是熟人了，牠衝著阿秀甜膩地「喵」了一聲就慢悠悠地走了過去。

「咦？」阿秀眼尖，瞧見阿喵的耳朵有一些地方毛都掉了，上面光禿禿的，顯出了裡面粉嫩的皮膚色，只不過因為範圍比較小，一般看不大出來。

「這邊是怎麼一回事？」阿秀喃喃道，用手碰了一下牠的耳朵，上面沒有鼓鼓的，她一開始以為是貓癬，但是現在看來好像又不大像是。

「喵～～」阿喵好像很喜歡阿秀摸牠的耳朵，聲音中都多了一絲諂媚。

「我今天心情好，給你撓撓啊。」阿秀的鼻子已經能隱隱聞到肉的味道了，心情頓時就好了不少，對阿喵也越發的溫柔了。

被撓著下巴，揉著耳朵，阿喵很是享受地眯起了眼睛。

等沈東籬出來的時候，就看到阿秀很是愜意地微微閉著眼睛，手緩緩地滑過貓的毛髮間，他突然覺得心一下子跳得快了一拍……

「你怎麼出來了，教好了嗎？」阿秀聽到腳步聲，轉過頭去，看到是沈東籬便隨口問了一句。

「嗯，我在讓他背書。」沈東籬的聲音有些悶悶的。他覺得自己很奇怪，為什麼會覺得阿秀這樣長相普通的女子，在那麼一瞬間會讓他的心跳加快。

「哦。」阿秀轉過頭，繼續玩著懷裡的阿喵。

之前王大嬸兒家給自己送了那個小幼崽兔子，她雖然很努力地想要養活牠，可惜太小了，她自己又不是有經驗的人，放在驢棚裡沒過兩天，就死掉了。

阿秀想著到嘴的兔肉沒有了，還心疼難過了好幾天，後來還是田家娘子的素雞稍微撫慰了她受傷的小心靈。

「以前我家也有一隻貓。」沈東籬坐在一邊的小板凳上面，神色間帶著一絲懷念。「全身都是白色的，毛很長，母親最喜歡抱著牠去花園裡散步，牠特別愛吃小魚乾，一下子能吃下一小碟。」

阿秀手上的動作慢了下來，她一早就猜到沈東籬以前的家境肯定很不一般，但是聽他的形容，可能比她想像的更加好些。

花園什麼的，她這輩子好像還沒有接觸過這麼高層次上的角色呢！

「牠叫什麼名字啊？」阿秀覺得這樣的氛圍下，她應該說些什麼，可是她對別人家的過往並沒有多大的興趣，只得找了一個最無關緊要的問題問了下。

「叫雪球。」沈東籬的眼中染上了一絲哀慟，牠最後就葬在了母親的旁邊。

母親生前最喜歡牠，希望在下面，牠也能給母親帶來一絲愉悅。

「很可愛的名字啊。」阿秀有些乾巴巴地說道，她並不擅長安慰別人，或者說她並不喜歡充當這個安慰人的角色。

上輩子經歷了太多的生離死別，她最後能說的也就只剩下一句「節哀」。悲傷是別人的，她並不能參與其中，也不願意帶著這麼多的負面心情生活。

說她涼薄也好，冷情也好，這輩子，她只想自己過得開開心心的，她不願背負太多，也不願意為別人背負太多。

「喵～～」阿喵見阿秀不撓了，有些不滿地叫了一聲，見她沒有反應，便一扭掙脫了她的手。

「真現實。」阿秀見狀，笑罵了一聲。

「吃飯了，阿秀，沈先生，快點進來吧。」田家娘子在裡面吆喝道。

她原本還覺得小菊花比較好聽、好記，但是後來沈東籬開始教田福識字，田家娘子就有些叫不出口了，就跟著別人喊他「沈先生」。

到現在，會叫他小菊花的也就剩下阿秀了。

不過阿秀除非哪天惡趣味犯了才會這麼叫，一般都不叫名字，直接說「你」就可以了。

「好的，馬上來。」阿秀原本只是淡笑著的面孔一下子燦爛起來，衝著沈東籬說道：「我先去洗個手，你先進去吧。」剛剛碰了貓，她肯定要用皂角洗一下手的。

等阿秀進去，他們都已經坐好了，就等著她到了開飯，自從搬到了鎮上，阿秀家裡難得有這麼熱鬧的時候。

「給妳阿爹留的飯菜我已經提前放在灶上了，到時候稍微熱一下就可以吃了。」田家娘子很是貼心地說道。

這個酒老爹，有一個別人沒有的個人魅力，就是不管是在鄉下還是在鎮上，都能讓鄰居在極短的時間內不喜歡他。

就像田家娘子，其實和酒老爹根本就沒有什麼交集，但是她每天見阿秀蹲在家門口等他回家（其實是在磨針），就對那個邋遢又沒有責任心的男人沒有了任何好感。

「好的，那大家吃飯吧，不然菜就涼了。」

「你多吃一些，多長些個子。」阿秀見沈東籬一直在吃素菜，特意幫他挾了一大塊肉到碗裡，怎麼說，這肉也是他買回來的。

沈東籬的手微微頓了一下，阿秀這話的意思……是在嫌他矮嗎？

沈東籬有種心口被插了一箭的感覺，難道她這是在影射自己不夠高嗎？但是從來沒有人會這麼直接地和他說讓他再長高些的話，而且男人最為重要的難道不是品行嗎？

雖然沈東籬努力讓自己堅信這一點，但是心裡還是有些小彆扭。

原本並不大愛吃肉的他，幾口就將那一大塊肉吃了下去，他不能讓阿秀瞧不起他，就算只是身高。

阿秀有些詫異地看了一眼沈東籬，沒有想到他吃肉這麼快，她之前還誤會他不吃肉，現在看來，他以前只是嫌棄自己的手藝而已。

怕肉被沈東籬搶走，阿秀也加快了吃肉的速度，幾乎就是一口一個。

沈東籬看了一眼阿秀，他覺得她吃這麼多肉，是想在身高上面超越他，即使剛剛吃了那一大塊肉已經覺得有些膩了，但是為了男人的尊嚴，他又挾起了第二塊、第三塊。

田家三口就有些目瞪口呆地看著阿秀和沈東籬兩個人飛快地將一大碗的肉解決了……

沈東籬因為一次吃了太多的肉了，特別是還有不少肥肉，整個人都顯得很是萎靡，喉嚨口一直泛著噁心。

他看著阿秀吃的比他還多，偏偏現在還一臉的享受，頓時有些垂頭喪氣了。

而田家娘子很是勤快地將碗筷收拾了，雖然阿秀一直強調這個事情自己可以做的。

「對了，阿秀啊。」收拾完，幾個人就坐在一旁休息消食，田家娘子臉上的表情很是八卦。

「這沈先生以後是一直住在你們家嗎？」

這孤男寡女的，雖然這市井裡講究沒有那麼多，但是流言蜚語還是少不了的。

而且這沈先生長得這麼好看，鎮上不少姑娘都覬覦著呢，要是阿秀不快點下手的話，指不定就被人搶走了。

「不是，他等銀兩充裕些，就搬出去。」阿秀可不是沈東籬那樣的感情白癡，自然一眼就瞧出了她話語中隱含的意思。

先不說她對沈東籬不感興趣，這沈東籬一看就知道不是一般的人，可不是她這樣一個鄉下姑娘可以駕馭得住的。

那些想入非非的女子也是被他的美貌所蒙蔽了。

沈東籬現在就像是掉進雞窩裡面的鳳凰，遲早有一天是會飛走的，只要他長好了羽翼。

雖然把自家形容成雞窩有些怪怪的，但至少還是滿貼切的。

「哦。」見阿秀面色坦然，田家娘子有些可惜地嘆了一口氣。

不過感情這種事情，也不是他們外人能夠插手的，這件事情也就這麼不了了之了。

第十七章　突然染病

這頓晚飯之後的接下來幾天，隔壁田家的兩個小傢伙一下子沒了蹤影，就連那隻阿喵都不見了，這讓阿秀心中忍不住地疑惑。

只是去田家娘子家敲門，裡面也沒有什麼聲響。

這讓阿秀心裡有些擔心。

不過又隔了幾天，田家娘子就回來了，田蕊被她抱在懷裡，人有些憔悴，臉上還帶著一絲淚痕。

「這是怎麼一回事？」阿秀將人上下打量了一番，原本帶著紅暈的蘋果臉都消瘦了不少，而且腦袋被一塊黑布包著，整個人都透著一股詭異的感覺。

「就是有些掉頭髮。」田家娘子原本圓潤的體型也一下子消瘦下來了，雖然比一般人還是強壯不少的模樣，但是眼中帶著憂慮，皮膚帶著蒼白色，整個人一看就不大好。

就連跟在一邊的田福，整個人也萎靡了不少，不像以前那麼愛玩、愛鬧了。

這到底出了什麼事情，讓他們一家人都變成這樣了？

「等下次有機會，阿秀妳再到我家來吃飯吧。」田家娘子神色間帶著一絲閃躲，整個人透著疲倦，也不等阿秀說什麼，就抱著一直沒有睜眼的田蕊進屋去了。

阿秀有些茫然，這田家娘子最近到底是經歷了什麼？

讓阿秀更加在意的是田蕊頭上那塊黑色的布，如果只是掉髮根本就不需要這樣。但是這是人家的私事，她也不能上前追著趕著問答案，而且看剛剛田家娘子的模樣，明顯是不想多說。

不過沒過幾天，田蕊頭上的秘密就被揭開了。

阿秀上街買菜，就看到阿牛在吉祥藥鋪門口衝自己招手。

「阿牛哥，怎麼了？」

這學徒的活是很多的，所以阿牛最近去找阿秀的次數都少了不少；而且因為他人不是那麼聰明，老是被訓，整個人都顯得沮喪了不少，不過他在看到阿秀的時候，一下子又精神了起來。

「那個是妳隔壁那個賣豆腐的田家娘子嗎？」阿牛指著裡面在抹眼淚的女人問道。

他雖然常常去阿秀家，但是一般都是早上，趁著還沒有開工，送了早飯就走了，所以田家娘子的面孔，他也沒有見過幾次。

阿秀往裡面一瞧，果然是田家娘子，她抱著田蕊，站在一邊。

田蕊頭上的布已經被拿下來了，讓阿秀比較詫異的是，田蕊原本一頭烏黑的頭髮現在變得很枯燥，而且長長短短的，有些地方掉得比較厲害的，已經露出了頭皮。

阿秀一看到這個，就想到了那天她看到的阿喵……

「田家嬸子。」阿秀大步走了進去。

「阿秀。」田家娘子看到阿秀，面上快速閃過一絲尷尬，抱著田蕊的手也緊了緊，她之前和阿秀說只是脫髮而已，但是現在，卻讓阿秀看到了真相。

倒不是說田家娘子不信任阿秀，故意瞞著她，而是她之前去看的那個婆子說這個病是會傳給別人的。

田家娘子一個是怕傳染給阿秀，但是還有一個就是怕這事要是被街坊鄰居都曉得了，他們還怎麼在這裡住下去，她就想著等到好了，再讓孩子出門就好。

但是偏偏她頭髮掉得越來越多，禿的地方也越來越多，頭皮上還長了白白的東西，孩子還一直忍不住用手撓，趁她不注意的時候撓破了不少的地方。

現在全家因為她這個毛病都吃不下飯，後來熬不住了，才把孩子抱到藥鋪來，想著能不能治好，可是這坐堂的大夫上來第一句話，就是要他們把田蕊的頭髮全部剃光了。

這身體髮膚受之父母，田蕊又是女孩子，把頭髮都剃掉了，還不能保證能不能看好，這讓她以後怎麼見人啊！

「阿秀姊姊。」田蕊聽到阿秀的聲音，因為哭久了而腫起來的眼睛微微睜開了些，話還沒有說，眼淚又啪嗒啪嗒直往下掉。

「蕊蕊別哭。」阿秀要用手去摸田蕊，卻被田家娘子一個閃過了。

「說不定會傳染人的。」田家娘子聲音很輕，但是阿秀卻聽清楚了。

阿秀也明白了為什麼之前田家娘子看到自己的時候，會是那樣的表現。

「沒事的。」阿秀也不顧田家娘子的反對，用手輕輕拍了拍田蕊的身子。「蕊蕊，告訴姊姊，哪裡不舒服。」

「我頭上癢。」田蕊抽泣著說道，但是手卻不敢再去撓了，之前因為她把頭皮撓破了，阿娘都哭了，她不想看到阿娘那麼難過的樣子。

「沒事的，大夫馬上就會把妳治好的。」阿秀安慰道。

那坐堂的是一個姓劉的大夫，這麼一個小藥鋪，這坐堂大夫，你要說他有什麼大本事吧，那還真沒有，但是要說沒有本事吧，那本事多少還是有些的，像那些頭疼腦熱，保胎安神的，那藥方他是開得溜溜的，但是像田蕊這樣的毛病，他也有些無從下手。

所以當阿秀打著包票說一定會治好的，他頓時就有些不爽快了，這要是治不好，不是打他的臉嗎？而且他不管看什麼病，可是從來不會和病人打包票，說一定能看好；要是一個運氣不好，沒看好的話，那不就落人口實了嘛！

「妳又是誰，從哪裡來的啊，這大夫看病，哪裡有妳插嘴的地方，小姑娘回家做妳的飯去。」劉大夫衝著阿秀很是不爽快地揮揮手。

阿牛在一旁看阿秀被嫌棄，就想要衝上去給她說幾句，不過被阿秀攔住了。「既然劉大夫您都這麼說了，那我就站一旁看您怎麼看病的，也好讓我這個小姑娘開開眼界。」

阿秀之前就聽說這個劉大夫雖然有些能力，但是為人很是囂張，最愛面子，就故意這麼說，讓他回絕不了。

因為阿秀的話，劉大夫有些下不了臺，這看也不是，不看也不是。

之前田家娘子帶著孩子進來的時候，他一看這病症就覺得比較少見，可能會比較棘手，怕到時候看不好反而影響了自己的名聲，就打算拒絕的，但是直接拒絕又怕落人口實，所以才不客氣地說需要剃光頭髮。

這田蕊是小姑娘家的，要是剃光了頭髮，多難看啊，而且頭皮上有結痂，以後長不長得出來頭髮還是個問題呢！他想讓他們自己知難而退。

「阿牛，這是你帶進來的人啊，我和你說過多少遍了，不要以為自己在這裡幹活，就可以隨便把人帶進來，你還記不記得這裡的規矩啊！」劉大夫將氣發在了無辜的阿牛身上，他還是能夠看出來，阿牛和阿秀的關係匪淺。

只不過這阿牛也算是有後臺的人，他也不敢罵得太過分了。

「我……」阿牛被這麼當眾責罵，臉一下子就紅了，但是他還是第一時間看向阿秀，就怕阿秀受委屈。

阿秀又不是真的小孩子，自然不會因為這麼簡單的一句話就惱了，笑咪咪地看著劉大夫。「我是田嬸子的鄰居，平時兩家人感情就好得很，這田家妹子生病了，我自然是要關心一下的。」

阿秀頓了下，繼續說道：「而且我聽說劉大夫您的醫術是整個鎮上最好的，我自小對醫術就很感興趣，所以這才特意跑過來，想要瞻仰一下。」阿秀故意用比較誇張的詞語讚揚著劉大夫。

要是在以往，劉大夫聽到這個話肯定是笑得合不攏嘴，但是面對著比較棘手的病況，劉大夫還沒能做到談笑風生，而且他也不覺得這阿秀是出於真心在誇獎他。

只是伸手不打笑臉人，阿秀這麼笑容滿面地看著他，劉大夫也不能說什麼，只能有些惱怒地瞪了阿牛一眼。

「劉大夫，我家蕊蕊到底是什麼毛病？」田家娘子抱著田蕊，神色擔憂，剛剛這劉大夫都沒有說是什麼毛病，就說要先把頭髮都剃了，這讓她怎麼能不擔心。

「此乃頭癬，可用木槿皮，苦參，生百部，蛇床子，雄黃等藥材，十日便可起效。」劉大夫搖頭晃腦地說道，其實他心裡也沒有底。

這個毛病他在醫書中是有見過一次，但是這實際看到還是第一次。這鎮子上來看病的，一般都是頭疼腦熱，要不就是外傷，這樣的毛病他也是第一次遇到，只是他一向傲氣慣了，自然不會在別人面前表現出自己的心虛來。

田家娘子一聽他將藥材名報得頭頭是道的，忍不住直點頭，她並不懂醫術，但是這聽著好像很靠譜的樣子；而且這劉大夫雖然為人不大好，但是醫術還是說得過去的，也沒有見被人砸過場子。

田家娘子下意識地選擇了相信，她開始後悔自己一開始的時候怎麼不來找劉大夫，而是選擇去找那個婆子。

想到那個婆子，田家娘子心中大恨，她也是聽說了那婆子治好了不少毛病，這才抱著孩子去找她的，沒有想到這銀兩花了，藥也用了，病情反而更加嚴重了。

「那頭髮還要剃嗎？」田家娘子忍不住問道：「這會不會以後就長不出來了啊？」畢竟是女孩子，這方面是很重視的。

「頭髮自然是要剃的。」劉大夫瞪著眼睛說道，至於後面那個問題，他選擇性地忽視了，他哪裡曉得能不能長出來啊。

「那頭髮還能不能長出來？」田家娘子追問道，這個是她現在很關心的一個問題，要是長不出來，她家蕊蕊以後還怎麼出門見人！

「回家好好養著，心急什麼！」劉大夫沒好氣地說道，他心中十分煩田家娘子如此不識相，一直在追問那個問題，害得他都有些下不了臺了。

但是田家娘子一點兒都不介意他的態度，只覺得他這麼回答，就代表著頭髮肯定能長出來，心中頓時就覺得圓滿了。

「是是，是我不對，那劉大夫您開方子吧，我抓了藥就回去。」田家娘子很是低眉屈膝，只要能治好她的孩子，稍微被說幾句，又算得了什麼。

劉大夫輕哼一聲，低頭寫起了方子。

「這個是什麼字？」

「黃……」劉大夫下意識地回了一字以後才發現有些不大對勁，一抬頭就看到阿秀那張燦爛的笑臉。

劉大夫的臉色一下子就沈了下來。「妳怎麼還在？」

阿秀很是無辜地看著他。「我本來就在的啊！」她好像從來沒有說過自己要走的話啊。

劉大夫將寫好的方子往藥僮那邊一丟，嘴上咒罵了幾句，只是那個音量控制得很好，別人根本聽不到。

「先去交錢，等下拿藥。」劉大夫丟下這一句，就不願意搭理他們了。

田家娘子連連點頭。

就當劉大夫以為這個事情已經結束的時候，一個讓他討厭的聲音又響了起來——

「劉大夫，這苦參的量是不是多了些啊？」

「妳到底想說什麼！」劉大夫黑著一張臉，看著阿秀，要不是現在周圍人比較多，他都想要破口大罵了。這什麼人都想對他指手畫腳啊，都不看看自己是什麼身分！

「這苦參雖貴重，但也不能多用。」阿秀一點兒都不介意他的黑臉，慢吞吞地將話說完，還將手中寫著方子的紙揮了揮。

可憐那個小藥僮脹紅了臉，連忙去搶了回來，剛才他一個沒有注意，這手上的方子就被她拿過去了。

不管是什麼年代，這做大夫的多少喜歡給病人用些貴重的藥材，這樣能獲得更加大的利潤；只是這個苦參雖然好處不少，但是卻也有一個禁忌。

「妳個小丫頭，不要以為讀過幾年書，認識幾個字，就可以隨便指手畫腳了，這看病上面的事情是妳說是什麼，就是什麼了的嗎？」劉大夫冷笑一聲，他知道自己用的苦參量多了些，但是這個苦參作用不小，根本就不會有什麼不好的影響，他用了這麼多年的藥，難道這點道理還不知道?!還需要她這麼一個黃毛丫頭來教他？

「我自然是沒有劉大夫博學多才，見多識廣，不過我至少也曉得這苦參雖然有清除下焦濕熱的作用，但是《醫學入門》中就有提到，這苦參苦寒敗胃損腎，胃弱者慎用。」阿秀的笑容中帶著一絲諷刺。「這蕊蕊今年不過四歲，哪裡能夠承受那麼大的藥性。」

適當的用量自然是沒有問題的，偏偏某些人要賺黑心錢。

劉大夫被阿秀說得臉一陣紅、一陣白的，卻還是逞強道：「妳這丫頭，不要胡說八道，到底妳是大夫還是我是大夫，要是不相信我的醫術，儘管去找別人。」

他本身就不願意接這樣的燙手山芋，如今阿秀還這樣咄咄逼人，他更是打算乘機將這個病例推出去，免得到時候治不好反而污了名聲。

「我醜話說在前頭，妳要不按著我的方子用藥，要不現在就不要讓我醫，以後人是好是壞都不要再來找我。」

田家娘子看看阿秀又看看劉大夫，頓時糾結起來。她曉得阿秀的性子，不是那種會隨便亂說話的人，而且之前看她治阿毛的模樣，明顯是會醫術的。

只是這醫畜牲和醫人總是有些不大一樣的。

「阿秀，這苦參吃多了會怎麼樣？」田家娘子很是小心翼翼地看了一眼劉大夫，就怕將他惹惱了。

「口淡不渴，泛吐清水，腹脹納差，大便稀溏。」阿秀隨便說了幾個症狀，特別是田蕊現在年紀還那麼小，用藥方面自然需要慎重。

這些症狀聽著都不算太厲害，但是也不是小事。

田家娘子頓時就猶豫了，她可不想這個頭癬看好了，又有了別的毛病。

這窮人家的孩子那裡禁得起這麼多的病，這次頭癬已經讓她花光了家中的積蓄。

她看看阿秀，又看看劉大夫，一時之間下不了決定。

劉大夫袖子一揮。「既然妳這婦人不相信我，那就算了，付了診金就可以走了！」雖然有些惱火，但是能把這燙手山芋送走也算是好事一件，所以以劉大夫的性子，竟然也沒有發火。

「哎，劉大夫。」田家娘子一把拉住劉大夫，懇求道：「要不您再瞧瞧？」

不知道為什麼，她打心眼兒裡不願意否定阿秀的話，大概她是知道，相比較這個眼睛長在頭頂的劉大夫，阿秀才是真正關心他們的人。

「無知婦人。」劉大夫將手一甩，打算不去搭理他們了，反正這個病他也不是很想管，他們愛找誰找誰去！

「既然這丫頭說得這麼頭頭是道，你就讓她開個方子啊，我正好也想瞧瞧。」劉大夫冷笑一聲，看著阿秀，就打算看她下不了臺。

就阿秀的年紀，看起來也不過十歲出頭，即使從小接觸這方面的知識，但是年紀放在那邊，他可不相信她還真的能寫出方子來。

「劉大夫，阿秀只是小孩子，您不要和一個小孩子計較。」田家娘子連忙打圓場，而且看這圍觀的人越來越多，她的臉色都變了不少，早知道事情會變成這樣，她剛剛直接去抓藥不就好了。

這阿秀也是好心，但是現在反而讓她陷入這樣尷尬的境地了。

「我自然不會和小孩子計較，只是她剛剛既然說得如此理直氣壯，想必是有依據的，不妨說出來也讓我長長見識。」劉大夫有些陰陽怪氣地說道，他也是瞧見這圍觀的人越來越多了，這才想著給阿秀一個教訓，讓她知道這話可不能隨便亂說。

黃毛丫頭不要以為看了幾本醫書，就可以對這些病症指手畫腳了。

他當年可是當了八年的學徒，才有機會慢慢接觸病人的，她這樣的年紀，當個學徒，都是抬舉了她。

「隨便說說倒是無妨，只是您老也算是德高望重了，我一個小小丫頭，要是說錯了，您就多多包涵了。」雖然劉大夫的語氣很是嘲諷輕視，但是阿秀一點兒也不介意，這樣的情景她是可以預見的。

「我自然是不會和小丫頭計較，要是妳說的有理的話，我就免費送妳藥材，只要妳開得出方子來。」劉大夫不以為然地說道，他根本就沒有真的把阿秀放在眼裡。

阿秀沒有想到這劉大夫還會送自己藥材，雖然是她贏了以後，但是也算是一筆意外之財，讓她心中一陣竊喜。

「如此，那就請這位老先生給我們做個見證吧。」阿秀隨手指了指一個站在門口看了好久的老人。

阿秀會選他，一個是因為她見他圍觀很久了，而且從氣質上看來不像是一般人，還有一個就是她剛剛一走近，在他身上聞到了藥香，就覺得他並不是一般人。

那老人並不意外，爽朗一笑。「如此，甚好。」

倒是劉大夫看到這個老人的時候，面上很是詫異，口中不禁叫道：「陳老！」

這陳老可算是這邊數一數二的名醫了，屬於名副其實的鎮上第一醫，聽說他年輕的時候遊歷過大半個天下，給不少達官貴人看過病，等年老了才回到這裡自己開了一家藥鋪，安享晚年。

這劉大夫平日裡雖然為人趾高氣揚的，但是對這位陳老還是很敬畏的，他也沒有想到，一直沒有到這邊來過的陳老今天竟然出現了。

說來也巧得很，這陳老除了醫術方面的造詣，在書法上面也有所涉獵，他聽說這裡來了一個俊秀的年輕男子，寫得一手好字，就打算登門拜訪一下。在路上就看到這邊有這樣的熱鬧可以看，他一場熱鬧看下來，對阿秀很是感興趣。

雖然她年紀小，但是有些方面可比那姓劉的好得太多了。

「您老怎麼來了？」劉大夫有些緊張地看著陳老，原本勝券在握的事情，因為陳老的出現，也有了新的變化。

「我就來隨便湊個熱鬧，不要在意我啊。」陳老哈哈一笑，衝著阿秀說道：「小姑娘，妳說說妳的判斷和方子吧，我這糟老頭別的本事沒有，這辨別方子上面，不要臉地說句，那還是有幾分本事的。」

阿秀一聽，頓時被逗樂了，沒有想到這老頭兒還是一個這麼風趣的人呢！

第十八章　據理力爭

因為有了陳老做保證，阿秀的心中多了不少底氣。

微微提高了一些聲音，阿秀緩緩說道：「頭癬分黃癬、白癬、黑點癬、肌癬四種，以白癬多見。」她將視線放到田蕊身上。「蕊蕊這次得的便是白癬，又稱之為白禿瘡。」

「醫書上就有寫到『言白禿者……白痂甚癢，其上髮並禿落不生，故謂之白。』蕊蕊的症狀也正好和這個相符。」

阿秀以往沒事就會翻她老爹的那些醫書，只是好些書都沒有了封面，她甚至都不知道書名叫什麼，所以說的時候，也就說不出具體的出處了。

「甚好、甚好。」陳老很是贊同地點頭道，沒有想到她年紀不大，懂的倒是不少。

而站在一邊的劉大夫，臉色就沒有那麼好看了。

「背書有什麼用啊，有本事開方子。」劉大夫還是不大相信阿秀能開出方子來，就想著能在這這方面讓她出醜，挽回一些自己的面子。

陳老有些不大贊同地掃了劉大夫一眼，這作為大夫，最為重要的就是心態要放平了，不能急功近利。他年輕的時候也就是沒有懂這個道理，所以直到五十歲以後才慢慢有了一些成就，他懂得還是太遲了。

這讓他想起了當年京城的那個傳說，醫藥世家唐家的下一任家主，不過二十的年紀，就能成為御醫院的首席；可惜天妒英才，十年前的那場意外，讓唐家一下子消失在了眾人面前。

他一直忘不了當年在京城的驚鴻一瞥，只是可惜啊可惜。

阿秀笑咪咪地點頭道：「方子自然是要開的，劉大夫您也不要急。」她軟綿綿地就將來自劉大夫的嘲諷還了回去。

劉大夫第一次覺得這種笑咪咪的人真是太可惡了。

見劉大夫一臉不爽的模樣，阿秀心中很是愉悅，要的就是這個效果——

讓你不高興，那我就高興了。

「這白頭禿，可用土槿皮、苦參、野菊花、生百部、蛇床子各六錢，白礬、蒼朮各四錢，雄黃兩錢為一劑。每劑加兩斤水，浸泡一炷香的工夫，再煮約一盞茶，等水溫了，清洗頭部，每日兩次，每次一刻鐘，一天一劑藥即可，十日便可起效。」雖然在這邊已經生活了十來年，但是對於這裡計算時間的方式，阿秀還是覺得有些不適應。

這一炷香差不多是五分鐘，而一盞茶則是十分鐘，一刻鐘是四分之一個時辰，也就是三十分鐘。

見劉大夫的臉色越來越難看，阿秀的笑容更加深了些。「同時還要將她頭上長癬周圍的頭髮剪掉，她用的枕巾、手帕等都要定期煮沸，防止再次傳染。」

阿秀作為一個現代的醫生，自然是比這裡的大夫更加重視消毒滅菌這一塊，只不過現在的大夫可能還沒有這樣的意識，所以在治療一些傳染病的時候，總是不能做到快速而有效。

「這個病還會傳染？」田家娘子顫著聲音問道，沒有想到她最怕的事情竟然成了真……

阿秀點點頭，這白癬用比較現代的話來講就是由羊毛狀小孢子菌或鐵鏽色小孢子菌引起的皮膚病，一般都是經由動物傳染的，而田蕊的毛病多半是被家中的阿喵傳染的。

見阿秀點頭，原本在圍觀的人一下子往後退了幾步，看向田家娘子的眼神中也帶著一絲恐懼。

特別是那些婦人，看熱鬧的時候喜歡衝在最前面，但是這個時候，恨不得躲到最後面去，她們可不想自己最後也變成這麼可怕的模樣。

田蕊雖然年紀小，但是敏感地感覺到了異樣，她不懂什麼叫做傳染，只覺得抱著自己的阿娘身子顫抖得可怕，她的眼淚一下子就下來了，她是不是要死掉了，可是她都還沒有讓阿娘過上好日子。

「嬸子您不要太緊張，這雖然會傳染，但是你們只要不共用這些東西就好，而且治好了就沒事了。」阿秀安撫道：「您看我剛剛不是還碰了蕊蕊嗎？」

田家娘子一聽，終於稍微鎮定了些，原本已經有些恐慌的人群也慢慢平靜了下來。

既然她都碰了，說不會有事的，那他們這些看熱鬧的，應該就更加不用擔心了。

「陳老，現在就由您來做個判斷吧。」阿秀恭恭敬敬地對著陳老說道。

「以木槿皮、苦參、生百部、蛇床子、雄黃、野菊花清熱解毒，殺蟲止癢；白礬、蒼術燥濕止癢，既可祛痂除垢，清潔瘡面，有利於藥物吸收，極好極好！」陳老摸著鬍子，對阿秀的方子很是滿意。

「陳老要不再瞧瞧劉大夫的方子，指不定比阿秀更加合適呢！」阿秀乘機建議道，這劉大夫大概是過得太平穩了，沒有被人打過臉，所以態度才這麼囂張；有時候，就該給點教訓，好讓他長長記性。

劉大夫聽到之前陳老說的話，心中就感到有些不妙，現在阿秀還這麼說，他第一個想法就是要把那個方子毀屍滅跡，省得讓別人看了笑話。

可惜阿秀的動作比他腦子轉的還快，等他要去搶回來的時候，阿秀已經將方子交給了陳老。

這把劉大夫氣得一陣吹鬍子瞪眼的。

阿秀只要一想到他剛剛的態度，再看到他現在這個樣子，只覺得大快人心。

「你這幾年給病人開方子是開到你娘肚子裡去了？」陳老一看那方子，臉色馬上就沈了下來，毫不客氣地罵了起來。

這陳老罵人可一點兒都不斯文，什麼話讓人難堪，他就罵什麼。

阿秀看著一個原本笑咪咪很是和藹的老人一轉眼變成這麼凶悍的模樣，她自認為接受能力比較強的小心臟都有些受不了了。

倒是那些圍觀的，好像都知道陳老就是這個性子，很是津津有味地聽著他罵人。

陳老醫術是好，但是相對的，他的脾氣也不小，特別是涉及到醫藥這一塊。

像因為父母不重視或者疏忽導致孩子病情嚴重，那些父母哪個不被他罵個狗血淋頭的。

這要是住在陳老醫館附近的，差不多每天都能聽到好幾回。

還有不少人在背後猜測，這陳老這把年紀了身體還這麼健壯，說不定和他罵人罵得那麼爽快也是有很大的關係的。

而且他罵人雖然凶，但是醫術確實真的好，所以至今也沒有發生過被套了麻袋暴打一頓的事情。

「我……」劉大夫脹紅了臉，一下子不知道該說什麼了。

早知道一開始的時候他就不該打賭，不該叫這麼多人來看他的笑話。

「我什麼我，還不把上面的藥都配齊了給人送過去，這老齊怎麼就教出你這樣一個徒弟來。」陳老很是恨鐵不成鋼。

陳老當年和劉大夫的師父還有幾個月的師兄弟關係，嚴格說起來他們還是師伯、師姪的關係。

當年陳老回來定居的時候，劉大夫還想上門拜訪，可惜陳老最煩的就是這套，根本不搭理他。

劉大夫被說的根本沒有任何回擊之力，硬著頭皮對藥僮說道：「去把藥抓好。」

之前站在一邊的藥僮已經有些懵了，平日裡看劉大夫作威作福慣了，如今見他跟蔫兒了似的，這樣大的落差，讓他有些接受不了。

「還不快去，還想讓我去?!」劉大夫見藥僮不動，頓時就惱了，你說陳老那名望放在那邊，他只能俯首認錯，你一個小僮童，還想怎麼著！

小藥僮一聽，身子一個哆嗦，不等劉大夫罵第二句，馬上跑了進去。

「喲，這是撒氣呢！」陳老冷哼一聲，斜著眼睛掃了劉大夫一眼，這醫術還沒有到家，這脾氣倒是比他還大呢！

「小姪不敢。」劉大夫知道這陳老和不少權貴的關係都很好，自然是不敢得罪他的，只是心中大恨，想著以後怎麼把面子再賺回來。

田家娘子見這個賭約也結束了，這才問道：「那我家蕊蕊怎麼會得這個病的啊？」

她不明白，田蕊整天都在家裡，就是出門玩也頂多就是去阿秀家，現在他們都沒有事情，偏偏就她變成了這樣，這讓她百思不得其解。

陳老朝阿秀看了一眼。「小ㄚ頭應該一早就知道了吧。」

既然人家都這麼說了，阿秀也不能裝不知道，而且這種事情說清楚了還能預防以後再發生，只是……

阿秀看了一眼田蕊，她應該會比較難過吧。

「這個病應該是從阿喵身上傳過來的，之前我就見阿喵身上有脫毛現象，以為只是天氣熱了，現在想來應該就是牠先得了貓癬，然後傳給了整天和牠一起玩的蕊蕊。」

「阿娘，阿喵……」田蕊原本還有些昏昏沈沈的，聽到阿秀這麼說，眼睛都睜大了。

「蕊蕊，阿喵身上有病，咱換一隻養吧。」田家娘子微微皺著眉頭說道，但是語氣卻還是很溫和。

「就是，哥哥下次給妳抓一隻更加好看的。」田福在一旁說道，這貓到了春天就發春，到了夏天，到處都是小野貓，隨便抓就能抓到。

「可是蕊蕊就想要阿喵。」蕊蕊眼淚啪嗒啪嗒往下掉，阿喵是她一直養著的，別的貓根本不能取代阿喵在她心目中的地位。

「蕊蕊乖，阿喵會把病傳給妳的，不能再要了。」田家娘子努力向她解釋。

田蕊雖然心裡難過，但是也只是默默地掉眼淚。

「這藥……」藥僮拿著幾包藥小心翼翼地看了劉大夫一眼，卻不敢直接將藥給阿秀。

「看我幹麼，給要吃藥的人啊！」劉大夫沒好氣地說道，眼睛朝著阿秀那邊翻了一個白眼。

阿秀很無語，他當自己沒有長眼睛嗎，都這把年紀了，怎麼還這麼幼稚！

「這個給你們。」那小藥僮被劉大夫說得臉色一陣紅，把東西塞給阿秀連忙又退了回去，就怕劉大夫又找由頭說他。

「這藥也拿到了，那咱們就走吧！」阿秀衝著田家娘子笑道。

「成。」田家娘子轉頭看了一眼劉大夫，還好當時她沒有相信他。「什麼狗屁的大夫！」田家娘子輕聲咒罵了一句，但是因為她是故意在走過劉大夫面前的時候說的，所以旁人是聽不大清，但劉大夫可是聽得一清二楚。

他的臉色一下子變成了豬肝色！

「小丫頭叫什麼名字啊，以後有機會去我那邊坐坐啊。」陳老對阿秀的印象很好，難得主動邀請她過去坐。

「我叫阿秀，有時間肯定過來。」阿秀對陳老也有些好奇，總覺得他身上應該有不少的故事。

當然她對一個老頭子身上的故事不感興趣，她只是好奇他的醫術……

剛和田家娘子各自進了屋，沈東籬便下學回來了。

「阿秀。」沈東籬有些難以啟齒地看了一眼阿秀。「今天，我可能有客人……」

他自己本身都只是一個客人，還招呼別人進來，沈東籬覺得自己這樣做有些過了，可是……

「需要準備什麼嗎？」阿秀想著，難道對方要來吃飯。

想起自己的手藝，她琢磨著可能讓沈東籬帶人出去吃會更加好，免得到時候又殘害了一個人的味蕾。

「不不，不用準備什麼，就是和妳說一聲。」沈東籬連連擺手，不麻煩到阿秀就已經很好了，哪裡還用準備什麼；而且他現在幾乎身無分文，他自己沒有身家，那就更加不能借用阿秀家的事物去招待別人了。

沈東籬覺得自己最近這段時間越發的沒皮沒臉了，要是以前的自己，肯定沒有這個臉面說這樣的話；果然，生活是會讓人成長的。

「哦，那隨你。」阿秀顯得很無所謂。

她一開始聽沈東籬說有客人到訪還是很詫異的，在她看來，沈東籬自己住在這裡都是有些不自然的，他還把自己放在客人，或者寄人籬下的位置上。

即使他現在和阿秀說話很自然，但是其中的那絲拘謹，像阿秀這麼敏感的人還是能夠感覺出來的。

這讓阿秀也對對方有了一絲好奇，到底是誰能讓他主動說出那樣的話來。

不過既然他沒有主動說，阿秀也沒有多問，反正等一下就能看到了。

「沈先生在家嗎？」正說話間，沈東籬今天要招呼的客人就到了。

「陳老爺子，您來了啊。」沈東籬一聽到這個聲音，連忙站了起來。

「打擾打擾。」陳老笑著說道，然後視線往旁邊一轉，聲音中忍不住多了一絲驚詫。

「這是沈夫人？」陳老爺子一進來就看到站在沈東籬身邊的嬌小身影，只是因為她一直低著頭看不到面容。

「不，不是的。」沈東籬聞言，臉一下子就紅了。

他自己平日裡稍微往這方面想一下就覺得臊得慌，更不用說現在被他這麼直白地說出來，他的臉一下子紅得都能燒起來了。

「陳老？」阿秀聽到這個聲音，覺得很是耳熟，開始還沒有覺得什麼，但是一抬頭，就看到一張熟悉的面孔。

這不就是一個時辰前剛剛見過的陳老嗎？這沈東籬的客人竟然是他？

阿秀實在沒有辦法將兩個人連繫在一個，一個是美少年，一個是糟老頭，一個是書呆子，一個是杏林高手。

「妳是之前那個小丫頭啊。」陳老看到阿秀，也是愣了一下，然後才一陣大笑。「這真是有緣啊！」

「陳老，那您先坐，我給您上壺茶，你們聊。」阿秀說著便往後面走去。
這屋子酒老爹原本買的時候就是考慮到只有兩個人，所以只有三個房間，一個廚房，一個廳。
原本沈東籬的那個房間是專門用來堆放雜物的，後來就讓他住了，只不過相比較別的兩個房間，不管是大小，還是朝向，都不大好，不過也從來不見他抱怨什麼。
阿秀原本並不喜歡家中多一個陌生人，但是時間久了，再加上酒老爹老是不在家，即使這沈東籬的武力值幾乎為零，但至少讓她也安心不少。
他雖然笨手笨腳的，但是還常常幫她打個下手，還有給她燒過火，讓阿秀意外之餘，也有些欣慰。
要是他不知道付出的話，阿秀老早就把他趕出去了，反正酒老爹踹的那一腳，也已經好了。
「麻煩妳了啊。」沈東籬輕聲對阿秀說道，他覺得阿秀允許自己帶客人進來已經很寬容了，沒有想到她還會幫他招待，這讓他的心裡一下子被喜悅漲得滿滿的。
「沒事，你和陳老先聊吧。」
說實話，阿秀這麼熱情還真不是為了沈東籬，她只是單純對陳老這個人比較有好感，特別是人家剛剛才幫助了自己。
沈東籬想的那些，完全是自作多情。

第十九章　各種事情

等兩人坐下，陳老將沈東籬細細打量了兩遍，一直點著頭，見沈東籬表情越來越怪異，這才說道：「你是林婉清林小姐的兒子吧。」

沈東籬心中一驚，眼中已經有了防備，臉上的笑容一下子就消失殆盡。

陳老心中微微搖頭，果然年紀還小啊，而且從小被保護得太好了，有些表面上的偽裝都不會，只是這樣的真性情才像足了林家那個小姐。

「不要太緊張，我只是當年教過林小姐兩年而已。」陳老的聲音很是平緩，有意地在撫平沈東籬緊繃的情緒。

「您教過我娘？」沈東籬並沒有完全放下戒心，只是聽到陳老這麼說以後，神色間多了一絲好奇。

「當年你娘對醫術感興趣，正好我……便去你娘家中做了西席，只不過那時候你娘才五歲，後來因男女有別，我便離了林家。」陳老話語間有些含糊。

那些年是他最落魄的時候，手藝不精卻抱著可笑的自尊心，被自己周圍的人嫌惡，卻走不出那個死局。

當他以為自己這輩子就會這麼過的時候，他遇到了當年才五歲的林家大小姐林婉清。他在林府做了兩年的老師，後來雖然離開了，但是大家念著他是林家出來的人，也算是對他客氣不少；他之後有那樣的成就，這段經歷的功勞不小。
只是他後來想通了，厭倦了那個圈子，回到了自己的家鄉。
沒想到，他就聽到了沈家因貪污賑災的藥材、滿門被抄的消息。
家中只剩下當時外出求學的嫡子沈東籬，他記得沈家老夫人也是這邊的人，就留了一些心眼兒，沒有想到，皇天不負有心人，真的讓他找到了。
他一直想要報答當年那分情，他原本以為這輩子都沒有希望的。
畢竟沈家在京城，也算是新貴。
果真伴君如伴虎啊！
「那您……」沈東籬聽到陳老說起他娘，眼睛微微泛紅，他沒有想到，會在這裡遇到故人。
叩叩！陳老輕輕用手指敲了兩下桌面，然後神色一轉，笑得很是和善。「我聽說沈先生你書法自成一家，特意來請教。」
沈東籬的反應明顯沒有陳老快，眼神還帶著一絲哀痛和茫然。
「陳老您來嚐嚐這個茶。」阿秀端著茶壺出來了，只不過搭配茶壺的不是茶杯，而是兩個大碗。
家裡的茶杯因為之前搬家的時候都碎了，她又不是這麼拘小節的人，就隨手拿了兩個碗當配套了。
「這個是什麼茶，氣味很是清新。」陳老原本並沒有當回事，但是等阿秀將茶水倒出來，他一下子就坐直了。

這個氣味不同於一般的茶葉，透著一股說不上來的清新，但是卻也少了別的茶葉擁有的韻味。

「這個是薄荷茶，清熱解暑，還可以消滯、幫助消化，夏天喝正好。」阿秀說話間幫兩人都倒上了茶。

現在雖然已經有茶葉了，但是好的茶她喝不起，差的茶，她還不如喝白開水。

所以家裡根本就沒有這樣的儲備，等客人來了，阿秀才想到沒有茶水可以招待，這才臨時想到了薄荷茶。雖然這茶登不上大檯面，但是勝在有新意，難得喝一次還是很不錯的。

「不錯。」聽阿秀這麼一介紹，陳老立馬喝了一口，清涼感一下子順著喉嚨下去了，在這樣的日子裡，喝這樣的茶，就是一種享受，要是再冰鎮一下，那就再好不過了。

「妳是怎麼想到用這個薄荷葉子泡茶的？」陳老有些好奇地問道，這個薄荷是會被用到藥裡面，但是很少有人會這樣喝，而且裡面還有一些淡淡的甜味，想必放了一些糖，但是用量比較少，讓人輕易察覺不出來，更不會覺得甜膩。

「突發奇想罷了。」

「果真是女孩子，心靈手巧。」陳老毫不吝嗇地誇讚道。

要是酒老爹知道自家閨女被誇獎心靈手巧，指不定就老淚縱橫了。

「咳咳，那你們繼續聊吧，我回房去了。」阿秀聽到陳老這麼誇獎自己，難得的有些不好意思。

「茶水在廚房，要是不夠了，你記得去添上。」阿秀和沈東籬囑咐了一句，便回房了。

她剛剛故意往沈東籬那邊靠近了些，他的眼睛還帶著一絲紅色，雖然不明顯，但是阿秀的職業造就了她比一般人要敏感的觀察力。雖然他們當著自己的面好似剛剛才相識，但是事情肯定不是那麼簡單的。

有時候不得不說，女人的直覺準確得可怕。

不過阿秀不是愛八卦的人，她反而覺得多一事不如少一事，只要他們的關係不會對她的生活造成影響，她完全可以當作不知道。

至於那些觀察到的小細節，就全部丟到一邊去吧，管他沈東籬的真實身分是什麼，和陳老有什麼關係，和她沒有半文錢的關係！

等阿秀睡了一會兒出來，陳老已經告辭了，沈東籬一個人坐在桌前看書。

家中並沒有書房，沈東籬住的屋子朝向又不好，所以他寫字看書一般都是在廳裡，反正平日裡也很少有人會上門，根本就不會有人打擾他。

只是今天阿秀明顯就看出他看書有些心不在焉的。

「陳老走了啊。」阿秀打了一個哈欠，慢吞吞地走了過去。

「嗯。」沈東籬的興致並不是很高，他還在思考之前陳老說的那番話。

「怎麼不邀請他吃個晚飯呢？」

「呃，他說家中已備晚飯。」沈東籬眼睛看了一眼阿秀，有些心虛地說道。

「不過家裡好像也沒有什麼菜了，下次有機會再請陳老來做客吧。」

「嗯。」沈東籬點點頭，他心中有些奇怪的想法，他總覺得阿秀好像知道了些什麼，但是，又覺得她應該不可能知道。

「好啦好啦，你把東西收拾一下，再去把菜揀一下，我好做飯，晚上阿爹應該會回來。」阿秀又打了一個哈欠，午覺時間睡得有些久了，反而覺得更加疲倦了。

沈東籬應了一聲。

趁著沈東籬去收拾東西的時候，阿秀隨意掃了一下攤在桌子上的東西，幾張劣質的紙，上面洋洋灑灑地寫了一篇序。

但是阿秀以前是見過沈東籬的字的，工工整整，算是紋絲不亂，再看今天的，筆墨走向中透著一絲凌亂。

都說寫字能夠反映一個人的心境，阿秀對字研究不多，卻也能看出當時的沈東籬心中應該很是糾結。

慢悠悠地做好了晚飯，酒老爹準時踏進了屋子，三個人幾乎沒有什麼交談，吃完飯就各自回房間去休息了。

酒老爹一步三晃地回了房間，剛關上門，眼中的迷茫一下子就散去了。

剛剛吃飯的時候，他就聞到了一股藥味，家裡今天來客人了？而且身分地位應該不低，那種藥香可不是一般人身上會有的。

看樣子，他最近要注意一下了。

第二日一大早，阿秀打開門，就聽到一聲弱弱的貓叫。

低頭一看，就看到一隻眼熟的貓，赫然是阿喵，牠被拴在阿秀家門口。

想必是田家娘子將牠丟了出來，這也是人之常情，作為一個母親，孩子總是最重要的；不過她又怕阿喵亂跑，將毛病傳染給了別人，所以才將牠拴住。她覺得，阿秀既然能夠醫治田蕊，必然也是能夠醫治阿喵的。

再看阿喵身上，果然禿了不少，相比較前段時間，貓癬擴散範圍大了很多，原本很精神的貓也變得萎靡了不少。

牠抬著腦袋，有些可憐兮兮地望著阿秀，想要去親近她，但是因為被拴著，又不能動作太大。

「唉。」阿秀嘆了一聲，這都跑到自己面前來了，她哪裡還能見死不救。

「阿秀，這貓是……」沈東籬正要出門，就看到門口的阿喵。

他也是見過隔壁家阿喵的，但是原本阿喵漂亮的毛色現在已經變得黯淡，而且掉了好多，比之前狼狽得太多，他一時之間也沒有認出來。

「就是隔壁家的阿喵，想必是他們不要養了。」阿秀說話間便去解牠身上的繩子。

「那牠就是把病傳染給蕊蕊的貓？」沈東籬心中一驚，連忙將阿秀拉住。等他反應過來，發現自己的手已經拉住了阿秀的手，臉上一紅，連忙將手鬆開了，嘴上囁嚅道：「這貓身上有病，妳不要碰牠。」

昨天陳老來的時候，不光和他說了以前、以後的事情，還和他簡單說了一下為什麼會認識阿秀，他這才知道原來阿秀不光是會治動物，還會治人。
這讓他很是意外，阿秀在他眼中不過是一個十一、二歲的小女孩，她這樣的年紀已經能開方子救人了，自己已經十五了，卻還只能躲在這裡保命，相比之下，沈東籬都覺得慚愧。
「沒關係的，你先去學堂吧，免得讓學生等了。」阿秀衝他揮揮手。
這貓癬雖然會傳染，但是不要頻繁接觸，以及懂得消毒，也不是什麼大的問題。要是大家都怕，那那些得傳染病的，不就都必死無疑了？
不管是動物，還是人。
總得有人先邁出這一步。
「那我來吧。」沈東籬吸了一口氣，說道，伸手去接那個繩子。
看到沈東籬這麼一副大無畏的表情，阿秀一愣，隨即就笑開了。
「你不用這麼緊張，真的沒有事情的，我是大夫，自然知道怎麼預防，你就放心吧。」
其實沈東籬的作為，阿秀心裡還是有些感動的。相比較最早遇見的那次，現在的他多了一些男子氣概，阿秀心中竟然詭異地出現了一絲欣慰，有種「吾家有兒初長成」的感覺。
「可是……」沈東籬還是有些不放心。
「你現在碰了這貓，要是處理不好去了學堂傳染給你的學生了怎麼辦。」阿秀故意恐嚇道，其實哪裡有這麼嚴重。
果然這麼一說，沈東籬眼中多了一絲擔憂，他生性良善，自然是不願意讓自己的學生因為自己得病。

「這個毛病比較容易傳染給小孩子，所以蕊蕊才會得病。」小孩子身體抵抗能力差，自然是更加容易中招。

「要不咱們把牠送到醫館去，陳老正好就是開醫館的。」畢竟沒有見過阿秀治病，沈東籬心中並沒有這樣的概念。

「哎呀，你就不要囉嗦啦，快去吧。」說完也不等他反應過來，將他往旁邊擠了一下，將阿喵牽了進去。

沈東籬張張嘴，想要說什麼，最後卻只是苦笑一聲，自己好像被阿秀嫌棄了。

而且他真的有那麼囉嗦嗎？他只是想要讓她不要受傷而已……

嘆了一口氣，沈東籬抱緊了手中的書，便往學堂走去。

打算等下下了學，還是去陳老那邊問問比較好。

只是等他下學回來，只看到一隻光溜溜、長相詭異的貓正抖著身子在曬太陽，察覺到他在看牠，還用可憐兮兮的小眼神看了他一眼，而屋子裡則傳來一股很濃的藥草味。

這貓剃掉毛原來是這副醜樣子啊……

晚上酒老爹回來的時候，因為比較遲了，天都暗了，一進門就瞧見一個黑影窩在門後面。

等點了蠟燭，就看到一隻奇形怪狀的東西瞪著一雙大眼睛看著他。

他心中一驚，這個又是什麼玩意兒！

阿喵看到是酒老爹，慢慢放鬆了警惕，這個大鬍子男人牠還是記得的。

酒老爹蹲在阿喵面前，將牠上下仔細打量了好幾番，這才看出原來是隔壁田家娘子家的貓。

不過他沒有記錯的話，這個貓之前好像將貓癬傳染給了隔壁的小姑娘，怎麼會出現在自己家裡？

不過他轉念一想，就想到應該是自家閨女撿回來的。

用手碰了一下阿喵的身子，然後聞了一下手上的氣味。

「白癬皮、苦參、蛇床子、桑白皮、百部、甘草，倒是不錯的搭配。」酒老爹眼中多了一些笑意，不愧是自己的女兒，即使他沒有故意去教她這些，但是她的成長還是遠超於一般人。

拍拍手，酒老爹搖頭晃腦地回自己屋子裡睡覺去了。

田蕊和阿喵的恢復情況都不錯，因為怕傳染給別人，田家娘子整整十天沒有出門，等田蕊的情況穩定了，便特意來向阿秀道謝。

只是阿喵，她是不敢再養了。

阿秀也能體諒她，阿喵就這麼在阿秀家落了戶。

阿喵倒是適應得快，很快就在阿秀的屋子裡蹦來跳去、瘋瘋癲癲的，再配上牠如今的模樣，著實搞笑得很。

還好牠的毛長得很快，不過兩個月，身上的毛就長好了，比起之前反而更加有光澤了。

每天跟著阿秀走到這，走到那。

日子就這樣波瀾不驚地過著，直到阿牛家突然邀請了阿秀去王蓮花家，也就是阿牛姨媽家吃野豬肉。

阿秀去之前根本沒有料到，她們竟然是為了和自己討論她的婚事，她不喜歡被這樣趕著上場，所以便這樣不歡而散了。

「野豬肉好吃嗎？」等阿秀回來，酒老爹突然幽幽地開口道。

他是剛剛才知道阿秀要去那個誰誰誰家裡吃野豬肉，他倒不是介意阿秀吃獨食，他比較介意的是，阿秀把這個事情都和沈東籬說了，卻沒有和他說。

酒老爹原本就是玻璃心，現在明顯是心裡不平衡，簡單地說，就是吃醋了。

「味道還不錯，以後有機會，我找人給您做。」阿秀倒是沒有聽出什麼異樣來，笑著說道，至於那些不高興的事情，已經被她拋到了腦後。

「要兩碗。」酒老爹聽阿秀那麼講，心裡其實已經高興了，但是還是想要再證明些什麼。

「為什麼要兩碗？」阿秀不解，這野豬肉雖然味道不錯，但是肉太結實了，要是嚼得不夠碎，吃多了保管積食。

「我胃口好。」酒老爹有些耍無賴地說道。

「那好吧。」反正酒老爹的性子，阿秀也不是第一天才知道，多順著點就好了。

「妳怎麼這麼早就回來了啊？」酒老爹心滿意足地得到了自己想要的承諾，又開始裝起了酒鬼，眼神也一下子迷離了起來。

「肉吃完了自然就回來了。」

阿秀無所謂地聳聳肩，並不打算將那個事情和酒老爹說，雖然那些話讓她很不爽，但是看在野豬肉的面子上，阿秀選擇將它們遺忘。

「哦。」酒老爹察覺到好像哪裡有些不對了，但是又說不上來。

至於其中的隱情，酒老爹是好幾天以後才知道的，這個還是間接聽王蓮花說的。

酒老爹聽了以後頓時就怒了，自己這麼好的閨女，妳一個鎮長家的就想覬覦？

這簡直就是癩蛤蟆想吃天鵝肉！

這麼說，都是抬舉了他們！

酒老爹一直都知道那個傻大個兒對阿秀有非分之想，但是他萬萬沒有料到，他的家人會趁著他不在的時候去忽悠阿秀。

還好他女兒比較聰明，沒有被他們的花言巧語打動，她的出身可不是阿牛這樣的漢子可以配得起的。

酒老爹心中雖然氣憤，但是要是真的去算帳，那這馬後炮落後得也太誇張了，反而被人家笑話了去，他只好把這口氣憋了回去。

只是這麼一來，阿秀和阿牛家的關係，一下子冷了下來。

就連阿牛，都被他姨媽王蓮花找了個理由，換了一家藥鋪當學徒，她是打定主意不讓阿牛再去找阿秀了。

但是要是說阿秀會因此而鬱鬱寡歡，那是絕對不可能的。

先不說阿秀對阿牛並沒有那種感情，再加上最近陳老迷上了藥膳，老是會讓沈東籬帶一些好吃又滋補的藥膳回來，阿秀根本就沒有多餘的心去裝那些事情。

只是當她以為兩家人會就此沒有聯繫的時候，阿牛又上了門。

第二十章 不計前嫌

這距離兩人上次見面，最起碼間隔了有一個月。

現在天氣已經慢慢轉涼，但是阿牛的臉上掛滿了汗珠，眼睛也是紅紅的。

「阿秀妹妹。」阿牛抹了一把臉，臉上帶著明顯的委屈。

「怎麼了，出什麼事情了嗎？」阿秀歪著腦袋，有些疑惑地看著阿牛。

阿牛人雖然比較憨氣，但是每天都是笑呵呵的，這樣的表情很少會見到。

「阿娘生病了，妳能去看看嗎？」阿牛眼巴巴地看著阿秀，其實他心裡還有別的話想要和她說，但是他嘴笨，而且現在最重要的就是這個事情了。

「嬸子怎麼了？」阿秀問道，雖然她之前和他們有了不愉快，但是不可否認，從小到大，他家對自己的幫助是巨大的，她不可能這麼簡單就抹殺掉那些過去。

她雖然有些缺心缺肺的，但是並不是沒有良心，她聽到阿牛娘生病，還是會擔心。

「阿娘被毒蟲咬了，可是吃了大夫開的藥，反而更加疼了。」阿牛想到躺在床上一直叫疼的阿娘，眼睛就更加紅了些。

「怎麼會被蟲子咬啊？」阿秀微微皺起了眉頭，心中開始思索著阿牛娘得的會是什麼病。

「就是前幾天下地，回來以後整條腿都腫了，請了大夫，也開了藥，可吃了幾天，情況反而更嚴重了。」不知道為什麼，在這樣的情況下，他第一個想到的人是阿秀。

「那我現在就去瞧瞧，嬸子現在在家嗎？」聽阿牛的描述，阿秀也知道事情不是那麼容易了。

「現在在姨媽家，姨媽說這邊大夫多，我就用車子推著阿娘過來了。」阿牛小心翼翼地看了阿秀一眼，想著要叫阿秀去姨媽家，他心裡還是有些不安的，他怕阿秀會拒絕。

「那趕緊走吧，我好去瞧瞧到底嬸子是什麼樣的情況。」阿秀微微一愣，但是馬上就恢復了正常。

去那王蓮花家又怎麼了，反正她也沒有做什麼對不起他們的事情，這男婚女嫁的，當然得你情我願，就算再來一次，阿秀覺得自己的態度只會更加堅決，絕對不會有所動搖。

「嗯嗯。」阿牛一聽，連忙點點頭，在前面帶路。

「唉唷！」阿牛一轉身就撞到了一個人，回過神來才發現是酒老爹，連忙將人扶起來。

「大叔，您沒事吧？」他根本就沒有發現後面有個人。

「你們這是去哪裡啊？」酒老爹好似有些困難地扶著阿牛的手站了起來，其實是將全身的重量都壓在了阿牛的手上。

這個黑大個怎麼又來了，而且看他們剛剛的架勢，這是打算一起出門?!

可惜阿牛從小農活幹慣了，雖然覺得手中一沈，但是卻也扛得住，酒老爹頓時有些洩氣。

「去阿牛姨媽家，嬸子生病了，我去瞧瞧。」阿秀回答道。

「我、我也去。」酒老爹的聲音還帶著一絲大舌頭的感覺，眼睛中卻閃過一絲精光。

他們這是又在打什麼算盤?!

「您去幹什麼？」阿秀有些無語地看著自家阿爹，就他現在的模樣，真的不是去搗亂的嗎？

「我就去瞧瞧。」酒老爹努力讓自己站穩，挺胸收腹，表現出自己的氣場來，可惜配上他鬍子拉碴的模樣以及朦朧迷惘的雙眼，根本毫無氣勢可言。

阿秀將酒老爹打量了一番，看出他並不是開玩笑的，心中嘆了一口氣，叮囑道：「好吧，要瞧就去瞧瞧吧，不過您可不能隨便說話。」

阿秀也是有自己的考量的，她在現代的時候畢竟是西醫，中醫的知識大部分都是源於那些醫書，以及上輩子的一些基礎。如果說做手術的話，在這邊，阿秀敢說第二，應該沒有人敢說第一，但是這中醫啊，阿秀覺得自己要學習的地方還很多。

之前雖然那些病症都被她治好了，但是她覺得自己一個是運氣好，還有一個就是病症都不是太嚴重；而自家阿爹的實力，阿秀覺得應該比自己強了不是一個、兩個點，要是自己束手無策的話，至少還有他。

酒老爹和阿牛自然是不知道阿秀心中在想這些，只覺得阿秀答應得這麼爽快有些怪怪的，但是都沒有去深究。

一路無言，一行三個人便疾步走到了阿牛姨媽家，也就是鎮長的家。

相比較阿秀的家，鎮長家明顯豪華了不少，但是阿秀不是第一次來，而且上輩子更加豪華的建築物見得多了，根本就不放在眼裡。

至於酒老爹，這鎮長家的占地可能只有他以前府邸的一個小院落，他就更加瞧不上眼了。

特別是他想到，就這麼一戶人家，竟然還敢打他閨女的主意，心中就更加不爽快了。

這做人也太沒有自知之明了。

酒老爹也完全不先想一下自家現在是什麼樣的條件，或者說在外人的眼中是什麼樣的條件。

「你怎麼把她帶過來了？」王蓮花見到阿秀，面色一下子就沈了下來。她是鎮長夫人，這鎮上不給她面子的人可沒有幾個，而阿秀這麼一個黃毛丫頭，竟敢這麼不給她面子。她雖然沒有打算對阿秀做什麼，但是也不代表她願意再見到這丫頭。

「阿娘的身子一直不好，我就想找阿秀看看。」阿牛還是有些怕他這個姨媽的，聲音一下子就小了下來。

阿秀原本就詫異，這王蓮花怎麼會允許阿牛來找她，現在看來，竟然是背著她偷偷來的。

「一個小丫頭片子妳看什麼，不要以為之前僥倖贏了一次，就真的是大夫了。」王蓮花沒有好氣地說道。

她雖然做了鎮長夫人了，但是她本質上只是一個從小村子裡面出來的婦女，雖然裝成比較賢良淑德的模樣，但是現在，她的尖酸模樣就一下子暴露了出來。

「可是之前請來的三個大夫，都沒有把阿娘看好，阿娘的腿越來越嚴重了，而且疼得也越來越厲害了。」阿牛很孝順，自然是見不得自家阿娘受苦，即使是得罪王蓮花，他也還是會選擇把阿秀帶過來，在他的印象中，阿秀不管是治人還是治動物，都沒有失手過，所以他信任她。

「我已經去請陳老了，你難道還不相信陳老？」王蓮花斜了一眼阿牛，沒有好氣地說道。她和她姊妹關係一向好，難道自己就願意看著她受苦了？

而且要知道那個陳老可不是那麼好請的，雖然她是鎮長夫人，但是聽說那陳老的後臺可是硬得很，請不請得來都還不知道呢！

但是她現在可不願意在阿秀面前泄了底氣。

「沒有……」阿牛一聽陳老的名號，頓時也不好說什麼了，只是吶吶地看了阿秀一眼。

阿秀嘆了一口氣，這阿牛哥哪兒都好，就是太沒有主見了。平時在家的時候就是事事聽他阿娘的，現在這樣的情況下，明顯是聽王蓮花的。說起來的話他也不到二十歲，在現代還真的只是一個半大小子，可惜這不是現代。

「既然這樣，那就等陳老，只是嬸子從小看著我長大，她生病了，我自然要去瞧瞧的。」阿秀說道。

雖然之前阿牛娘做那件事情，讓她心裡有些不舒服，但是畢竟情誼還是有的，她也聽不得一直愛護自己的長輩在受病痛的折磨。

「喲，這個時候可是記得我姊姊對妳的好了啊。」王蓮花冷嘲道。

在她看來，之前阿秀那種態度就是沒有把她們這兩個做長輩的放在眼裡，現在再說這個話，明顯就有些假惺惺了。

阿秀知道她很介意之前的事情，但是也沒有想到她介意到這種地步，自己第一次見到她的時候還覺得她比較有氣度，竟是看走了眼。

「如果不方便的話，那就算了。」阿秀也不是那種強求的人，而且既然王蓮花說了會找陳老來看，她至少也可以放心了。

雖然不知道阿牛娘得什麼病，但是平日裡和陳老的一些交談，可以看出他是一個醫術很高明的人，既然有他出馬，那她自然沒有什麼好不放心的了。

「好走不送。」王蓮花瞥了一眼阿秀，便扭頭打算回屋裡，餘光注意到站在一邊一直沒有說話的酒老爹，眼中的輕蔑又多了幾分。

什麼玩意兒嘛，自己家看上她那是她上輩子修的造化，還敢挑三揀四的；再看那個男人，這副邋遢的模樣，就是要飯的，都要比他收拾得乾淨。

以前王蓮花只聽說酒老爹不大著調，但是並沒有見過真人，現在見到了真人，王蓮花甚至有些慶幸，兩家人沒有結親，不然這樣的一個親家，她都沒臉講呢！

「夫人！」王蓮花正要進屋，家中的小廝急急忙忙地跑了過來。

「急什麼急，後面有鬼追你呢！」王蓮花沒有好氣地說道，不過她看清這是去找陳老的那個下人，語氣稍微好了些。「那陳老人呢？」這怎麼就一個人回來了？

「陳老人不在，他家裡人說可能是去遊湖了，不知道什麼時候才會回來呢，說不準得過幾天。」那小廝深呼吸了兩下，才一口氣將話說完。

王蓮花一聽，臉色微微一變，但是她又不願意讓阿秀他們看到自己內心的那絲不安，穩住心神說道：「那你還不找幾個人去附近的幾個湖找人！」

「可是聽說陳老是坐牛車去的。」言外之意就是說，那距離未必就是在附近。

而且人家也只說可能是去遊湖，這要是沒有去遊湖，那就是找遍所有的湖，都是找不到的啊！

這要是以往的話，王蓮花倒是不會這麼自亂陣腳，但是現在阿秀在，她想讓阿秀後悔當初的態度，所以竭力想要在阿秀面前表現出她的能耐，可惜天不從人願。

「那還不去找別的大夫！」王蓮花衝著那小廝怒道，真是太不會看臉色了，這些話難道不能等他們走了以後再說嗎，現在不是讓人家看了笑話嗎?!

「是。」那小廝挨罵挨得有些無辜，這又不是他邀請陳老出門玩的，這夫人的脾氣真是越來越大了；難怪老爺……咳咳，非禮勿言，他還是老實地去幹自己的差事吧，免得到時候這份活兒都保不住。

「姨媽？」阿牛聽那下人說陳老來不了了，頓時就有些不安，這別的大夫，他並不相信，要不然自己的阿娘也不會到現在還沒有起色！

「沒事的，我讓他們再去找好的大夫，咱們鎮雖然不大，但是大夫還是不少的。」王蓮花說著還掃了阿秀一眼，言外之意就是說——多妳一個也不多，少妳一個也不少，不要太把自己當盤菜。

阿秀有些無語，隨意地撇了一下嘴巴。

倒是酒老爹，眼中的神色越來越深沈。

這麼一個無知的婦人都敢對著阿秀大呼小叫，要是當年……

酒老爹第一次出現了一種無力感，讓阿秀跟著自己，果然是一個錯誤嗎？

如果回到京城……但是想到那人的笑容，酒老爹又一下子退縮了，他不能去影響到她的生活，要是自己這樣出現，會把她害死的。

「既然這樣，那阿爹咱們走吧。」阿秀雖然想去看望一下阿牛娘，但是既然人家這麼不歡迎她，她也不想用自己的熱臉貼人家的冷屁股。

酒老爹神色暗沈地掃了一眼王蓮花，雖然自己現在不如以前了，但是也由不得她這麼對阿秀。

王蓮花覺得自己的脖子一陣發涼，心中湧上一絲不安，眼睛下意識地往左右看去，只看到阿秀和那個邋遢的男人，剛剛是怎麼了？

阿秀和酒老爹還沒有走遠，就聽到後面有阿牛的聲音傳來。

「阿秀妹妹！」

阿秀轉過身去，就看到阿牛高大的身影正在向他們跑近，問道：「怎麼了？」剛剛他們不是都進去看嬸子了嗎，怎麼現在又跑出來了？

「阿秀妹妹，妳去看一下阿娘吧。」

阿牛說這個話的時候，明顯少了一些底氣，剛剛王蓮花把他們趕走的時候，他沒有第一時間站出來。

「你姨媽不是去請大夫了嗎？」阿秀這話倒沒有諷刺阿牛的意思，只是實話實說。

「大夫還沒有來，可是阿娘叫疼叫得厲害。」阿牛鼻子一酸，阿牛娘平日裡都是比較強勢的，在家中大部分事情都是她作主的。

阿牛也習慣了她處處給自己做好安排，現在她這麼冷不防地病倒了，阿牛覺得自己的生活都不對了。

剛剛他一進去又聽到他娘在喊疼，他就沒有顧他姨媽的意思，直接跑出來找阿秀了，只要能讓他阿娘減少疼痛，即使惹姨媽生氣，阿牛也不在乎。

「這麼嚴重啊。」阿秀回頭看了一眼自家阿爹，只是他面上都是鬍子，根本就看不出他的心裡想法。

「那我們去看看吧。」既然自家阿爹沒有出聲，那她就當他不反對好了。

等再回去，阿秀果然看到了面色不大好看的王蓮花，她看到阿秀父女輕哼一聲，卻也沒有攔著他們了。

王蓮花在後面涼涼地說道：「阿牛啊，不是姨媽不擔心你阿娘，但是要是等下她也瞧不出什麼來，那就不要怪姨媽說你了啊！」

剛剛阿牛的行為讓她很不爽，但是又不能挑錯，畢竟這是為了她的妹妹，那她的火氣自然是直接轉嫁到了阿秀他們身上。

「阿秀妹妹肯定會有法子的。」阿牛很是斬釘截鐵地說道。

果然，這話一說，阿秀看到王蓮花的臉色又難看了些。她雖然比較欣慰阿牛這麼信任她，但是在還沒有看到病人之前，阿秀自己都沒有這樣的底氣。

幾句話間，幾個人就到了現在阿牛娘住的屋子，還沒有進屋，阿秀就聽到一陣陣的叫痛聲。

而且聽這個聲音，氣息中帶著一絲虛弱，聲音中帶著一絲沙啞，應該是叫了有好一會兒了。

阿秀就算原本心中有些小彆扭，到了現在也完全沒有了。

在病痛面前，她那些情緒又算得了什麼。

才往前走了兩步，阿秀又聽到了王蓮花那個有些討厭的聲音——

「阿秀進去也就算了，你一個大男人進去幹麼！」

她將要跟進去的酒老爹攔在了外面。

這市井之地哪裡來那麼多窮講究的，這王蓮花這樣無非就是找碴罷了。

「阿爹快進來。」阿秀才不管王蓮花在說什麼呢，直接將人拽了進去。

「妳這還懂不懂禮數啊，把一個大男人隨便帶進去！」王蓮花怒道，其實這鎮上哪有這麼多講究，什麼「七歲不同席」，都是那些京城裡面的高官府邸裡面才會有的窮講究。這王蓮花現在的行徑，就是典型的扯後腿。

「姨媽，您就不要再說了。」這次說話的不是阿秀，而是一直沈默寡言的阿牛，他雖然不聰明，但是也看出王蓮花是在為難阿秀父女。

這讓阿牛心中一涼，自己阿娘現在還躺在床上，可是她心裡卻只是想著為難那些可以幫助阿娘的人。

「你個吃裡扒外的東西！」王蓮花沒有想到自家這個最老實聽話的子姪竟然這樣拆她的臺，要不是她還想著給他留一點面子，老早一個巴掌甩過去了；他也不看看，自己是在給誰出氣！真是不會有出息的！

而阿牛只是低著頭不說話，由著王蓮花說。

阿秀則乘機拉著酒老爹進了屋子。

不用走近，阿秀就聞到一股很濃的藥味，細細聞了一下，她便聞出其中幾味藥。

而站在她一邊的酒老爹，雖然面上沒有變化，但是心裡已經將那些藥材都報了一遍。

「荊芥、防風、黃芩、牛蒡子、知母、生石膏、生大黃、生甘草、生薑、蔥白，好一個消毒化毒湯。」

酒老爹雖然還沒有見到阿牛娘本人，但是根據這些藥材，差不多就能猜到她得了什麼病。

他並沒有說話，只是靜靜地看著阿秀，他想看看阿秀是怎麼處理的。

阿秀走到榻前，先將阿牛娘的面色細細打量了一番，只見她氣色衰敗，面色黯淡。

「阿秀啊。」阿牛娘感覺到有人坐到了旁邊，艱難地睜開眼睛，她看到阿秀的時候並不覺得意外。她一直都知道阿秀不是一個小心眼的人，只是這麼一對比，她反而多了幾絲羞愧。

「嬸子，現在身體覺得如何？」阿秀輕輕握住阿牛娘的手臂，感受著手下脈搏的跳動。

「就是疼。」阿牛娘皺著眉頭說道，這疼跟針扎似的，一陣一陣，別說睡覺了，就算躺著，也不安穩；明明喝了藥，那紅紅的疹子褪下去了不少，但是那疼痛卻一下子加劇了。

趁著阿牛娘說話的時候，阿秀又乘機觀察了一下她的舌苔，舌質赤紅。

「脈浮滑數，舌質赤紅。」阿秀面上多了一絲沈思，目光往下滑，到了她疼痛的地方，她的小腿到膝蓋處布滿了密密麻麻的紅色小疹子，模樣很是可怖。

阿秀慶幸自己沒有密集恐懼症，不然非起一身的雞皮疙瘩。

「嬸子您具體和我說說，到底是什麼時候，怎麼回事，腿上有了這樣的症狀。」作為一名醫生，阿秀的習慣就是先問病史，將前因後果先都瞭解一遍。

「那是五、六天前的事情，我和阿牛他爹一塊兒去收稻子，妳也知道這個時間，正是農活最忙的時候。」阿牛娘說到這兒，腿上又是一陣疼痛，眉間的摺皺又加深了些。

「然後是被什麼咬了嗎？」阿秀耐心問道，心中默默記錄著有用的資料。

「就是一隻蚊子，我還把牠打死了，當時沒覺得不對，但是過了一個夜，腿上就有了丘疹，而且越來越多，也越來越癢。」

「阿娘把那個紅紅的疹子抓破了以後，也不覺得疼，就拿家裡備著的藥膏抹了一下，沒有想到這不抹藥膏還沒事，一抹，腿上就疼了起來。」阿牛見他阿娘很是痛苦的模樣，自覺將話題接了過去。

「我們村子又沒有什麼大夫，我沒有法子就把阿娘帶到鎮上來了。」說到這裡，阿牛的臉上明顯就多了一些氣憤。「姨媽幫阿娘先是請了一個大夫，那個大夫留了一個藥膏，但是用了完全沒有作用，後來又請了兩位，留下一個方子，阿娘就喝了幾副藥，腿上疼得就更加厲害了，晚上都不能睡覺。」

阿牛又是生氣又是難過，還說是什麼有名的大夫，根本就是騙子！

聽到他們兩個人的概述，阿秀差不多得出了結論，阿牛娘是屬於蟲毒生風，浸淫營血，只須用清熱解毒、祛風涼血的藥就成了。

「你能把之前大夫開的方子給我一下嗎？」阿秀想要看看之前大夫用的是什麼藥，這樣也好對症下藥。

「嗯嗯。」阿牛說著將目光放到了王蓮花身上，這方子由她收著。

王蓮花心中不忿，而且看阿秀並沒有說出什麼實質性的話來，除了之前說了一句什麼「舌質赤紅」外，根本就沒有別的有建設性的話，她自然是不願意相信她的。

「這方子我可是花了不少錢才開的，哪裡是妳說要看就能看的。」王蓮花有些不屑地掃了阿秀一眼，也不掂量掂量自己的分量；而且這大夫的字都是龍飛鳳舞的，就算識字的也未必認得清是什麼字，她一個小姑娘，就是給她看，她都未必看得懂，但自己就是不願意如她的願。

說到底還是王蓮花的鎮長夫人做得有些久了，平日裡都是別人巴結她，第一次有人這麼不給面子，但是她又不能對她做什麼，所以才想著在什麼事情上面都刁難她一番。

可惜阿秀根本就不把這些小把戲放在眼裡。「沒有效果的藥方子還這樣藏著掖著的，難道是打算當飯吃？」

「妳才當飯吃呢！」王蓮花惱道，這生病是比較忌諱的事情，阿秀剛剛那話講得是極其不客氣的。

不過既然王蓮花那麼不客氣，阿秀自然沒有必要對她客氣，現在可不是她求著他們讓她來看病的。

「姨媽。」阿牛見兩人之間的氣氛越來越僵，連忙出聲哀求道。

阿秀第二次願意轉頭過來看，阿牛已經很感激了，他可不想阿秀再被氣走一次，特別是當他看到他娘越發難看的面色上。

王蓮花似乎也意識到了自己的失態，有些主次不分了，但是又見不得阿牛這麼胳膊肘兒往外撇，衝著他瞪了一眼，這才將方子甩到阿秀身上。

第二十一章 加重藥力

「荊芥、防風、黃芩、牛蒡子、知母、生大黃、生甘草每味兩錢、生石膏六錢，再加生薑、蔥白各一錢。」阿秀將藥方細細看了一遍。

這個方子，赫然和酒老爹之前心中所想的一模一樣。

「方中荊芥、防風祛風祛衛分之風毒；黃芩、牛蒡子祛氣分之溫毒；知母、石膏祛營分之熱毒；大黃有涼血解毒之功；甘草、生薑、蔥白則有調和營衛、解毒透毒之力。整個方子共奏祛風解毒，清熱涼血，扶正祛邪的功效。」阿秀回想著自己在醫書上面看到的有關這個方子的介紹。

不過這些撰文說得簡單些，就是說整個方子的藥物有消炎、解熱、鎮痛、抗菌、降低血管滲透性、以及促進瘡癬皮膚病變組織癒合的作用。

總的說來，還是很適用於阿牛娘這樣的病症的，所以她身上的丘疹才會慢慢褪下去。

只是這病症沒有徹底消散，簡單地說來還是藥力不夠。

這藥力不夠，可不是說單純地加重藥方中藥的劑量就可以了的。

「妳看好了沒啊，有結論了不？」王蓮花見阿秀看著手中的方子，微微皺著眉頭，心中一陣得意。她請了好幾個有名的大夫都沒有法子，一個黃毛丫頭還想瞧出些什麼來！

「嬸子這是被毒蟲叮咬，屬於蟲毒生風，浸淫營血。」阿秀故意不用比較通俗的話來解釋這個病症，就是要顯得自己高高在上，看那王蓮花還能用什麼話來反駁自己。

「我可不管是什麼毛病，我就想問問，這病有什麼法子治。」王蓮花果然聽不懂那話是什麼意思，但是她可不會將自己的短處暴露出來，直接將問題拋給了阿秀。

是什麼病並不重要，重要的是，怎麼治。

「其實之前的大夫開的方子並沒有錯……」

「喲，要是沒有錯的話，這病能不好？妳要是沒本事可別在這裡說大話，免得到時候圓不回來。」王蓮花不等阿秀說完，就很是得瑟地說道，她就知道阿秀也不是一個有真本事的。

而且這個毛病這麼多大夫都看不好，怎麼可能簡簡單單地就被一個小姑娘看好。

阿秀說這話，早在她的意料之中。

「我話可還沒有說完。」阿秀有些無語地看著王蓮花，她未免也太心急了。

而且現在躺在床上的可是她的親妹妹啊，她不在乎能不能治好，反倒是在乎起能不能抓住自己的話柄，這感情未免也太淡薄了吧！

「妳……」王蓮花還想說什麼，就覺得背上一寒，到了嘴邊的話不知道為什麼說不出來了。

阿秀見她安靜下來了，才繼續說道：「這方子本身是沒有問題，也算是對症下藥，可惜藥力不夠，所以才導致這病不能痊癒。」

「那還要多加點量嗎？」阿牛就字面上的意思問道。

「當然不是那麼簡單，不過也不難，只要再加幾味藥就好。」阿秀的眼睛掃過酒老爹，這是她第一次在自己阿爹面前給人下方子，她下意識地想要得到他的認同。

只可惜酒老爹的偽裝太好，阿秀就是連他的眼睛都看不分明，自然更加不能從面上看出他的意思。

不過不知道為什麼，阿秀覺得，他對自己是讚許的。

她沒有想錯，酒老爹看到阿秀那麼自然地將「望聞問切」快速做完，心中就已經很是驕傲了。

特別是她還能將阿牛娘的病症講出來，甚至要用的方子，她都了然於心，這些都讓他覺得驚喜而又期待。

他的女兒，果然和他一樣優秀。

「還要什麼藥，我馬上去抓。」阿牛聽阿秀這麼說，眼中馬上迸發出一種光彩。

阿秀也不打算吊人胃口，說道：「只要在原來的藥方基礎上，再加徐長卿兩錢，苦參兩錢，服用五劑以後，腿上的丘疹就該全部消褪了，癢痛也可以解除。」

「這麼快？」阿牛有些難以置信，這一天一劑藥的話，那也只需要五天的時間。

「如果可以的話，平日裡也要多喝三瓜湯。」阿秀繼續叮囑道，這三瓜湯分別是冬瓜、絲瓜、黃瓜，是用來消餘毒的。

「嗯嗯，我記住了。」阿牛聽著連連點頭，之前那些大夫開方子可沒有阿秀那麼輕鬆。

而酒老爹在一旁看著，心中也是不住地點頭。

這阿秀在藥方中加入徐長卿、苦參是為了加強藥的解毒之力，若濕毒明顯，可加入赤小豆、薏苡仁；若風毒明顯，可加入白鮮皮、蟬蛻。

不過就阿牛娘的情況，阿秀的方子已經完全夠用了。

他自己並沒有專門教她醫學上面的學問，她不過是看了家中的那些醫書，就有這樣的能力，不愧是他家的人；要是他的家族現在還在，阿秀必定會為他這一脈爭得各種的榮耀。

只可惜，現在的自己不能暴露太多，即使是在自己的女兒面前。

「慢著。」看著阿牛興沖沖地要去藥房抓藥，王蓮花一句話就把人叫住了。

「這方子就她一個人說了，也沒有找人看過，你就不怕你阿娘吃了病情更嚴重嗎？」王蓮花有些恨鐵不成鋼地看著阿牛。

這小丫頭片子的話，就這麼可信?!

阿牛一愣，然後才慢慢說道：「我相信阿秀的醫術。」至少她從來沒有失手過。

而且他相信阿秀的人品，要是真的沒有把握的話，她不會這麼快速將方子寫出來。

阿秀和那些人是不一樣的。

王蓮花沒有想到阿牛的態度這麼堅定，頓時有些羞惱，這麼一來，倒是顯得她好像不願意她妹子康復一般。

「既然你這麼相信她，那就去抓藥吧，到時候你阿娘的病要是沒有好，可不要說是我不願意幫忙請好的大夫！」

王蓮花原本對自己妹妹一家還是很照顧的，畢竟自己混得那麼好，總要幫一下娘家，但是現在看到他們這麼不識好歹，心中頓時就多了一絲不滿，虧得自己處處想著他們。

「姨媽。」阿牛見王蓮花面色不好看，心中也有些忐忑，可是他又擔心自家阿娘的病情，一時間竟不知道怎麼做了。

「叫我幹麼，不是要去抓藥嗎？」王蓮花沒有好氣地說道。

「那我去抓藥了。」阿牛本來就憨，聽王蓮花這麼一說，下意識地就認為是她贊成自己去抓藥了，臉上馬上多了一絲笑容。

「你！」王蓮花看著阿牛的身影快速從面前消失，頓時氣不打一處來，那個憨子，自己那話是這個意思嗎?!

「阿姊。」阿牛娘見王蓮花面色微沈，便忍著疼痛出聲叫喚道。

「在這呢！」王蓮花看到阿牛娘這麼虛弱的樣子，心中也是一酸，身上尖酸刻薄、無理取鬧的氣場一下子也弱了下來。

當年她做姑娘的時候，她們兩個的感情是最好的了。看到自己的妹妹，現在看起來比自己還要顯老，王蓮花心中也不是不心疼的。

輕輕坐到阿牛娘的床沿，王蓮花也不和阿秀爭什麼了，現在最重要的還是把人給治好了。

阿秀鬆了一口氣，要真的再吵起來，她還真有些詞窮了。

不過這王蓮花的本質倒是比她想像的要好上不少。

「夫人，夫人。」兩姊妹正細聲說著悄悄話，阿秀和酒老爹已經乘機躲一邊角落坐了下來，之前的那個小廝又跑了回來。

「你又是怎麼了？」王蓮花沒有好氣地說道，這家中的僕人真是越發的沒有規矩了。

不過她也不想想，她和鎮長兩個人都是草根出身的，哪裡有資格要求家中的僕人比他們還要守禮呢！

「陳老請來了。」那小廝說道，他原本就抱著試試看的想法去找了幾個地方，沒有想到還真的被他找到了。

「那還不請進來！」王蓮花白了那小廝一眼，雖然之前沒有請到，但是現在到也不錯，正好可以看看那方子有沒有問題；雖然阿牛那麼信任她，但是王蓮花打心眼兒裡還是抱著一絲懷疑的。

沒一會兒工夫，陳老就笑呵呵地進來了，看到阿秀的時候還不忘和她打了一聲招呼，倒是目光觸及到坐在阿秀邊上的酒老爹，眼皮子下意識地跳動了一下。

這人是……

「陳老，您來得正好。」王蓮花很是殷勤地迎了上去，不管出於什麼原因，巴結這麼一個人物，總是沒有錯的。

陳老面上的笑意冷淡了些，問道：「聽說有人生病了，這病人呢？」

王蓮花一聽，到了嘴邊的話只好又嚥了下去，將位置讓出來，讓他去看阿牛娘。

陳老一看阿牛娘的模樣，眉頭就微微皺了起來，看這情況，應該拖了幾天了吧。不過作為一個好的大夫，不應該將情緒展現在臉上，免得影響到病人的心境，所以那皺眉也不過是一瞬間的事情。

「之前的大夫可是開了什麼方子？」陳老給阿牛娘細細把了脈，又觀察了舌頭以及眼睛，相比較阿秀之前借著說話就快速檢查一遍，陳老明顯顯得更加慎重。

「就是這個。」王蓮花連忙將方子拿出來，這阿牛去抓藥並沒有將方子拿走。

王蓮花有些期待地看著陳老，想從他口中聽到不同於阿秀的說辭。

「這個方子倒是沒有什麼大的問題，挺中規中矩。」陳老摸摸自己的鬍子說道：「只是這個大夫不知道根據病情來調整，所以病人的情況才會變成這樣。」

「那您覺得哪裡要調整一下？」聽陳老這麼說，王蓮花心中一涼，怎麼和阿秀說的那麼像，難道她真的有這樣的能力？

「只要在原來的藥方基礎上，再加徐長卿兩錢、苦參兩錢，服用五劑即可。」陳老說道，他說的話和阿秀之前說的，幾乎完全一模一樣。

陳老見王蓮花臉色一下子變得難看，便問道：「可是有什麼不妥的地方？」

這樣的病症雖然不簡單，但是也稱不上疑難雜症，陳老並不認為自己會出錯。

「沒什麼，沒什麼。」王蓮花連連擺手，心中卻忍不住嘀咕——這小妮子竟然還真的有些法子。

「如此，便不要耽擱了。」陳老示意王蓮花可以找人去配藥了。

王蓮花眼睛掃向阿秀，看她面上並沒有嘲弄的神色，臉上便淡定了些，正打算找人去藥鋪的時候，阿牛抱著藥匆匆忙忙地回來了。

「我把藥買回來了。」阿牛直接跑到阿秀旁邊，將藥交給阿秀。「徐長卿兩錢、苦參兩錢，妳瞧對不對？」因為跑得太急，他根本就沒有注意到站在一邊的陳老，以及臉色有些怪異的王蓮花。

「沒錯。」阿秀接過藥包，打開聞了一下，買的藥並沒有錯。

阿牛得了阿秀的確認，拋下一句「那我煎藥去了」，便又跑開了。

其實剛開始她還真的沒有打算拆王蓮花的臺，畢竟她的性子並不是那麼咄咄逼人的，而且有陳老的確定，讓她也安心了不少，只是萬萬沒有想到，這阿牛來的這麼及時。

陳老聞言明顯也很詫異，他之前是知道阿秀懂醫術，根據她的年紀，他也並沒有太在意，但是現在看情況，這阿秀竟然給出了和他一樣的方子。

這個病可不簡單啊！

他也是有了這麼多年的經驗，才有這樣的判斷能力，而阿秀，現在還不過十二歲……

「阿秀，這是妳剛剛開的方子？」陳老忍不住問道，他心裡還是有些難以接受。

他以為普天之下，除了那唐家和薛家，很難再出這樣的天才，沒有想到，在這麼一個小鎮上，竟然還有像阿秀這樣的人物。

他聽說現在醫界最為年輕的天才大夫是薛家的第十二代嫡長孫——薛行衣，不過十四的年紀，已經可以單獨開方子，甚至還給宮中的貴人看過病。

這阿秀，如果再成長兩年的話……

只是讓陳老比較疑惑的是，這阿秀的師長又是誰？

他的目光忍不住掃向站在一邊的酒老爹，這個邋遢的男人，雖然給人感覺很平凡，但是他總覺得這不過是他的偽裝。

「是的。」阿秀猶豫了一下，點點頭。

「果然是長江後浪推前浪啊。」陳老目光中帶著一絲欣慰，他們這一代已經老了，還好有年輕人頂替上來，雖然心中難免有些失落，但是更多的還是欣喜和寬慰。

「陳老您過獎了。」阿秀有些不好意思，對於中醫，她其實並沒有懂那麼多，而且她以前一直是給動物看病的，對於給人看病，也不是太有信心。

毫不誇張地說，她所有的中醫知識基本上都是來自於家中那幾本醫書。

她哪裡知道，家中的那些醫書，除了傳承下來的幾本經典醫書，剩下的都是酒老爹將自己的經驗以及家族中前輩們的經歷記錄下來的書本。

這樣的醫書，全天下也就這麼一份。

阿秀根本就不知道自己擁有了怎麼樣的財富。

要是陳老知道的話，指不定會跪在她面前，只為求得一看。

「這位是……」陳老對酒老爹很是好奇，便將話題轉到了他的身上。

「這個是我的阿爹。」阿秀介紹道。

酒老爹有些冷淡地掃了陳老一眼，這個老男人看起來好像有些閱歷，所以他才更加不願意和他打交道。

「原來這就是令尊啊，之前有聽東籬提及過。」陳老故作恍然大悟，還一副「久仰久仰」的模樣。

讓阿秀心中一陣失笑，要是別人也就算了，這樣的話用在自家阿爹身上，怎麼聽怎麼奇怪。

而且不用陳老說，阿秀都能想到沈東籬是怎麼形容的。

沈東籬可不是一個會在背後說別人的人，他頂多提及一下有這麼一號人物，畢竟是住在阿秀家裡；而且酒老爹身上實在是沒有那種明顯的能讓別人一眼瞧見的優點，就是相處中會發現的優點都沒有，想要找好點的詞語形容他都有些困難。

阿秀想的沒有錯，沈東籬和陳老結交這麼些時間來，唯一一次提到酒老爹，就只用了一個詞「愛酒」。

不過陳老之前這麼說不過是為了套近乎罷了。

在他看來，阿秀以前是住在鄉下的，鄉下要找一個能教出阿秀這樣一個學生的醫者實在是不大科學，唯一的解釋就是，阿秀的醫術是她爹教的。

這麼一想，他對酒老爹就更加好奇了。

「既然在這遇上了，不如去我家中小聚一番，正好也請上東籬，咱們好交談一番。」陳老心情很是愉悅，不管是阿秀還是酒老爹，都讓他起了一番探索的心。

「這個……」阿秀有些猶豫，她知道陳老家中有一位很擅長做菜的廚娘，但是又有些擔心自家阿爹。

「順便可以交流一下醫術上面的事情。」陳老雖然和阿秀見面的次數不多，但是對她還是有一定的瞭解的。「而且家中的廚娘已經燉了一大鍋紅燒蹄膀。」

他是一個很懂得養生的人，平日裡根本不會吃這麼油膩的菜，現在不過是為了誘惑阿秀。

果然阿秀一聽，口水都差直接流下來了，眼睛看了一眼酒老爹。

「要不阿爹您先回去？」她就怕自家阿爹不自在了。

只是阿秀的好心在酒老爹看來就不大一樣了，他覺得自家閨女是嫌棄他帶不出去，頓時心中一陣受傷，原本就脆弱的玻璃心一瞬間變成了渣渣。

「令尊也可以一起來啊！」陳老原本就對酒老爹更加感興趣，自然是十分熱情地邀請。

「好。」酒老爹不等阿秀說什麼，直接就答應了。「我也要吃蹄膀。」

阿秀雖然瞧不分明酒老爹現在的表情，但是總感覺他又傲嬌了。

難道他以為自己這是去吃獨食，她明明是考慮他的情況好吧！

陳老心中一喜，馬上和站在一邊插不上話的王蓮花說道：「既然藥方也開了，藥也買了，那咱們就先告辭了。」

王蓮花原本還打算借著這個機會和陳老套一下近乎，一塊兒吃個飯，沒有想到他根本沒有正眼瞧她，反而和阿秀父女聊得歡快，這讓她心中更是鬱結了幾分。

想要說些挽留的話，可是人家根本不搭理她，一行人就這麼直接地走了。

第二十二章 自愧弗如

陳老的家住的比較偏遠，環境也相對幽靜了不少，那屋子雖然沒有王蓮花家大，但是建築構造很是精細，一看就知道主人是一個懂享受的人。

以往阿秀見到陳老都是他來自己家，到陳老家她還是第一次。

「聽竹，叫李廚娘今天多做幾個菜，多做些大葷菜，我要招待客人。」陳老一進去就吩咐了書僮，既然他剛剛都那麼說了，自然是不會食言的。

阿秀聽到他這麼說，頓時就眉開眼笑了。

雖然一個小書僮的名字都比她的名字好聽，讓她有些鬱悶，不過阿秀安慰自己，名字再好聽還不是書僮。她的名字雖然很俗氣，但是能吃肉就夠了。

一對比，阿秀心中馬上又舒坦了。

「聽蘭，你去書院候著，等一會兒沈公子下學了，把人接到這邊來，免得他回去一個人都沒有。」陳老繼續吩咐道。

他這邊有兩個書僮，兩個丫鬟，分別是「聽蘭、聽竹、聽梅、聽菊」正好湊成四君子。

站在一旁的聽梅一聽是去找沈東籬的，臉上馬上一喜，笑著說道：「沈公子由我去叫吧，我路熟。」

這鎮子也不過巴掌大的地，這聽梅這麼說，不過是想自己接這個差事而已。

沈東籬的美貌，在這個小鎮上，哪有幾個年紀適當的女子不心動的。

「我也去、我也去。」原本在倒茶的聽菊一聽是這個差事，馬上就跑了過來。

兩個人為了搶這個差事開始互相瞪眼。

不過是十三、四歲的年紀，長相又都不錯，雖然是瞪著眼睛，但是就旁觀者看來倒是有些賞心悅目。

果然美色惑人啊！阿秀在心中感慨了一句。

「吵什麼吵，我說了叫聽蘭去，妳們兩個都給我幹自己的事情去！」陳老沒好氣地說道。

自己平日裡是太縱著她們了，而且這沈東籬的身分，哪裡是她們可以覬覦的。

聽梅、聽菊平日裡都是比較受寵的，漂亮的女孩子又容易討喜，現在被陳老一說，面上就有些掛不住了，瞪了對方一眼，就跑了。

阿秀仔細回想了一下她們剛剛嬌嗔、以及跺腳跑開的模樣，這樣好像比較符合十幾歲年紀的女孩子。

她忍不住想像了一下自己做這些動作的模樣，忍不住打了一個寒顫，自己果然是老了啊！

趁著還不到吃飯的時辰，陳老打算先稍微探一下消息。

「你們快坐，聽竹，去拿幾盤糕點過來。」陳老一邊說著，一邊拿起茶壺，自己親自給他們倒起水來。

陳老在這裡，都是人家巴結著給倒茶的，哪裡要他這樣。

不過從這個舉動中，也可以看出陳老對他們的重視。

「這個茶是我閒來無事，自己做的藥茶，這秋日裡喝正好。」陳老一邊說著，一邊用餘光細細打量著阿秀父女倆的神色，可惜他注定要失望了。

酒老爹剛坐下就聞到了茶的氣味，裡面的藥材已經猜得七七八八了，也就這樣。

至於阿秀，根本對茶不感興趣。

所以他只看到一對神遊天外，但又故作專注的父女。

「味道如何？」陳老等了半晌，也沒有聽到他們說什麼，只好自己厚著臉皮求誇獎，之前沈東籬第一次喝的時候，還誇獎了好幾句呢。

阿秀本來就只是象徵性地喝了兩口，事實上她喜歡白開水遠勝過藥茶，喝一口就是給面子了。

現在陳老還要問她意見，她只好努力回想了一下味道。「比較甘甜。」原諒她書讀得少，腦袋裡沒有太多的形容詞。

陳老原本以為阿秀至少能說出幾個這個茶的優點，沒有想到她憋了半天才說了這麼四個字，頓時有了一種挫敗的感覺。

再將視線放到酒老爹身上，他更加好，直接用手撐著腦袋，一副在打盹兒的模樣。

陳老在這邊，幾乎人人都是巴結他的，他已經很久沒有見過這樣的態度了，一時間還有些難以適應。

「對了，阿秀妳這醫術是跟妳的阿爹學的嗎？」陳老琢磨著也聽不到別的評價了，便打算進入正題，問自己最為好奇的那個問題。

「沒啊！」阿秀搖頭。「我自己看醫書學的。」

她還真沒有說謊，她的醫術都是跟著醫書學的，自家阿爹根本就沒有指導過自己什麼，不過他還算有點負責，至少自己的字是跟他學的。雖然他老是帶著一身的酒氣，以及常常教到一半就自己睡著了，但是她的啟蒙老師的確就是他。

「啊！」陳老萬萬沒有料到，竟然會是這樣一個答案。

他開始想著就算不是酒老爹教的，那頂多是還有另外一個人。可是現在，聽阿秀這麼講，她竟然是自學的，這樣的年紀，沒有一個正規的老師教導，她還能有這樣的能力，那未免也太逆天了。

陳老忍不住回想了一下當年十二歲的自己在幹麼，好像字都還沒有認全。

果然是人比人，氣死人嗎？

那薛行衣小小年紀有這樣的成就，陳老還能理解，畢竟薛家底子厚，但是這阿秀……

他忍不住想了一下要是現在站在這裡的是薛行衣，指不定也要被打擊一番。

不過一年後，阿秀就真的遇上了少年成名的薛行衣，當然，那是後話。

「只是看書學？」陳老還是有些難以置信，這根本就不合常理啊，如果對人體沒有一定的瞭解，就是看書，那也是瞎子摸象啊！

他哪裡曉得，阿秀上輩子學的是西醫，最是瞭解人體的各種結構，中、西醫結合著學，自然是比一般人要快得多。那些在別人看來特別難懂的專業術語，她連繫當年的解剖學，內、外科，幾分鐘就懂了。

只是這麼一來，也有一個劣勢，阿秀的底子是西醫，所以中醫中的「氣」之類的東西，她理解起來就更加難了，這和她以前的認知是有一定程度上面的衝突的。

「是啊。」阿秀點點頭，她並不覺得自己這樣好像有多麼的奇怪，她只覺得自己比別人的記性更加好些而已。

如果能夠動手術，這樣她能感受到更加大的成就感。就好比之前治好踏浪，用的就是外科手術，那樣才是她所欣喜嚮往的；可惜這裡的人比較保守，自己的手術，注定是不大可能在人身上實施的。

「我果然是老了啊！」陳老看阿秀的模樣，不像是在撒謊，頓時感覺到一陣無力。人家自己看書就能達到一般人學習了大半輩子都無法到達的高度，這讓他又怎麼不覺得悵然若失呢。

「陳老您風華正茂呢！」見陳老好像一下子萎靡了下來，阿秀忍不住安慰道。其實陳老不過六十多歲，他自己又保養得好，還真的不怎麼顯老；至少阿秀覺得，自家阿爹站在他身邊，也不顯得有多年輕。

「唉，當年我在醫館裡學了好多年，才能慢慢開些小方子。」陳老有些感慨地說道，果然是學無止境啊，自己現在還是太滿足於現狀了。

陳老想到之前自己在阿秀面前賣弄那個藥茶，頓時老臉一紅，想必她是瞧不上眼的吧，難怪剛剛表情那麼平淡，只不過給自己留面子，所以才會說那麼一句話。

只能說，有時候人的腦補實在是太可怕，阿秀明明只是對這個不大感興趣而已啊！

「陳老的醫術是大家有目共睹的。」阿秀也不認為現在的自己能和陳老相提並論，她覺得自己的醫術還稚嫩得很呢！

陳老聞言，只覺得更加難過了，有種被小姑娘安慰了的感覺。

阿秀不明白，為什麼自己越說話，這陳老的表情就越萎靡，再仔細聯想一下自己說的話，也沒有什麼不對啊，難道自己誇得不夠直白嗎？

阿秀想了一下，才繼續說道：「一直都聽人說起陳老您的醫術，鎮上您可是第一家啊，好些人還千里迢迢專門來找您看病呢。」自己這麼說應該沒有問題了吧？

這陳老也真是的，平日裡完全瞧不出來是一個這麼愛聽恭維話的人啊！

可是阿秀越是這麼說，陳老的臉面就越發地掛不住了，自己這麼大把年紀了，竟然都做不到淡然，還不如阿秀一個小姑娘呢。

年紀小小的，醫術不凡，但是對名利卻看得很淡，自己不光醫術比不上這麼一個小姑娘，就連心態上面也比不上，一種濃濃的挫敗感襲上陳老的心頭。

「聽竹，將門上的那個匾摘了。」陳老想了下便衝著屋外喊了一句，自己活了這麼大把的年紀，竟然還看不透這些名利事，現在還要被一個小姑娘來點醒。

「老爺，出什麼事了嗎？」聽竹一聽陳老要將門上面掛著的寫著「懸壺濟世」的牌匾摘下來，心中大驚。

要知道這個牌匾可是幾年前陳老在疫病的時候救了上百口人，那些人聯名送過來的，聽說題字的還是當年很有名的才子，陳老平日裡最是愛惜，一旦颳風下雨，第二日必然是要他們踩著梯子將牌匾擦洗一遍的。現在聽竹聽到陳老要將這麼重視的牌匾摘下來，就有一種是不是天要塌了的感覺。

「沒事，你快點把它摘下來，收屋裡去。」陳老現在看到那牌匾只覺得臉上臊得慌，自己這麼大把年紀了，還享受著那些虛名，真是、真是，唉……

聽竹平日裡最是聽話，聞言雖然心中詫異，但是也不敢多問什麼，搬了梯子就要去摘牌匾。

只是動靜稍微大了些，將另外屋子裡面的聽梅、聽菊也吸引了出來。

「聽竹你幹什麼呢，昨天也沒有下雨，不用擦洗啊！」聽梅問道，再看聽竹的動作，竟然是在摘牌匾，頓時就驚了。

「哎，聽竹，你這是不要命了啊，老爺最是愛惜這個牌匾，那可是幾百人的心意啊，你怎麼摘下來了啊！」聽梅的聲音很大，直接就傳到了坐在屋子裡面的阿秀他們耳中。

聽菊也是在下面嚷嚷，讓聽竹不要摘，不然非挨揍不可。

陳老在裡面聽著，整張老臉都紅了，心中將幾個不會看臉色的下人罵了幾句，眼睛都不好意思再往阿秀他們那邊看去。

酒老爹聽著動靜，原本微閉的眼中快速閃過一絲笑意，這老頭子倒是滿逗的。

阿秀看外面吵得很是熱鬧，有些茫然地看著陳老。「這好好的牌匾摘下來做什麼？」剛剛她進屋的時候第一眼就注意到，這是一個醫者的榮耀啊，為什麼要摘下來呢？

「就覺得掛外面沒意思。」陳老自然是不好意思將心裡的真實想法說出來，不然真真要被笑話了。

外面鬧了一盞茶的工夫終於停歇了，聽竹也終於將牌匾摘了下來，又擦拭了一番以後才拿進來問陳老放到哪裡。

「你就放我的書房吧。」陳老甕聲說道。

原本這就是病人送給自己的心意，自己放書房一個人看看高興高興也就是了，但是他偏偏掛出來，還要掛在最醒目的大門上面，這不是在和世人炫耀又是什麼！做醫者最重要的就是一顆平常心，自己這把年紀了還看不透，真是慚愧慚愧。

阿秀要是知道陳老現在心中所想，非笑噴不可。

這大夫也是普通人啊，擁有七情六慾是最為正常不過了，而且只要是個人，哪裡是不喜歡被誇獎的。

當年她的一個病人出院後送來一面錦旗，她可是自己找來釘子、錘子，將錦旗掛在了辦公室最醒目的地方。這每天瞧著，心情也好上幾分，而且多瞧瞧，工作起來也有動力不是！

陳老急於轉移阿秀的注意力，就問了幾個醫術上面的問題，阿秀回答得很是順口，作為一個熬過了應試教育的人，那麼幾本醫書，她老早倒背如流，融會貫通了。

而且在阿秀看來，陳老大概是顧及她的年紀，問的都是一些比較淺的問題，回答起來毫無壓力。

但是在陳老心中可就不是那麼回事了，他問的可不是那麼簡單的問題，特別是那些外傷上面的。他覺得女孩子應該都不會涉獵那一塊，比較血腥，他哪裡曉得，阿秀在那方面才是真正的擅長。

所以當阿秀說的比他懂的還要多的時候，陳老的臉再次無法抑制地紅了起來。

果然是學無止境，聖人說的沒有錯。

「這止血真的這麼容易？」陳老聽到阿秀說的，心中還是有些懷疑。

這大出血一直是一個大問題，又沒有什麼藥可以一下子將血止住的。他記得有一個「神針」派系，擅長用銀針快速止血，但是這穴位的掌握很難掌控，所以會的人很是稀少。

這個神針派，用的就是後世的針灸。

只不過這穴位難記，見效又沒有用藥快，學的人很少。

陳老遊歷了那麼多年，也不過見過幾位。

而現在阿秀說，要是手腳大出血，只要用布料將出血部位的上方紮緊即可，這未免、未免也太不可思議了。

阿秀說的這個就是後世常用的壓迫止血。

現代的人基本上都知道這點，只要知道血流方向，在上面截住，就能暫時性快速止血。

但是這也有一個很大的弊端，即用時不能太久，不然會傷害到血管，導致血管的壞死，只能適用於一般的急救。

「是的。」阿秀點點頭，又將其中需要注意的點一一說了下，她倒是沒有什麼藏私的想法。

陳老要不是顧念著自己現在是長輩，真是恨不得拿個本子將今天聽到的都記下來，然後一一試驗一番。

只是他還顧及著自己這張老臉，怕被阿秀笑話，只能調動起自己的腦袋，將該記下的都記在腦子裡，等人走了再寫出來。

「沈公子來了。」聽梅興沖沖地跑進來，臉上帶著明顯的笑容。

「這麼咋咋呼呼的，我平日裡怎麼和妳說的。」陳老正想著再問些什麼，好多記些下來，就被聽梅的話打斷了，他心中有些惱。

聽梅吐了一下舌頭，並不怕他。

「那妳叫廚房可以上菜了。」陳老眼睛掃到阿秀，想到自己剛剛問了這麼多問題，她雖然年紀小，態度確實不卑不亢的，那分氣度便是在京城的貴女中也是少見，心中對她的喜愛又多了一層。

他不是一個愛占便宜的人，沈吟了一下，便說道：「將我放在地窖的『相思忘』拿一罈子上來。」

他記得之前沈東籬說過，這酒老爹最愛酒，他沒有什麼可以用來感謝阿秀的，那就用好酒招待酒老爹，也算是間接的感激了。

酒老爹一聽「相思忘」這個名字，原本閉著的眼睛一下子亮了些，這個酒之所以叫這個名字，就是說它的味道甘醇，後勁又極大，甚至可以將相思忘掉，可惜產量極少，特別是有年分的。

這樣的酒，酒老爹怎麼會不眼饞。

「是。」聽梅一聽這個酒的名字，心中一驚，將阿秀兩父女細細打量了一番，要知道這個酒，之前那位大人來的時候，陳老都沒有拿出來呢，現在竟然用來招待他們了。

聽梅有些不明白，不就是一對很普通的父女嗎，而且穿著打扮很是簡單，根本就沒有特別之處，她哪裡能體會一個醫者在學得別的新知識的時候的那種欣喜若狂。

「對了，這沈公子怎麼還不進來？」陳老看了一眼門口，隨口問了一句。

聽梅往外面看了一眼，頓時有些咬牙切齒地說道：「有個沒皮沒臉的女人正拖著沈公子不放呢！」

她剛剛遠遠地瞧見沈東籬過來就連忙跑進來說了，沒有想到不過幾個眨眼的工夫，就多了一個女人，就她那樣的姿色，也敢這麼沒皮沒臉地往上面湊！

要不是之前陳老還吩咐了她事情，她老早捋袖子衝出去了。

「妳先去做事吧，我去看看。」陳老見聽梅的注意力都放到了外面，頓時有些好笑，這樣的情況也輪不到她一個丫頭這麼往前面衝。

聽梅心中雖然有些不甘心，但是還是聽話地到廚房去了。

阿秀一直都知道沈東籬異性緣好得過分，但是這麼赤裸裸的還真沒有瞧見過，帶著一絲幸災樂禍的心情就跟著陳老一塊出去了。

阿秀出去之後，發現其實也沒有聽梅說的那麼誇張，是有一個姑娘，但是並沒有對沈東籬有肢體上面的接觸，只是沈東籬走到哪，她跟到哪罷了。
沈東籬看到他們都出來了，特別是接觸到阿秀似笑非笑的眼神，說話的語氣也不覺加重了不少。
對方畢竟是姑娘，還是要臉面的，沈東籬說的也算是直接，最後捂著臉跑了。
沈東籬算是鬆了一口氣，這女子實在是太難纏。
「陳老。」沈東籬衝著陳老、阿秀有些尷尬地笑笑。
「快進來吃飯吧。」陳老雖然眼中帶著一絲揶揄，但是卻沒有說什麼。那些女子，在他看來，都是上不得檯面的，根本不需要多放心思。
「聽說妳去給王家嬸子看病了，她可安好？」沈東籬輕聲問道。他記得阿秀好像和王家姊妹鬧得不是很愉快，就連之前一直來的那個叫阿牛的男子，如今也不過來了，所以才會特意一問。
「已經開了方子，正好碰到陳老，便來隨便蹭個飯。」阿秀說的很是實在，完全不考慮自己在沈東籬心中會是一個什麼樣的存在。
沈東籬倒是一點兒都不意外，他比較意外的是，陳老怎麼會將人邀請到家裡來。要知道這陳老看似平易近人，其實心中卻有一絲清高，這又是他養老的地方，意義自然不同，這鎮上，被他親自帶進門的可沒有幾人。
雖然陳老曾經表示過比較欣賞阿秀，但是這其中大半都是隨口的恭維罷了。沈東籬雖然待人處世沒有那麼圓滑，不過這些還是瞧得出來的。

「東籬啊，這阿秀年紀雖然小，醫術可是不容小覷啊，就連我這老頭子，都要自愧弗如了啊！」

陳老聽到他們在後面小聲交談，便放慢了腳步，和他們走到一塊兒。

這個小地方，要是說誰能配得上沈東籬，陳老以前是找不到的，但是現在，這阿秀倒是一個不錯的人選，雖然有個拖油瓶阿爹，但是性子、能力那都是一等一的。

如果沈家還有之前的底子的話，這阿秀就算性子、能力再好，肯定也是配不上的，但是現在沈東籬正好也是虎落平陽。

但是陳老相信他不會一直屈就在這麼一個小地方，而阿秀的成就，也不會只有這麼一點。

陳老並不會因為阿秀是女子，而小瞧了她。

「陳老您過獎了，我年紀小，哪有您那樣的歷練。」阿秀這個可不是恭維，雖然她在手術方面是有經驗的，但是這中醫，還在慢慢摸索中呢！

「好好，小姑娘謙虛也是一件好事。」陳老摸著鬍子哈哈一笑，這謙虛總比不知天高地厚要好得多。而且他因為想著阿秀和沈東籬比較合適，看阿秀也是越看越順眼。「先吃飯，吃好飯咱們再交流交流。」

沈東籬明顯有些不在狀況內，怎麼回事，這不過半日的工夫，這兩個人的情誼怎麼一下子就突飛猛進了。

「先吃飯。」阿秀已經聞到了肉的味道，好香。

她好像隱隱間知道了這沈東籬怎麼回去吃飯的頻率越來越低了，要是她的話也會選擇這裡；但是作為一個寄居在她家的房客，他這麼做真的好嗎？

沈東籬有些不大明白，這阿秀看向自己的眼神，怎麼一下子變得瘆人了起來。

第二十三章　皇榜在此

「大家動筷子吧。」菜一道道地被端了上來，陳老開始招呼他們吃飯，他的目光還特意在酒老爹臉上停留了一下，他有些好奇，這酒老爹等一下會怎麼做？

剛剛他雖然一直在和阿秀聊天，但是注意力卻一直沒有從酒老爹身上收回，他總覺得酒老爹沒有那麼簡單；可惜，他觀察了半天，只瞧見他的背上下起伏著，完全沒有任何的異樣。

在別人家這樣睡著的確很不禮貌，可是誰叫人家是酒鬼呢！

「這位……」陳老拿起酒杯，想說些什麼，然後敬酒老爹一杯酒。

他雖然知道別人都叫他酒老爹，但是他總不好也這麼叫。他到現在也不知道人家姓什麼，頓時一句話就噎在了喉嚨處。

「大家都叫酒老爹，陳老您隨便叫啊！」阿秀見自家阿爹艱難地醒了過來，可惜眼睛都在酒上面，根本就不搭理陳老，頓時有些小小的尷尬。

不過這麼說起來，她也真不知道自己應該姓什麼，她一直被叫「阿秀」，但是總不可能真的是姓「阿」吧，自家阿爹也從來沒有說起過。

「那酒賢弟……」陳老有些艱難地說道。

阿秀一聽這稱呼，直接就噴了，自家阿爹雖然滿臉大鬍子，但是年紀做陳老的兒子輩應該是綽綽有餘的啊，這陳老是怎麼狠得下心來用這樣的稱呼的。

其實陳老心裡也很糾結，一方面是出於尊重，不好太隨便地叫，畢竟他是阿秀的爹爹；但是另一方面，這酒老爹整張臉都被掩藏在鬍子下面，根本看不出樣貌，陳老實在沒有火眼金睛到這樣的地步，直接判斷他的年紀。

他知道阿秀的年紀當他孫女絕對是綽綽有餘的，但是看這酒老爹的長相，當他兒子絕對是顯老，也許人家只是晚來得女……

「陳老您就隨便叫吧，我阿爹不介意這些虛名的。」阿秀連忙說道，她怕再次聽到那個奇葩的稱呼。

而且她阿爹不光是不在乎虛名，他是連實名都不在乎的人啊！

「那我先乾為敬。」陳老也不願意再糾結稱呼，直接一口氣將一杯酒喝了下去，這樣也算是表達過敬意了。

這個「相思忘」雖然勁道足，不過這杯子小得很，一杯不過一小口，陳老這麼一點酒量還是有的。

酒老爹難得睜著眼睛瞅了陳老一眼，只是他的眼睛好似蒙了一層紗，讓人瞧不透。

陳老只覺得被他這麼瞧了一眼，渾身都有些不大舒坦了，不過心中就更加堅定了一點，這個男人不簡單。

「酒……嗯……不錯。」酒老爹慢悠悠地將這幾個字說完，便在大夥兒目瞪口呆的注視下，將整罈酒一口氣喝了下去，中間還不帶喘氣的。

「砰！」不過一個呼吸間的工夫，酒老爹就倒在了飯桌上。

阿秀三人都有些愣愣地看著酒老爹，這酒勁也來得太快了吧！

陳老心疼之餘又不能表現出來，暗暗瞪了他一眼，這酒自己可是藏了三年沒捨得喝，現在倒好，全進了他的肚子了。

「他這樣沒事吧？」陳老將自己的心疼都掩下了，才關心地問了一句。

這個「相思忘」後勁可是很足的，這麼一口氣喝下一罈子，他都懷疑會不會燒壞腦子。也不是沒有這樣的病例，小孩子不懂事，偷喝家裡的酒，直接把腦袋燒壞了，要真這樣了，那他罪過就大了。

「沒事，反正他每天都這樣，咱們吃菜吧！」阿秀看了一眼酒老爹，見他呼吸平緩，一看就是睡著了，就不打算管他了。

「那要不我找人先將他搬到屋子裡面去？」陳老還是有些不放心。

「沒事沒事，就這麼趴著吧，等一下吃好飯我把他帶回去就好了。」阿秀毫不在意，反正不是一次、兩次了，以往在自己家的時候，他也常常吃飯吃到一半就這麼睡過去了。

陳老原本要叫人的手一下子又頓在了半空中，這樣的父女關係，未免也太詭異了。

「哎呀，陳老，您家的廚娘手藝真好！」

陳老再抬頭的時候就看到阿秀啃著豬蹄，滿臉的笑容，他又忍不住低頭瞧了一眼趴在桌上，睡得不省人事的酒老爹，他沒有自己的孩子，也很少和小孩子相處，可是這父女之間的相處應該不是這樣的吧……

「喜歡就多吃點。」陳老的語氣有些僵硬，畢竟在趴著一個人的桌子上面吃飯，這樣的經歷也很難得。

「嗯嗯。」阿秀因為嘴裡還有東西，也不方便多說話，只使勁點了點頭，就努力吃了起來。

她敢打包票，這個廚娘肯定是陳老專門請來的，這個廚藝，好吃得阿秀都要感動得哭了。

蹄膀燉得酥軟入味，入口即化；還有冬瓜排骨，冬瓜切得同一個厚度，經過一段時間的烹煮，呈現一種美妙的透明色。六菜一湯，每道菜的味道都是那麼恰到好處。

最神奇的是一道炒肥肉，當然這麼難聽的名字自然是阿秀隨口起的。整道菜除了佐料就是肥肉，這個肥肉因為浸泡了醬油，呈現出一種誘人的醬紅色，但是又帶著自身的一種透明感。

阿秀並不挑食，但是作為一個正常的女孩子，對肥肉多少是有些排斥的，她開始並不知道這個是肥肉，吃了一口以後，頓時被那個味道給俘虜了，又連吃了兩口，實在是讓人難以置信，肥肉也有這麼美好的時候！

要不是阿秀知道自己的廚藝有限，真是恨不得直接衝到廚房去求做菜的秘方。

在陳老有些呆滯的目光下，阿秀將最後一塊肉挾到自己的嘴裡，嚥下去以後才衝著陳老靦覥一笑。「多謝招待了。」

陳老突然覺得，自己的眼界又被刷新了一番。

「妳喜歡就好，有機會再來吃。」陳老下意識地客氣道。

「嗯嗯，那就叨擾了。」阿秀直接點頭，根本不給陳老反悔的機會。

陳老雖然心中詫異，但是他也不是摳門的人，而且阿秀來的話，兩個人還能多交流一些醫術上面的事情。

「我找人送你們回去吧。」陳老看了一眼酒老爹，他還沒有清醒的跡象。

這酒老爹看著雖然瘦，但是畢竟是一個大男人，阿秀和沈東籬這麼細胳膊、細腿的兩個人，可搬不動。

「那就麻煩陳老了。」沈東籬微微鬆了一口氣，他雖然想幫忙，但是他還算有自知之明，知道自己沒有這個力氣。

「阿爹？」阿秀先在酒老爹胳膊上戳了兩下，發現他連呼吸都沒有變，就知道這次他是真的醉了，頓時一陣無奈，不過對那個酒也有了一種新的認知——

只可遠觀，不可褻玩！

要知道自家阿爹喝了那麼多年的酒，從來沒有醉成這樣過。

「聽竹，去備牛車。」

「是。」

聽竹的速度很快，再加上這鎮子又小，不過一盞茶的工夫，就到了阿秀的家。

聽竹雖然年紀小，但是也是學過一點腿腳功夫的，相比較文弱書生沈東籬來講，他力氣要大上不少，在他的幫助下，酒老爹算是安全到達了他的床上。

謝過了聽竹，阿秀打了一盆溫水，打算給酒老爹擦拭一下。

好在酒老爹酒品不錯，喝醉了只是睡覺，沒有爆粗口或者吐的壞毛病，這也讓阿秀鬆了一口氣，為保住了他所剩無幾的名聲而慶幸。

「咦？」阿秀剛解開酒老爹的外衣，就感覺到衣服裡面有些怪怪的，中間好像夾了一個什麼東西。

她竟然不知道自家阿爹的衣服裡面有這麼一個很是隱蔽的暗袋，她給他洗了這麼多年的衣服都沒有發現過。

阿秀心下好奇，又見他絲毫沒有反應，忍不住用手將那個玩意兒抽了出來。

拿近一看，她才發現這個東西眼熟得很，竟然是一張皇榜。

而且根據上面的內容，阿秀記憶很好地想起，就是自己和阿爹一起到鎮上所看到的那張，榜上就寫著新帝登基、減稅的那件事。

她還記得那天她買到了鹿肉，以及無比美味的驢肉包子；可惜現在那家包子鋪換人經營了，包子味道也沒有那麼好了，鹿肉她也沒有再買到過，讓她很是失望。

當然這些都不重要。

阿秀現在覺得想不通的是，自家阿爹為什麼要珍藏著這麼一張皇榜？

他難道是有什麼奇怪的癖好，只是自己沒有發覺？

阿秀想到上輩子那些喜歡收集女式內褲的漢子，頓時渾身一抖，不願意再聯想下去了。

怕被發現，阿秀雖然沒有想出一個所以然來，還是快速地將皇榜又塞回了暗袋。

等她開始忙活別的事情的時候，阿秀這才靈光一閃，她突然想起來了，那天他們看到皇榜的時候，自家阿爹還哭了。

雖然當時他說是沙子進了眼睛，但是她一直都覺得事情沒有那麼簡單。

再加上之後在路上聽到的八卦，說有人偷了皇榜，將這幾件事情都連繫起來，阿秀得出一個驚人的結論。

天啊，這偷皇榜的神經病不會就是自家阿爹吧！

有些事情雖然看破了，但是也不好說破，就好比這皇榜的事情。

雖然阿秀心裡好奇得緊，不過讓她更加好奇的是另外一件事情，就是自家阿爹的長相。

他難得睡得那麼死，她不乘機偷窺一下鬍子下面的真容，那才是真正的傻。

阿秀小心翼翼地將酒老爹那亂七八糟的鬍鬚都用手撩到一處，雖然有些困難，但是還是將他的面容看了個大概。

酒老爹的長相比阿秀想像的要年輕不少，而且讓她最最受不了的是，他竟然是一張娃娃臉啊，自己的臉型竟然是遺傳了他，她一直以為是像自己那個無緣的阿娘的。

當她很自然地將自家阿爹當糟老頭看待的時候，事實卻殘酷地告訴她，其實對方還是一個英俊中年人。

因為有著一張娃娃臉，阿秀看他根本比沈東籬都大不了多少的模樣，頓時有種悲從中來的感覺，而且她還沒有地方發洩。

還好之後因為她幫一頭牛做了縫合手術，不少人便帶著貓貓狗狗上門了。

她忙碌之下，也暫時忘了那個事情。

只是如此雖然豐富了她平日的生活，充盈了她乾癟的錢袋，但是因為她技術好，收費低，鎮上有不少的大夫就看她不爽了。

最嚴重的自然是「吉祥藥鋪」的劉大夫。

這劉大夫年紀不小，心眼兒可不大，之前因為阿秀贏了他的事，一直懷恨在心；但是偏偏阿秀又沒有什麼事情，能讓他抓住話柄的，他唯一能做的，就是和別的大夫在背後議論她，以及當面冷嘲熱諷，指桑罵槐一番。

不過阿秀要是會介意的話，那她就不是阿秀了。

她就當聽笑話般的，聽過直接忘記了。

倒是陳老還在她面前怒罵過一次，指責現在的大夫醫德有問題，不專注於醫學，只知道嫉妒一個小姑娘家；反倒是阿秀安慰了他好一番，才讓他慢慢消了氣。

這麼一來，陳老對阿秀的印象又好了好幾分，不以物喜，不以己悲，這樣的心態，他這把年紀都做不到，讓他又是一陣慚愧。

他哪裡知道，阿秀在現代聽多了那些流言蜚語，醫院裡面爾虞我詐更是不少，病人、醫生之間的矛盾也是層出不窮，她要是每件事都這麼放心上，那她那顆不大的心老早就不負重荷了。

正是夜深人靜的時候，街上已經完全沒有了行人，鎮上的人也都早早熄了蠟燭入睡了。

「二哥，我們分開行動吧。」只見兩個穿著深色夜行衣的男子相互對視一眼，便朝兩邊快速跑去。

「唔。」劉大夫只是想起來解個手，就發現自己被人從身後捂住了嘴，驚慌之下，下面那個口兒也沒有把持住，頓時，一股尿騷味就直接瀰漫了開來。

站在他身後的男子眼中快速閃過一絲厭惡，卻沒有將手放開。

劉大夫眼淚都要掉下來了，自己平日裡頂多稍微多開點貴的藥賺點外快，根本沒有做什麼缺德事啊，怎麼這種禍事就輪到自己身上了呢？

他好不容易混出了一點名望，難道今天就要死在這了嗎？

「給你兩個選擇，一個是乖乖和我走，一個我打暈你帶你走。」那個男子冷著聲問道，沒有想到這人膽子這麼小，他還沒有做什麼呢，就直接失禁了，他不禁有些懷疑，找這傢伙真的好嗎？

劉大夫一聽，連忙點頭，他怕死得很，只要不殺他，做什麼都可以。

「好，要是發出任何一點不該發出的聲音，我馬上就動手。」那男子的聲音中帶著一絲不加掩飾的凶惡。

這小鎮上的人再凶惡也不過是地痞流氓，劉大夫哪裡經歷過這樣的陣勢，除了點頭，根本就沒有別的想法了。

「管好你的嘴。」那男子也不讓劉大夫再點頭，拎著他的衣領就開始飛奔起來。

現在時間緊迫，他也來不及計較他是個慫貨了。

劉大夫平日裡最大的體力活就是整理一下藥材，現在被拎著跑，沒一會兒就癱軟坐在了地上，大半是被嚇的，只有一小半是真的累的。

那男子心中一陣惱怒，這還是男人嗎，膽子小也就算了，體力也這麼差，早知道他就直接把人打暈了扛著走，反正鎮口有人接應。

「好漢，好漢你饒過我吧，我這輩子也沒有得罪什麼人，你就行行好放過我吧，我上有八十老母，下有三歲小兒，我真的不能死啊。」劉大夫也知道這大半夜的不能發出大的聲音來，不然第一個死的就是自己，所以一直控制著聲音哀號著，用手使勁地抱住那男子的腿。

那男子明顯是沒有想到這劉大夫年紀都不小了，臉皮還這麼厚，而且他心中也開始懷疑，膽子只有這麼一點的人，會有那個醫術嗎，總覺得白擄人了。

「不殺你也可以，你說你們這邊醫術最好的人是誰？」那男子心中打定了主意，這人必然是個草包，那自然也就沒有帶回去的價值了。

「我知道，我知道，是陳老。」一聽自己可以不用死，劉大夫連忙將哭號收回來，號了半天，也不見他臉上有什麼眼淚。

「陳老家在哪裡？」那男子微微皺眉，他來之前並沒有收集到還有這樣一個大夫的資訊。

「就在那邊，大概走一刻鐘。」劉大夫忙不迭地給他指方向，完全不考慮這樣是不是會把另外一個人推入火坑。

男子雖然心動那個所謂陳老的醫術，可是現在時間緊迫，根本沒有那麼多時間再去那邊。

「其實還有一個，家就在這附近。」劉大夫見他不做聲，連忙補充道：「就是前面柳樹胡同最裡面那間小房子，那人最擅長治外傷了。」

為了保命，劉大夫根本就不在乎別人，心中一動就把阿秀給賣了，這樣既能保命，又能除掉一個眼中釘，何樂而不為呢！

而且他雖然沒有看見這個男子的長相，但是他的體型以及力氣，不大像普通人，而且那男子身上有一股淡淡的血腥味，該是常在刀口上過日子的，所以他才會說阿秀最擅長的就是治外傷。

果然，那男子一聽他這麼說，便心動了，這不就是自己要找的人嘛！

「柳樹胡同在哪裡？」

「就在那邊。」劉大夫剛一指完，就感覺脖頸處一痛，眼前一黑，完全失去了知覺。

那男子將人稍微往旁邊移了一下，就馬不停蹄地趕到阿秀家。

因為有三個房間，他猶豫了一下就直接跨進了中央那一個，看到床上棉被有上下起伏的痕跡，他直接將人連著棉被一抱，就跑了出去。

酒老爹感覺到家裡進了人，但是他只當是哪個不長眼的小賊，而且家中也沒有什麼值錢的玩意兒，就懶得搭理他，想著那小賊找不到東西就會走的。

他哪裡曉得，就是因為他這麼一個疏忽大意，他的閨女就這樣被人抱走了。

阿秀在睡夢中感覺到一陣顛簸，微微睜開眼睛，就看到自己不在床上了，而且看到的事物都是一顛一顛的。

「喂！」阿秀剛開口，還沒有說什麼話，就被一掌敲暈了。

那男子鬆了一口氣，要是這個也和之前那個一樣，一開始就先失禁，他會瘋掉的。

「二哥。」那男子抬頭間就看到另一個人空手站在路口。

「人呢？」被叫做二哥的男人皺著眉問道。

「我去了兩戶人家，一個大夫年紀大的都可以做我們爺爺了，哪裡禁得住顛簸，還有一戶……」那男子有些猥瑣一笑。「正和他媳婦兒做那事呢，我總不能半路殺出去吧，要是以後不行了可咋辦！」

那二哥有些無奈地看了對方一眼，早知道他就不帶這個平日裡最不著調的小十九出來了，要知道今天這個任務雖然不危險，但是也很重要。

不過還好，至少他帶回去了一個。

「二哥，你最近力氣又大了嘛！」那小十九很是嬉皮笑臉地說道：「我瞧你連著棉被馱著一個人跑，也不帶喘氣的。」話語中帶著明顯的羨慕。

那二哥被小十九一提醒，心中也有些詫異，這揹著人跑了那麼久，都不覺得有多累，他可沒有自戀到以為自己的力氣一下子變大了。

他只是詫異，這棉被裡的人怎麼一點重量都沒有。

他又聯想到之前的那聲「喂」，聲音稚嫩，他該不會擄錯了人，將人家孩子給擄過來了吧？

他之前還說小十九不著調，現在想想自己，額頭不禁有了一絲冷汗。

他在所有近衛軍中排行第二，平日裡他都是很有威信的，他實在是沒有勇氣在這裡停下，當著小十九的面檢查這棉被裡面到底是不是小孩子。

但是要是真的錯了，他就更加不能將人往那邊帶，那可不是小孩子該去的地方。

「小十九，要不咱們再回去找一個大夫吧。」二哥想著要是錯了的話，至少還有個備胎，那也好交差。

「二哥，你看這時辰，再回去的話，天就要亮了，而且馬車就在前面了。」小十九有些詫異，腳下的步伐卻沒有停留。

連一向不懂事的小十九都這麼說了，二哥沒有法子，只好硬著頭皮說道：「我好像弄錯人了。」

「噗。」小十九一下子站住了腳步，臉色難得的凝重。「二哥，你不會是在和我開玩笑吧？」

這可是關係到大人的生命問題，可不能這麼隨便，他之前沒有擄人，也是認定了自家二哥比較靠譜，沒有想到，一直這麼靠譜的二哥竟然也會出這樣的錯。

「你看這大夫的身形這麼小，而且那麼輕，明顯還是一個孩子啊。」二哥也不掩飾了，直接扯掉了裹著阿秀的棉被。

在看到棉被裡面的人的時候，兩個人都驚呆了，這不光是個孩子，還是個女孩子啊！

第二十四章　又見顧一

「這可怎麼辦！」小十九開始在原地來回踱步。「二哥你怎麼能這麼不靠譜。」

被一個最不靠譜的人嫌棄不靠譜，二哥的心情不僅僅是複雜了。

可是現在懷裡的女子才是最大的問題，先不說年紀，這女子也不能隨便一丟啊，但是送回去的話，時間又來不及。

「你們兩個，還不快點！」趕車的人看到他們兩個都快到了，一直沒有再跑過來，就直接趕著車過來了。

「權叔。」兩個人在看到趕車的中年人的時候，臉上都露出一絲心虛。

「還不上車，不然被人瞧見了怎麼辦。」

兩個人沒有法子，只好硬著頭皮帶著阿秀上了馬車。

在車上的時候，兩人幾度想要開口將這個烏龍說出來，想著把阿秀先在哪個地方放下，可惜人家權叔趕著回去，根本沒有工夫搭理他們。

「痛。」二哥力道還算控制得比較好，還沒有到地方，阿秀就慢慢轉醒了。

馬車內的另外兩個人因為心虛外加另外一連串的複雜心情，看到阿秀慢慢睜開眼睛，他們都下意識地往角落躲去。

「你們是誰？」阿秀眼前慢慢恢復清明，一眼就瞧見了兩個正在努力降低存在感的男子，可是這馬車就這麼一點大小，他們還能躲到哪裡去。

倒是一直沒注意馬車內狀況的權叔，第一時間就聽到了女子的聲音，一下子拉住了馬。

「怎麼會有女子的聲音！」權叔掀開簾布，就看到面面相覷的三個人，然後他的表情在一瞬間也變得呆滯了。

不是說好了帶大夫回來嗎，怎麼變成了女孩子？這兩個臭小子，饑渴也不能這樣啊！

「那個……」小十九看二哥和權叔都是一臉不知道怎麼開口的模樣，只好硬著頭皮上了。這人又不是他帶回來的，為什麼反而要他來解釋啊！

不過和其他的兄弟比起來，他好像也就口才能稍微拿得出手；最重要的是，這裡他最小，他不上，誰上。

「你們是誰？」阿秀沈著臉又問了一遍，她不知道剛剛是誰下的手，她只知道她的脖子那邊到現在還疼得緊，而且她透過縫隙可以看到，這馬車在往更加荒涼的地方跑去。

且不說這三個男子的身分，這馬車本身就是極少見的，阿秀在心中將人都排查了一遍，也沒有想出一個所以然來。

「這位姑娘，這只是一個意外，現在妳也醒了，要不我們就把妳放在這邊，實在也是時間緊迫。」小十九努力讓自己的笑容自然些，那些哥哥都說他笑的時候最具有欺騙性了。

可惜阿秀根本就不搭理他，目光直接越過他放到了在場最年長的權叔身上。「你們就這樣把一個手無縛雞之力的女子隨便丟下車？」

阿秀可以看出，這三個男子並不像是壞人，所以才敢說這樣的話。

要知道她現在身上只穿了一套單薄的褻衣，先不說這麼出去會不會著涼的問題，她第一是不認識這裡是哪裡，根本不知道怎麼回家；第二是這天要是放亮了，一個女孩子這麼穿著，路上要是遇上流氓怎麼辦，她可不認為自己有這麼強大的武力值。

不得不承認，阿秀說的也很有道理，他們幾個大老粗也的確沒有為她考慮好，只是現在馬車都快到目的地了，一個女子又不大適合進去，再轉身回去，又沒有這麼多時間可以耽擱。

他們昨晚的那個任務屬於比較隱密的，當時說好了天亮之前返回，現在要是再耽擱的話，吃板子事小，耽誤了大人的治療那才事大。

「你們為什麼會把我擄來？或者說你們原本想要擄誰？」阿秀這次眼睛緊緊盯著小十九，三個人當中，一看就是他最好突破。

而且一看三個人就是一夥的，沒有理由他不知道。

小十九被她看得頓感壓力，眼睛瞄向權叔，可惜阿秀故意將人擋住了，想要去看二哥，但是馬車就那麼大，要看他的話動作就太大了，他一下子就陷入了無助中。

「其實是這樣的，我們原本是要接一個朋友，沒有想到他搬家了，所以誤會之下，把姑娘妳帶來了。」一知道小十九已經不知道怎麼回答了，作為罪魁禍首的二哥在一邊有些僵硬地說道。他原本就是不善言辭的人，能在這麼短的時間內想出這樣的理由已經很不容易了。

阿秀看準了他們心虛，很是高冷地說道：「呵呵，我倒是不知道接朋友還有隨手給人一掌的招待方式呢！」論誰遇到這樣的事情，心情都不會好吧。

「這位姑娘，這個事情是我們的不對，只是現在情況特殊，我們實在不便送妳，這裡有兩顆金豆子，雖然只是小玩意兒，但是也請姑娘收下。」權叔看了看外面的日頭，已經快來不及了，便從身上掏出兩顆金豆子。

可能並不是那麼貴重，但是他們這是輕裝出來的，根本就沒有別的值錢玩意兒了。

阿秀眼睛掃了一眼，雖然不是很大，但是這是她在這裡第一次看到金子啊，她頓時就有些心動了，就是脖子上的疼痛都好像不是那麼惱人了。

「雖然這金豆子很值錢，但是……」阿秀剛想說「但是我還是勉為其難接受了」，可惜話還沒有出口，就被外面的聲音打斷了。

「權叔，小二，十九，你們怎麼這麼慢。」

裡面的人聽到這個聲音，眼中都閃過一絲驚慌，倒是權叔，馬上就穩了下來，眼睛示意另外兩人。「事到如今，咱們便實話實說吧。」這次的確是他們的失職。

二哥和那小十九都有些羞愧地低下了頭，原本是這麼簡單的一個任務，但是他們偏偏卻沒有做好。

「小一啊。」權叔先出了馬車。

阿秀眼睜睜看著權叔帶著金豆子出去了，眼睛都要跟著走了，不是說好了那是送給她的嗎，怎麼就這麼走了？

「權叔，大夫帶來了嗎？快點進去吧，將軍的傷勢可等不及。」來人說道。

阿秀在裡面，聽著這個聲音總覺得怪耳熟的，直接從小十九的那邊撩開簾布，定睛一看，來人竟然還是一個大熟人。

「顧大哥！」阿秀萬萬沒有想到，自己竟然見到了快半年沒有見面的顧一，他倒是一點變化都沒，還是又黑又壯的一個。不過在這個時候見到他，阿秀還是覺得一陣親切，原本有些不安的心也穩了一點。

顧一聽到這個聲音，轉頭一看，也嚇了一跳，這不是去找大夫嗎，怎麼將阿秀帶過來了？

半年不見，她個子倒是長了不少。

只是這阿秀雖然會治病，但是治的都是牲畜吧，找這樣一個獸醫給將軍看病真的沒有問題嗎？

裡面的兩人聽到阿秀和顧一竟然是認識的，臉色就更加難看了些，看樣子等下回去，一頓打是免不了了。

「阿秀妳怎麼在這？」顧一的眼睛下意識看向權叔，該不會就找了這麼一個大夫吧？

權叔也沒有想到一不小心綁錯了一個人，還是顧一認識的，這就更加難辦了，本來想著給她兩顆金豆子就讓她自己回家去的，現在肯定不能這麼簡單了事了。

「你的朋友請我來的。」阿秀也看出幾個人之間關係不一般，怎麼說當初也享用了顧一那麼多次手藝，面子還是要留一點的。

顧一原本就黑的臉更加黑了些，衝著權叔微微一點頭，便直接朝馬車低吼道：「你們兩個臭小子給我出來！」

沒一會兒，二哥和小十九兩個人就有些灰頭土臉地下來了。

「大哥……」小十九率先弱弱地喊了一聲。

雖然人是二哥帶回來的，但是自己這個什麼都沒有帶回來的，也沒有比他好多少。

「讓你們去找大夫，你們就把人家姑娘帶回來了，這大半夜的雖然沒有光，但是你們也要擦擦眼睛啊！」顧一氣不打一處來，這兩人這是越來越不著調了。

他之前還想著小二比較穩重，雖然小十九不靠譜，但是他應該能管著他些，誰知道他自己也不成氣候。

「我當時找了一個大夫，但是他膽子小得要命，直接失禁了，這姑娘家就是那大夫和我說的，我沒有想到會抓錯了人。」二哥自己心中也是懊悔，他一向做事仔細，也不知道之前怎麼了，就沒有想過要再找一下。他總覺得那個屋子裡面好像有什麼能夠威脅到他的東西，所以才這麼迫不及待地跑出來了，但是他也知道這是他的責任，也就不強辯什麼了。

「好了，好了，現在當務之急是將阿秀姑娘送回去。」權叔在一邊勸道，這都是兄弟，有什麼好吵的。

「話說……」阿秀在一旁聽著他們的對話，有些弱弱地舉手說道：「你們是要找大夫嗎？」如果找的是大夫的話，那其實他也不算是抓錯人啊！

見在場的人注意力都放到了她身上，阿秀才繼續講道：「其實我就是大夫。」

「真的嗎？」小十九一聽，臉上頓時就笑容滿面了，難道他們其實沒有抓錯人？

不過權叔他們明顯想的更加多，就阿秀的年紀，就算是大夫，那那個醫術，能有保障嗎？

如果只是三腳貓的能力，那還不如送回去，免得到時候他們還要照顧她，在他們看來，這麼嬌小的女孩子，都是比較難伺候的。

倒是顧一，他想起了之前阿秀的手法，有些猶豫地問道：「妳現在會給人看病了？」

「這話是什麼意思啊？」小十九怪叫一聲，難道還有大夫是不會給人看病的，那叫什麼大夫啊！

「你之前不是好奇踏浪的傷勢是誰治好的嗎，就是阿秀。」顧一用手指指站在一旁的阿秀。

小十九又是怪叫一聲，他之前就好奇是哪位國手出馬，將踏浪那麼重的傷勢都治好了，只是將軍和大哥都閉口不談，他萬萬沒想到啊，竟然會是這樣一個小姑娘。

只是這麼一來，遲鈍如他，也察覺到了裡面的問題。「你是說，這姑娘是專門治牲畜的？」這要是真帶回去了，先不說她能不能給將軍治病，這治將軍的大夫和治踏浪的大夫是同一個，只要是一個正常人，心裡都會覺得怪怪的吧。

而那二哥心中則是大恨，那膽小鬼之前還說她擅長治外傷，這治的原來不是人的外傷啊！

「你瞧不起牲畜啊！」阿秀瞪了小十九一眼，然後才繼續說道：「一般的病症，應該都沒有問題。」阿秀還知道話不能說得太滿了。

不過在外人看來，則是過分自信了。

小小年紀，就敢說這樣的話，一般就是七、八十歲的老大夫，可都沒有這樣的底氣。

「這樣，那就先帶著阿秀一起回去吧，天快亮了。」顧一決定相信阿秀，再加上，也的確是沒有了別的選擇。

「阿秀，這段路比較顛簸，妳自己手抓好。」顧一在外面提醒道。

阿秀剛剛就注意到了這路是越來越陡峭，有種在翻山越嶺的感覺，而且總有種說不上來的熟悉感，她總覺得自己應該知道這裡是哪裡，但是就是想不起來。

「好。」

等阿秀抓好以後，馬車行駛的速度一下子就快了起來，阿秀慶幸自己手勁不小，不然非被甩出去不可。

這樣顛簸行駛了大概有一炷香的時間，馬車才慢慢停了下來。

「大哥，你把人接回來了啊？」

阿秀撩開簾布，就看到一個黑黝黝的壯小夥。

她發現他們這些人有一個特點，不管是年輕的還是年長些的，都是又黑又壯；再看那個小夥子身後，那一排排的營帳，阿秀就是再蠢，也能猜到這裡是軍隊裡了。

「嗯。」顧一的神色帶著一絲牽強，他現在還是覺得有些怪怪的。

讓阿秀醫將軍……

「那快點請大夫下來吧，等下將軍就該起了，正好讓他去瞧瞧。」

那人眼睜睜看著阿秀下來了，二哥下來了，小十九下來了，然後，就沒有然後了！

「大夫呢？」難道是他們擄人的時候下了重手，那大夫現在還昏迷著？

「這不就是！」顧一指了指正披著他披風的阿秀，現在都是深秋了，但是也不能披著棉被下來。

「啊！」這個難道不是大夫的丫鬟嗎？

「好了好了，你先去找一套乾淨的衣服給阿秀換上，等下我帶她去看將軍。」顧一不想在這個問題上面多作糾結。

「哦。」雖然心中萬般好奇，但是顧一的威信讓他也不敢在他黑著臉的情況下多問，反正等下抓住小十九問就好了。

「那個……」阿秀的手從披風裡面伸出來舉了舉。「我餓了。」

顧一心頭又多了一絲歉意，衝著小十九他們瞪了一眼，看他們做的好事。

不過轉向阿秀的時候，面上又掛上了一抹最為溫和的笑意。「那我給妳去下個大骨頭麵。」

他記得以前阿秀最喜歡吃這些了，他現在也不能讓她回家去，那只能在吃這方面儘量滿足她。

只是這樣的舉動在別人看來，那絕對是難以置信。

這顧一平時臉黑話少，在近衛軍裡面又排行老大，為人沈穩，不苟言笑，他們這是萬萬沒有想到啊，他現在居然給一個姑娘親自下廚去了。

會不會做這還不是重點，光這分心，嘖嘖……

小十九和二哥的面色又白了幾分，他們不會是大夫沒有帶回來，反而把顧一的相好給帶回來了吧。

「謝謝顧大哥。」阿秀聞言，立馬屁顛屁顛地跟著顧一走了。

笑話，這裡她只認識這麼一個人，自然是要跟得緊緊的；而且她可以感覺出來這顧一在這裡的地位不低，跟著他的話至少自己的小命是沒有威脅的。

等顧一和阿秀走了以後，那人才一把竄上去勒住小十九的脖子，問道：「小十九，這個姑娘是誰啊？」

小十九含糊道：「是大哥的舊識。」

「那她真的是大夫嗎？」說舊識還不如說是相好的，更加能讓他信服呢。要不是相好的，大哥怎麼可能管這麼多啊，而且還親自去下廚。他們都認識這麼多年了，可也沒有吃過他做的一粒飯啊！

「應該是的。」小十九的神色更加怪異了，這治牲畜的大夫也算是大夫吧，只是這個事實他是萬萬不敢說出來的。

「好了好了，小七，還不去找衣服，等下顧一回來了，看你怎麼交差。」權叔在一旁岔開話題，他自然也是知道小十九不願意說的那一部分是什麼。

「那好吧，那等下咱們再聊。」小七說完便跑遠了。

知道真相的三個人都不約而同地嘆了一口氣，希望等下不會出現大的變故。

第二十五章 人醫獸醫

「這次生病的是上次來過我家的那個大人嗎？」阿秀一邊無聊地晃著腳等著麵出鍋，一邊和顧一隨便閒扯著。

除了那個摳門鬼，阿秀也想不出會有誰能讓他們這麼緊張在乎。

「嗯。」顧一想著阿秀等一下就要去看病了，也沒有必要瞞著，現在告訴她情況的話，她還能先做一下準備。

阿秀見顧一並沒有隱瞞的意思，便繼續問道：「是什麼傷？」

「之前背後被敵人暗算，砍了一刀。」顧一一邊說著，一邊觀察著阿秀的神色。

不愧是可以面不改色給踏浪剮肉的人，聽到這些話，臉上一點變化也沒有。

「軍中不是應該有大夫嗎，怎麼還要到外面找大夫？」阿秀有些疑惑，這軍中的大夫應該是最擅長治外傷的吧，怎麼反而退而求其次了？

而且就他們那個小鎮，能找到什麼好的大夫，當然除了陳老。

「之前敵人狡詐，趁著主軍不在的時候，想要放火燒軍糧，被人發現，惱羞成怒之下，傷了不少人，其中就有軍中的大夫。」顧一說到這件事情的時候，臉上的表情很是凶惡。

「是出內鬼了？」阿秀問道，要是只是簡單的突襲，顧一根本不會這麼一副深惡痛絕的模樣，而且軍醫本身多數都是手無縛雞之力的人，自然也是被保護得比較好，能在短時間內傷到軍醫，必然是有些消息來源的。

「妳怎麼知道！」顧一難掩詫異，自己剛剛並沒有說什麼啊。

「我猜的。」阿秀撇撇嘴，總不能直接和顧一說「是你的表情告訴了我」吧。

顧一只覺得，這阿秀果然不是一般的女子。

「我聞到香味了。」阿秀眼睛大亮，鼻子使勁吸了兩下，將之前的話題甩到了腦後。

雖然半年不見，但是這顧一的手藝好像沒有退步嘛！

將麵盛出來，因為做的比較多，顧一便給自己也盛了一碗。

阿秀一邊吃著麵，一邊問道：「小白最近怎麼樣？」算是醫生對病人的回訪調查。

「已經和以前一樣了，不過妳之前說牠不能再上戰場了，牠的情緒比以往低落了不少。」顧一的話語中明顯帶著一絲惋惜，這麼好的戰馬，牠卻只能在馬廄裡度過下半輩子，如果是他，他還不如死在戰場上呢！

阿秀微微一愣。「那我等空閒下來了便去看看牠。」

「那再好不過了，只是妳對將軍的傷有把握嗎？」顧一免不了一陣擔憂，而且這次去請大夫，首先是為了將軍，還有也是為了那些受傷的士兵。

現在軍中傷情告急，雖然阿秀來了，但是她這麼一個小姑娘，怎麼能應對那麼多的病人呢！

「現在還說不準，不過如果方便的話，你再讓那個把我擄來的人回去一趟，我家中有一個醫藥箱，我用的比較趁手的工具都在裡面。」阿秀喝了一大口的麵湯，肚子一下子就變得暖洋洋的了。

顧一下意識地就想到了之前看到的那些寒光閃閃的針、刀，雖然他平日裡都是在刀口上過活的，但還是覺得有些瘆人。

「那我盡快叫把妳帶來的老二回去一趟。」

阿秀眼中閃過一絲精光，原來那個打了自己一掌的，是那個看起來木訥的漢子啊。

呵呵，她雖然不小氣，但也不是不記仇的人啊！

「咦，阿秀，妳在笑什麼啊？」顧一一回頭就看到阿秀嘴角微微上揚著，雖然只是一個微笑，可是他怎麼覺得怪怪的。

「沒事沒事，只是覺得顧大哥你手藝又好了不少，我能再吃一碗嗎？」

顧一看了一眼阿秀手中已經空了的大碗公，要知道這軍中用的碗筷都是比一般人家大不少的，這也是為了方便；但是她一個女孩子，這麼快就吃完這麼一大碗的麵，還要來第二碗，他心中再次感慨，阿秀果然不是一般的姑娘啊！

快速吃完了麵，正好小七也將衣服送了過來。

他聞到鍋裡散發出來的香味，眼珠子都要掉下來了。

萬萬沒有料到，自己這個看起來老實穩重的大哥，竟然還有這樣討好姑娘的技能啊！自己平日裡果然是小瞧了他。

「大哥，這麵還有剩不？」他將衣服放到一邊，有些眼饞地往鍋裡瞧去。

「咳咳，已經吃完了。」顧一眼睛掃了一下阿秀，她在他剛剛吃完一碗的時候，已經解決了三碗。這半年沒見，她的胃口也是長了不少，難怪個子高了不少，肯定都是用食物堆出來的！

小七頓時有些失望，這大哥也太摳了，怎麼就做那麼一點。

「將軍快起了吧，你去伺候著，我們等下就過去。」

「嗯。」

這平日裡將軍並不用人專門去服侍他，只不過最近背上受了重傷，手臂不能隨意活動，所以才要找人專門去伺候；可惜這軍營中都是一些大老粗，這蹭到、碰到傷口也不是少見的事。

換好了衣服，阿秀便跟著顧一去看那個摳門將軍。

雖說找的是軍中最小的衣服了，但是穿在阿秀身上，還是大的過分，畢竟這裡都是大老爺兒們，連童子軍都沒有。

阿秀將褲腳和衣袖摺了好幾摺，這才能比較靈活地活動手腳了。

「將軍，我把大夫帶來了。」顧一在營帳外說道。

「進來吧。」

阿秀難得的發現，這個將軍的聲音倒是不錯，可惜摳門是個大問題啊！

一進去，阿秀就看到那將軍光裸著上身，背對著他們，明顯是為了方便，但是他應該沒有想到，來的人中間還有一個姑娘。

「咳咳，將軍，這個是阿秀大夫。」顧一特意加重了「大夫」兩個字。

雖然這看傷勢那肯定是要脫衣服的，但是這一進來就是這麼一副場景，就是顧一，臉上都替阿秀有些不好意思了。

反倒是作為當事人的阿秀，毫無感覺。

雖然這將軍身材很好，但是上面橫著那麼大的一個血淋淋的傷口，再好的身材也沒有美感了。

而且阿秀上輩子看過的男人裸背多了去了，自然是沒有什麼特殊感覺，更加不用說害羞這種她生來就比較缺乏的情緒。

顧靖翎聽到顧一的聲音，微微側過身來，在看到穿著不合身衣服的阿秀的時候，他直接皺起了眉頭。如果他沒有記錯的話，這個女子，就是之前那個醫治踏浪的人吧。

他當初的確是感激她治好了踏浪，但是也對她那種貪財的心思有所不屑。

只是，如今她為什麼會出現在這裡？

「這個，該不會就是你們給我請來的大夫吧？」顧靖翎冷著一張臉問道，眼中還帶著一絲難以置信。

這鎮上就算再沒有人，也不至於讓他們將一個治牲畜的人找來給他看傷吧？而且他記得這阿秀家，明明是在鄉下的！

他下意識地將目光放到顧一身上，難道是他的私心，不過這個想法馬上就被否決了。

顧一忠心不二，他是最為知曉的，他不可能拿他的傷勢開玩笑。

「將軍，這阿秀姑娘最為擅長外傷，所以屬下斗膽，將人請來了。」

雖然是別人的過錯，但是顧一還是將事情都攬到自己身上，要不然，現在這個緊要關頭，那兩人要是吃了軍法，臨時哪裡還找得到人代替他們。

「如此，那便看吧。」顧靖翎將身子轉了過去，大塊大塊的肌膚都這麼坦蕩蕩地暴露在了阿秀面前。

不過要是仔細看的話，就會發現顧靖翎的肌肉都是繃緊的。

他剛剛面上雖然是一片的坦然，但是實際上，怎麼可能不在意呢！

特別是他總覺得阿秀看他的眼神怪怪的，好像自己是那待宰的……咳咳，肯定是他想多了，對方不過是一個小姑娘，他有什麼好在意的。

阿秀收回自己看向顧靖翎的視線，笑著和顧一說道：「顧大哥，麻煩你去弄一盆清水來。」

「好的。」顧一出去之前還頗為擔憂地看了顧靖翎和阿秀一眼，他總覺得他們兩人之間的氣氛怪怪的。

等顧一差不多走遠了，顧靖翎便冷著聲問道：「顧一說給妳多少錢？」

在他心目中，阿秀就是一個貪財的人，他想著顧一既然能把人請過來，肯定是許諾了什麼。

阿秀微微皺眉，她一直都覺得這個將軍看自己的眼神不是很友好，當然他這麼摳門，阿秀對他的印象本來就不好，但是他這麼說，阿秀心裡就有些不爽快了。

「那你覺得自己值多少呢！」阿秀沒好氣地說道，既然對方對她不客氣，她自然也不會客氣。

「妳！」顧靖翎明顯感受到了阿秀話語中的不屑，心中頓時一陣惱火，他自小出身將門，十一歲跟著父親到軍隊，即使他那個時候年紀小，也沒有人敢這樣挑釁他。

「我不管是給牲畜看病還是給人看病，都是按照對方的身價收費的，那請問將軍，你的身價又是多少？」阿秀的語氣反而平靜了下來，雖然這話的意思還是那麼的不客氣。

這將軍看年紀，最大也不過十七、八歲，自己怎麼說也是活了兩輩子的人，和一個小屁孩較真，太掉價了！

「將軍，你背後怎麼又流血了？」顧一端著水一進來，就看到顧靖翎背後的傷口又裂開了，剛剛不是還好好的嗎？

「沒事。」顧靖翎咬著牙說道。

這顧一回來的太不是時候了！

他在部下面前一直都是穩重而又有能力的，不能為了一個無關緊要的人破功。

顧一看到顧靖翎咬牙切齒的模樣，只當是疼的，畢竟那麼大的一個口子呢。

不過將軍果然是一條好漢。

「顧大哥你再幫我去找一些白酒和針線吧。」這麼大的口子，不縫一下根本就不能自行癒合，不過她現在沒有帶自己的醫藥箱，所以只能退而求其次，用一般縫衣服的針線了。

顧一一聽，臉色閃過一絲為難。

這白酒倒是好說，但是這針線，大家都是大老爺兒們的，再加上將軍重傷的事情還是一個秘密，不能大張旗鼓，這到哪兒去要針線呢！

「我馬上去找。」既然阿秀都開口要了，他自然要盡力去找。

顧一又將近衛軍裡面比較機靈的幾個人都找來了，讓他們去找針線，沒一會兒，軍營裡面就傳遍了，顧一有個愛玩針線的奇怪喜好，之後的很長一段時間，顧一都生活在如此詭異的視線中。

再說阿秀，她見顧靖翎身上的傷口不光是在流血，還隱隱有了化膿的跡象，也懶得再和他計較，端著水盆放到一邊，打算先簡單處理一下傷口。

顧靖翎即使原本還想說什麼，傷口被冰涼的水那麼一碰，要說的話也說不出來了。

阿秀一邊用手快速清理著血跡，一邊職業性地安撫道：「要是疼的話，喊出來我也不會笑話你的。」雖然他的性格很討厭，但是現在他是她的病人。

「大哥，針線來了。」率先拿到針線的是心思比較活絡的小七，他平日裡有注意過哪些人的衣服上面有縫補的痕跡，這樣直接去找人，拿到針線的機率高得多。

只是他一進去，就看到阿秀正拿著白布，一隻手按在顧靖翎的肩膀上，一隻手清理著傷口。

這原本是再純潔不過的場景，但是誰叫他想的比較多，而且下意識先入為主地將阿秀當成了顧一的相好的，所以看到眼前這一幕，對他的衝擊是很大的。

他開始糾結，自己現在是應該當作沒有看到退出去呢，還是鼓起勇氣衝上去分開他們，雖然是將軍，但是朋友妻不可戲。

「把針線拿過來吧。」阿秀衝他揮揮手。「白酒呢？」

「大哥只讓我拿針線來。」小七愣愣地看著阿秀，心中有些委屈——大哥啊，你怎麼還不回來，現在的情況我處理不了啊！

大概是他心中的呼喚過於強烈，顧一正好搬了一大罈的酒進來了。

「阿秀，這點酒夠嗎？」多準備些總是好的。

「夠了，你倒一大碗放桌上。」

阿秀看了一眼愣在一邊的小七。「那個誰，你去把那個蠟燭點上，多點幾根，拿一根放到我這邊。」

這天色還沒有大亮，營帳裡面的光線並不是很好，這要縫合的話，亮度還不夠。而且她這次打算用火來給針線消毒，主要也是因為用的不是自己的針，而且這裡的環境，阿秀覺得還是保險一點比較好。

這蠟燭的火溫度也不低了，消毒能力和這些純度不是那麼高的白酒相比較，已經好上不少了。

將東西都準備好了，阿秀便將一塊乾淨的布巾交給顧靖翎，示意他咬住。

「這點疼算得了什麼。」顧靖翎將臉微微撇到一邊，他是經歷過大風大浪的人，哪裡需要做這麼毀形象的事情，當然他更多的是不想讓阿秀這麼如意。

被一個治牲畜的大夫這麼治療，顧靖翎心中多少有些不平。

「那是想要把全部的人都招來？」阿秀白了他一眼，逞什麼強。

阿秀從顧一之前的話語中，瞭解到這次損失的不光是一部分的糧草，還有大部分的藥草，所以阿秀才會打算直接上。

阿秀並不是那種會因為私人的感情，而影響她在專業上面判斷的人。

就這方面而言，阿秀的心智其實是很成熟的。

顧靖翎默默接過布巾，用牙齒咬住。

「你們都出去吧。」阿秀衝著顧一他們揮揮手。

阿秀自認為還是挺厚道的，察覺到這大將軍有些彆扭的心理，比較體貼地隔開了旁人，只是這人未免也太好面子了些。

她哪裡曉得，顧靖翎從小受到的教育就是這樣的，流血不流淚，而且培養在下屬當中的威嚴是很重要的。

簡單地說，是既要和下屬打成一片，又要讓下屬對他又畏又敬。

他爹以前就是這樣，作為他手把手教出來的兒子，顧靖翎自然也不例外。

「那我們就在門口，妳有什麼需要的，只管開口。」

見顧一將小七拽了出去，顧靖翎微微鬆了一口氣。

真是死要面子！阿秀在心中嗤笑一聲。

第二十六章　傲嬌少年

人都趕出去了，阿秀先從旁邊拿起一塊乾淨的布巾，沾了白酒，開始清理傷口。

剛一碰到，顧靖翎就感到一陣刺痛，下意識就咬緊了口中的布巾。

他心中隱隱有些慶幸，自己嘴裡還咬著布巾，不然失態的話……

「現在只是開始，你要做好心理準備。」阿秀說著從懷裡掏出一把小匕首。

這個小匕首她是貼身帶著的，是她過生辰的時候酒老爹送的，樣子很是鋒利，平日貼身放著也就只是用來安心。這次她睡覺的時候被擄來，全身上下也就帶了這把小匕首。

而在營帳外偷看的小七，看到阿秀將匕首都拿出來了，而且還在顧靖翎身上比劃，頓時就想要衝進去了。

這姑娘這是要幹麼，不會其實是敵軍派來的奸細吧？

還好顧一眼疾手快，及時將人給拉住了。

「你毛毛躁躁地打算幹麼呢！」

「她都把刀拿出來了，我們難道就這麼看著？」小七一臉的震驚，手下還不忘掙扎。

還好顧一力氣大，將人壓制在前，低吼道：「你不知道就不要隨便衝動，好好看著，要不就回自己那兒去！」

不過顧一現在雖然動作這麼堅定，那也是因為他之前看過阿秀給踏浪治傷，不然的話，他可能更加沈不住氣。

阿秀並沒有在意外面的動靜，自顧自地先將匕首消毒，然後面無表情地一刀劃下去，將化膿的地方一刀削去。

還好這天氣比較涼快，他受傷的時間也短，倒沒有太多需要處理的，現在要做的就是縫合一下，這個對於阿秀來講根本沒有任何的挑戰。

她將匕首放到一邊，然後慢慢地打了一個哈欠，這大半夜的被人擄到這邊來，現在就有些睏了。

顧靖翎聽到後面傳來的哈欠聲，頓時面色一黑，自己就只值這麼一點重視度？

在外面圍觀的兩人也是一臉無語，這阿秀姑娘未免也太隨意了。

而且剛剛這切的可是人的肉啊，一個姑娘家家的，眼睛都不眨一下……

小七忍不住想像了下，要是現在站在阿秀位置上的人是自己，好吧，他得承認自己會腿軟。

「大哥，你說她這是在幹麼啊？」小七扯了一下顧一的袖子，看著阿秀在慢慢地穿針，然後打結。

「我也不清楚……」顧一記得當初治療踏浪的時候是沒有這一步的啊，現在不是清理了傷口，應該包紮起來了嗎？

但是他總覺得如果只是直接包紮的話，那這個傷勢要好也沒有那麼容易，畢竟之前就是這麼處理的，這傷口就一直癒合不了，反而越發的嚴重了。

阿秀將線穿好之後，又看了一眼傷口，嘖嘖……

然後在所有人都還沒有反應過來的時候，快速縫合了起來，就這樣深的外傷，肯定要進行多層縫合。

顧靖翎之前被剮掉一些肉以後，以為就該包紮了，沒有想到她一點提示都沒有，背上就是一陣刺痛。

他甚至能很清晰地感受到針穿過自己肉體的感覺，他現在知道阿秀為什麼要讓顧一他們去準備針線了，原來是這個用途。

他現在也終於明白，她為什麼要讓自己咬著一塊布巾了。

「稍微放輕鬆點，還有最後一層。」阿秀輕輕拍拍顧靖翎的肩膀，雖然剛剛感覺有些睏，不過進入手術狀態的她，精神狀況還是一如既往的好。

顧靖翎都想要破口罵娘，可惜他現在所有的意志力都用來控制分散背上的疼痛了。

「她以為將軍的背是布嗎？」小七僵著身子問道，而且剛剛她的手還動得飛快，一看就知道不是第一次做這樣的事情。

小七一直認為自己膽子大，平時上戰場殺敵也是衝在前面的，但是讓他在自己熟悉的人身上做這樣的事情，他還真的不敢，就算是不熟悉的，他的手也不會這麼穩。

這個姑娘的膽子，比他們想像的還要大得多了。

小七心裡一陣打顫，為什麼他看這個阿秀姑娘，不像是一個大夫，反而更加像是一個劊子手呢！

「好了。」阿秀打完最後一個手術結，用剪刀將線剪斷，用布巾將上面的血跡都擦乾淨，這才呼出一口氣。

「你還好吧？」阿秀將顧靖翎嘴中的布巾取下，隨手看了下，上面並沒有血跡。

「沒事。」雖然剛剛疼得肝兒都在打顫，但是既然結束了，顧將軍就又恢復到了平日那種清冷自持的模樣，就是連一句簡單的謝謝都沒有和阿秀說。

不過阿秀本來也沒有這個指望，她衝著門口揮揮手。「顧大哥，你過來把東西收一收吧。」她一早就知道他們沒有走遠。

「這樣就好了嗎？」聽到阿秀的叫喚，小七率先跑了進去，首先要看的就是顧靖翎背上的傷口，被縫了以後，原本背上可怖的傷口真的變得好了很多，雖然黑色的線讓人看著也覺得怪怪的。

「你們把原本的傷藥繼續給他用上，再用紗布包上就好了。」阿秀一邊洗手一邊說道，那種簡單的事情，她就不搭手了。

本來就沒有睡好，剛剛還用了那麼大的心力，阿秀覺得現在自己都能睡過去。

看到阿秀一臉的倦色，顧一連忙說道：「妳累了吧，我讓人給妳收拾出了新的營帳，雖然小了一點，但是裡面是乾淨的。」

阿秀原本有些往下沈的眼皮，在聽到這話的時候，一下子就清醒了。「你難道不打算送我回家嗎？」

這病人也看了，還要她留在這裡幹麼！

而且這天都亮了，自己再不回去，自家阿爹肯定要著急的。

「這個……」顧一臉上頓時一片心虛。

「你請她來的時候沒有和她說？」顧靖翎背對著小七讓他上藥，正面卻是對著阿秀他們。

這麼坦蕩蕩露著兩點，他現在倒是一點都不會覺得不自在了。

也足以看出，這顧靖翎根本就沒有把阿秀當作一個姑娘來看。

在見識了剛剛那一場以後，就是顧一和小七也很難再將阿秀當成一個正常女子來對待。

「阿秀，我們出去說吧。」顧一不知道怎麼開口，畢竟他們擄人的時候直接用了粗，明顯是沒有經過交涉的，但是他又不能暴露了這點，自己剛剛已經將事情攬到了自己身上，不能現在露餡了。

「嗯。」阿秀看顧一這麼大的個子，可憐兮兮地看著自己，她又吃了人家那麼多次菜，態度一下子就軟了下來。

「就在這邊說吧，我也好知道，我值多少銀兩。」顧靖翎一直耿耿於懷剛剛阿秀說的身價問題。雖然要是多給的話，他心裡會不大舒坦，太便宜她了；但是要是給的不多的話，他心裡會更加不舒坦。

說到底，這顧靖翎也不過是一個出身優渥，天賦異稟的傲嬌少年罷了。

可惜除了阿秀，沒有人看透他這個本質。

阿秀趕在顧一之前很是輕描淡寫地說道：「不過區區三兩銀錢。」

果然，顧靖翎一聽這話，臉色一下子就沈了下來，這未免也太廉價了，當初救治踏浪的時候價格也要再高些呢！

難道自己竟然比不過一匹馬?!

雖然踏浪是他的愛馬，但是不管是誰，聽到自己的身價不如自己的馬的時候，多半也是不會高興的。

憨直如顧一，根本就不能領會顧靖翎為什麼一下子就變得不高興了，他倒是覺得阿秀收的錢太少了，畢竟這路上折騰了一路呢，而且還受了些皮肉之苦。

「要不再高一點，三十兩銀子可好？」顧一在旁邊說道。

只是這麼一來，顧靖翎就更加不高興了，難道他也知道這種說法，所以才故意要給阿秀加錢？

「不用了，你只要給我三兩銀子，順便送我回家就好。」阿秀堅持，她就是想看顧靖翎不爽。

「三兩銀子倒不是問題，可是送妳回家的話，現在應該不行了。」顧一眼睛掃過顧靖翎，軍營裡面本來就有規定，不可擅自外出。

所以他們昨天的時間才這麼緊迫，就怕被人抓住話柄，畢竟將軍受傷的事情還是一個秘密，也是為了穩定軍心。而且，如今軍中已經沒有大夫，只剩下幾個藥僮，一旦遇到什麼戰事，根本就不能支撐，他們現在怎麼能讓阿秀走。

「那什麼時候才可以？」阿秀沈著臉問道，當她以為給顧靖翎弄好傷口就算是通關了的時候，他們卻告知這只是一個小關口，大勝利還沒有出現。
阿秀現在努力不讓自己爆粗口。
顧一再次看了一眼顧靖翎，才說道：「等這次戰事結束。」
等這次戰事結束，他們就該回家了，自然也不用將阿秀留在這裡了。
「那這次戰事什麼時候結束？」阿秀繼續問道，要是來個八年抗戰，她在這個全是男人的地方待這麼久，就是荷爾蒙，也該紊亂了吧！
「這個還不確定……」顧一被問得冷汗都要冒出來了，他哪裡知道啊，這戰事本來就是最難預測。
「算了，你也不是那個能作主的，反正你們到時候去我家給我阿爹遞個消息，告訴他我沒事就好。」
阿秀說完頭也不回地出了營帳，穿越到這裡十年，她第一次有了強烈罵人的衝動！
吃貨都是堅強的，阿秀一直都堅信這一點，所以等她到了屬於自己的小營帳，她的情緒也慢慢平復了。
既然不能回去了，那只能讓自己儘量適應這裡的生活，沒必要自己給自己不痛快！
而且她要趁著現在那幾個漢子對自己的愧疚之心最強烈的時候，為自己在這裡的生活多謀求一些福利。
每天能吃肉那是必須的！

再說顧一做完晨練以後，第一件事情就是借著切磋的名義將老二和小十九給揍了一頓。他們兩個又不是傻子，只好乖乖受著，不過顧一還算厚道，沒有打臉。

顧一冷著一張臉說道：「顧二，顧十九，以後阿秀的日常起居就交給你們了，你們除了平日的基礎訓練，其他時間都給阿秀做跑腿的去。」

這顧家的近衛軍一部分是家生子，一部分是從小收養的孤兒，所以名字都是按順序取的，從最大的顧一，到最小的顧十九。

「是。」顧十九還想說什麼，被站在一邊的顧二攔住了，這是他們應該做的。

誰叫他們自己不注意，也虧得那阿秀是個有真材實料的，把將軍的傷給處理了，不然的話，把一個不懂醫術的柔弱姑娘帶到軍營，那絕對是罪上加罪。

「你們現在先去廚房給阿秀姑娘拿早飯，記得多拿幾個肉包子。」顧一想起剛剛阿秀生氣的模樣，肯定是委屈了；可是這戰事當頭，他也只能這樣先對不住她了，現在暫時也只能在吃這方面補償一下她。

「是。」這次顧十九率先乖乖應下了。

「還有顧二，你記得到時候去阿秀家中和她的阿爹說下，這隨便就將人擄來了，家裡人肯定急瘋了。」顧一頓了一下，繼續說道：「順便再拿點銀兩過去，算是簡單的彌補，另外，阿秀的藥箱記得帶過來。」

顧一嘆了一口氣，他應該慶幸，這是市井，要是在京城，那些貴女被這樣擄走，清白都要被懷疑了。

顧一現在恨不得轉身再將顧二和顧十九揍一頓，讓他們以後做事還敢這麼粗心！

等顧一走了以後，顧十九才誇張地鬆了一口氣，這大哥板著臉還真的怪嚇人的。

「那二哥你就再勞累一趟，把口信去傳一下，我先去拿包子啦！」顧十九也不等顧二答應，一下子就躥遠了。

相比較而言，這拿包子的事就簡單多了。

「一個人就兩個包子啊，顧十九，就算你是將軍的近衛，也不能多拿那麼多！」掌勺的胖師傅看到顧十九捧著滿滿一懷的肉包子要溜，一個大勺就將人給扣下。

這口糧都是有規定的，再加上之前糧草被燒掉了一部分，更加不能想拿多少就拿多少了。

「哎呀，胖哥，你也知道小十九我胃口大，這吃飽了才有力氣打敵人不是！」顧十九嬉皮笑臉地看著胖師傅說道。

「你胃口大，你胃口再大，這小身板放在這兒了，你有本事就當著我胖哥的面把包子都吃完了，不然就不要怪我手下不留情，這你要吃飯，誰不吃飯啊！」胖師傅猙獰著一張油膩膩的胖臉橫著眼看他，這要是每個人都和他一樣吃那麼多，那軍營哪能負擔得起。

顧十九雖然胃口不小，但是這個肉包子一個有他臉那麼大，他吃三個就是極限了，他的懷裡至少有六個……這要是都吃下去的話，非要了他的小命不可。

「胖哥，我錯了還不成，我就拿四個。」顧十九將剩下的兩個塞回胖師傅的懷裡。

「哼！」胖師傅冷哼一聲，人卻沒有讓開，明顯是對顧十九的做法還不滿意。

這將軍受傷是秘密，顧十九也不好暴露自己這是給阿秀拿的，而且阿秀又是女孩子，不管怎麼樣，他都只能先瞞著。

他覺得自己真天真，明明知道有這麼一個眼尖的胖師傅，怎麼還會覺得拿饅頭是個輕鬆的差事呢！

「不能再少了。」顧十九哭喪著臉又放回去一個，這阿秀姑娘吃一個，他吃兩個，剛剛好。

「別人都只吃兩個，就你特殊啊，要不要我找將軍給你發一個勛章啊，獎勵你吃得比別人多！」胖師傅沒有好氣地又從顧十九懷裡拿走一個。

他這個飯堂裡面可是最講規矩的，規定了每個人多少的量，就誰也不准多拿，要不然誰還瞧得上他胖師傅！

顧十九雖然心中有意見，但是萬萬不敢得罪胖師傅的，要知道這全軍的口糧都是他準備的，你要是得罪了他，下場就是喝西北風。

當然還有可能更加慘，就是在他喝西北風的時候，別人還專門吃肉給他看！

「下次要是再讓我瞧見你多拿，那就只給你留一個了。」胖師傅輕哼一聲，臉上的肥肉都抖了兩下，便不去搭理顧十九，開始吆喝後面的士兵快點領早飯。

兩個就兩個吧，那他至少還能吃一個。

顧十九又默默端了一大碗稀飯，往阿秀的營帳走去。

他活到這把年紀，也沒有接觸過多少姑娘，到了門口，他難得的有些緊張了，心想這他要是進去了，那阿秀姑娘正在換衣服可怎麼辦？

他也不想想阿秀初來此地，哪裡來的換洗衣服。

懷著緊張而又期待的的心情，顧十九清清嗓子。「阿秀姑娘，我給妳送早飯來了。」

「嗯。」阿秀在裡面應了一聲。

顧十九是第一次發現，原來這個女孩子的聲音軟軟的，這麼動聽。

阿秀剛剛回來以後就直接躺下睡了，畢竟忙碌了那麼久，之前又沒有休息好，才清醒了些就聽到外面顧十九的聲音。

不過如果不是顧十九現在帶著早飯，阿秀的態度哪裡有這麼好。

顧十九一進去，就看到阿秀歪歪扭扭地半坐在榻上，小臉紅撲撲的，和他這個大老粗一比，整張臉顯得很是細膩白嫩。

顧十九不知道為什麼想到了以前吃過的李子，紅彤彤的，還甜甜的。

「吃早飯了。」顧十九將包子和粥放到桌子上，整個人頗有些正襟危坐的感覺。

「謝謝了。」阿秀先拿起一個包子咬了一口，別看這個包子大，但內餡很實在，一口咬下去裡面都是肉，而且味道極其鮮美，還夾雜著一些湯汁，在氣溫有些低的早上，吃兩個這樣美味的包子，再配上一碗小米粥，那所有的煩惱都沒有了。

顧十九看阿秀吃得一臉的滿足，心中微微定了些，便下意識地去拿剩下的那個包子，手還沒有碰到包子，就直接被拍掉了。

「這個不是我的早飯嗎？」阿秀斜了一眼顧十九，竟然敢覬覦她的早飯！

「妳能吃下兩個嗎？」顧十九弱弱地問道，不知道是不是他的錯覺，他覺得剛剛阿秀身上的氣勢很是嚇人。

「怎麼不可以！」阿秀不客氣地白了他一眼，然後幾口先解決第一個，又慢慢喝了一口粥，在顧十九眼饞的目光下，狠狠地咬在了第二個白胖的包子上。

顧十九心中頓時大悔，早知道自己半路上就該先吃掉一個。

「中午的時候，妳跟著我去領飯吧，不過妳得稍微收拾下，頭髮也都紮起來，不能讓人發現妳是個姑娘。」顧十九叮囑道，他怕自己帶回來的話，他多半還是要餓肚子。

「哦。」阿秀有些冷淡地點點頭，她正想故意找碴，就瞧見顧一走了進來。

「阿秀，妳吃好早飯了啊，走，我帶妳去看看踏浪。」顧一一直記得阿秀剛剛離開將軍營帳時的表情，就想著帶她去看看踏浪，說不定她的心情會好些。

「好。」雖然顧一和他們也是一夥的，但是阿秀對顧一的態度還是很好的，只要給她吃過肉的人，她都是真心記著他們的好。

顧十九就這麼眼睜睜地看著吃飽喝足的阿秀蹦蹦跳跳地和顧一出去了，留給他的只有那只空了的碗，為什麼都沒有人關心一下他有沒有吃早飯呢！

踏浪靜養了這麼些時日，毛髮光亮了不少，不過牠的情緒並不是很高昂。

「小白！」阿秀還是叫著她最早時候給牠起的名字。

踏浪竟然也還記得阿秀，原本不大高的興致在看到阿秀以後，一下子就歡快了起來，只是當牠四處張望發現沒有自己想要見的身影，情緒又萎靡了不少！

「你倒是念舊啊！」阿秀一看踏浪的動作，就知道牠在想什麼了。

「灰灰還在家呢，你放心牠還沒有嫁人，等你以後發達了，記得馱上聘禮來迎娶牠啊！」阿秀開玩笑道，她並不認為牠能聽懂，所以更多的只是調侃。

不過當牠聽到阿秀的口中出現「灰灰」這樣的詞語，就開始搖起了尾巴，讓阿秀看著一陣樂，沒想到這馬，還是個專心不二的。

「我來瞧瞧腿。」阿秀想到來的目的，就蹲下身去，也不怕踏浪會踢到她，用手捏捏牠原本受傷的腿，現在幾乎已經看不出來了，就是上面的毛髮還是禿的。

「應該沒事了吧。」顧一在一旁問，因為之前阿秀叮囑過，他們原是想將馬留在京城的，可惜他們來的時候，踏浪自己跟上了，沒法子，牠又不能上戰場，只能養在馬廄中。

「已經好啦！」阿秀站起來拍拍踏浪的的背，鼓勵道：「以後灰灰就不會嫌棄你是殘疾的啦！」

踏浪好似聽懂了阿秀的話，很是開心地搖頭晃腦一番。

讓站在一旁圍觀的顧一很是無語，如果他沒有記錯，那個灰灰就是阿秀家那隻灰撲撲的母驢吧。

他之前還以為時間會讓踏浪忘記曾經有那麼一段感情的付出的……

——未完，待續，請看文創風279《飯桶小醫女》2

絕妙好文·會心一笑／蘇芫

2015年3月出版

飯桶小醫女

吃飯皇帝大，
要她出手救人，至少先讓她吃個大飽吧！

文創風 278 **1**

阿秀真不知道自己是上輩子作了什麼孽，
竟然因為一個普通的感冒就穿越到了一個小屁孩身上，
別人穿越不是侯門千金就是名門貴女，
她穿過來只有一個當赤腳醫生的酒鬼老爹，
幸好前世是外科醫生，好歹也能治治貓狗牛馬，
日日她只求能吃個大飽……

文創風 279 **2**

這不小心誤綁來的……氣煞人的小女子，偏偏醫術過人，
要不是軍營裡正需要大夫，他絕不願意冒著忍氣忍得內傷的風險留著她，
之前治他的馬，開口要價十兩銀，現在治他的傷，居然只要三兩?!
這不是擺明他的人不如一隻畜牲嗎？
就算那隻畜牲是他的愛駒，一樣夠他氣得快冒煙！
英雄會氣短，就是被這種小人兼女子給氣的！

文創風 280 **3**

阿秀只想低調地醫醫平凡百姓、賺點銀兩足夠吃香喝辣就行了，
怎會搞到進宮為太皇太后看診？
場面搞到那麼大真的好嗎？
都怪那個心機深沈又愛跟她斤斤計較三兩銀錢的顧靖翎將軍，
真的很會給她來事！

文創風 281 **4**

這不是阿秀第一回給顧靖翎看病，
當初她幫他縫合背上的傷口時，他恨不得將她打一頓，
可是現在，他覺得自己的心跳好像跳得稍微有些快了……
他只覺得跟著她行醫，一路上的相處，好像見到了一個不一樣的阿秀。
原來她也會撒嬌，也會耍賴，看著她甜笑著説話的模樣，
他只覺得心頭好似有羽毛撓過，輕輕的、癢癢的……

文創風 282 **5** 完

這個對著自己微笑，溫柔地説著話的男人，
真的是那個有些傲嬌、有些小彆扭，平時總是故作深沈的將軍大人嗎？
阿秀瞧著瞧著，覺得整個人都有些不大好了。
唉，別怪她情竇不開，又不解風情啊，
她離那種感覺真的太久遠了，一時真的有點適應不良啊！

果然吃貨的世界是最單純的！
醫跟吃之外的事，
都交給「大人們」去愁煩吧……

＊文創風282《飯桶小醫女》5收錄精彩番外篇喔！！

流浪貓狗介紹所

為流浪貓狗加油 和貓寶貝 狗寶貝 廝守終生(一定要終生喔！)的幸福機會

對人來說，貓寶貝狗寶貝只是生活的一部分，但妳（你）對牠們來說，卻是生活的全部，領養前請一定要考慮清楚——

▲ 芒果兄弟找真愛

性　　別：芒果boys
品　　種：白底虎斑貓
年　　紀：1歲大
個　　性：親人愛玩，喜歡撒嬌
健康狀況：已結紮、已施打狂犬病及三合一疫苗，
　　　　　貓愛滋陽性
目前住所：台南市

本期資料來源：http://careforstrayanimals.blogspot.tw/2014/02/20140110-24.html

『芒果兄弟』的故事：

芒果兄弟倆的故事開始於牠們的媽媽在台南歸仁的芒果樹下被愛心媽媽撿到的那一天。那時候芒果媽媽大腹便便，經過醫生檢查之後，發現牠即將臨盆，然而同時也驗出貓愛滋！愛心媽媽再三考慮，知道愛滋貓送養不易，卻又不忍心即將出生的小生命，最後仍然決定讓芒果媽媽產下小貓。

幸好，出生之後，芒果兄弟不負眾望，長得頭好壯壯且討人喜愛～～抱著一線希望，讓牠們做了二合一快篩，結果不出所料地是陽性，但即使如此，每次看著安心玩耍、歡快撒嬌的兄弟倆，還是讓人認為當初的決定是正確的。

芒果哥哥彷彿戴著均勻的虎斑面具，雖然個性較為謹慎，搶食卻不落貓後，甚至逗貓棒一拿出來就立刻被吸引，欲罷不能。芒果弟弟的臉就比較滑稽好玩，白淨的臉硬是在嘴巴右邊長了一小撮褐黃色的毛，讓人懷疑牠是不是偷吃忘了擦嘴巴～～不過，弟弟其實是個會主動撒嬌邀玩的小貼心來著，朋友啊，養過貓咪的都知道這種個性的貓咪根本可遇不可求～～～

有著不同臉部特徵卻仍十足兄弟臉的俊俏兄弟檔，免疫力或許稍弱一些，然而只要適當照顧，健康狀況幾乎無虞，是新手也ＯＫ的貓咪。希望有貓咪陪伴且願意愛護牠們一輩子的你，非常歡迎來信saaliu@yahoo.com.tw，或填寫認養評估表http://goo.gl/RdHTm8，給牠們一個擁有愛的機會。

認養資格：

1. 認養者須年滿20歲，男須役畢。
2. 有適合養貓的環境，並徵得全部家人同意，在外租屋者也需室友和房東同意，確認家中無對貓過敏者。
3. 具備照顧貓咪的基本常識與獨立經濟能力，且能提出絕不棄養的保證。
4. 注意居家安全，出門使用提籠，不讓貓咪走失，流落街頭。
5. 能同意送養人日後之追蹤探訪。
6. 認養者需有自信即使自己生活上有變動或貓咪年老、生病也不離不棄，愛護牠一輩子。

來信請說明：

a. 個人基本資料：姓名、性別、年齡、家庭狀況、職業與經濟來源等。
b. 想認養「芒果兄弟」的理由。
c. 過去養寵物的經驗，及簡介一下您的飼養環境。
d. 若未來有當兵、結婚、懷孕、畢業、出國或搬家等計劃，將如何安置「芒果兄弟」？

文創風 278

飯桶小醫女 1

國家圖書館出版品預行編目資料

飯桶小醫女 / 蘇芫著. --
初版. -- 臺北市 : 狗屋, 2015.03
冊 ; 公分. --（文創風）
ISBN 978-986-328-431-4（第1冊：平裝）. --

857.7 104001128

著作者	蘇芫
編輯	王佳薇
校對	沈毓萍　馮佳美
發行所	狗屋出版社有限公司
地址	台北市104中山區龍江路71巷15號1樓
電話	02-2776-5889～0
發行字號	局版台業字845號
法律顧問	蕭雄淋律師
總經銷	知遠文化事業有限公司
電話	02-2664-8800
初版	2015年3月
國際書碼	ISBN-13　978-986-328-431-4
原著書名	《医秀》，由起點女生網（http://www.qdmm.com/）授權出版

定價250元

狗屋劃撥帳號：19001626

網址：love.doghouse.com.tw　E-mail：love@doghouse.com.tw